キミト宙《そら》へ①

食《く》いしんぼ王女《おうじょ》のボディガード

床丸迷人《とこまるまよと》・作
へちま・絵

角川つばさ文庫

目《もく》次《じ》

『大巨人伝説《だいきょじんでんせつ》』

キミト宙《そら》へ 人《じん》物《ぶつ》紹《しょう》介《かい》

ぼくはポップ。突然《とつぜん》、呼《よ》びだされた王宮《おうきゅう》で、ぼくを待《ま》っていたのは、5年半《ねんはん》ぶりに会《あ》う幼《おさな》なじみのファミだった!?

ポップ

ファミの押《お》しに弱《よわ》い、
見習《みなら》いボディガード!?

↓

ただし、
帝国剣術大会《ていこくけんじゅつたいかい》、
準優勝《じゅんゆうしょう》の剣士《けんし》!

ファミ

12歳《さい》。帝国《ていこく》の第《だい》3王女《おうじょ》!?
頭《あたま》の回転《かいてん》が速《はや》くて
勇気《ゆうき》がある!

↓

ところが、
食《く》いしんぼの
じゃじゃ馬《うま》!!

Q子《キューこ》
人工知能《じんこうちのう》を持《も》つ
おもちゃロボット!?
でも、オリーブオイルが大好物《だいこうぶつ》のパイロット!
ナナ
家事《かじ》をなんでもこなす
やさしいメイドさん！
ほんとうは、
スイーツ作《つく》りが
得意《とくい》なアンドロイド!?
ヤマザキ
10歳《さい》。引《ひ》きこもりの
天才科学者《てんさいかがくしゃ》!?
しかし、三重人格《さんじゅうじんかく》の
マッド・サイエンティスト!!

プロローグ★Ⅰ『十三歳《さい》のプロポーズ』の伝説《でんせつ》

『十三歳《さい》の誕生日《たんじょうび》にプロポーズされた女《おんな》の子《こ》は、幸《しあわ》せな一生《いっしょう》を送《おく》ることができる』

これは惑星《わくせい》ベオカにある、古《ふる》くからの言《い》い伝《つた》えの一つだ。


ベオカ星《せい》の人間《にんげん》は十三歳《さい》で成人《せいじん》し、一人前《いちにんまえ》の大人《おとな》として認《みと》められる。つまり『十三歳《さい》の誕生《たんじょう》日《び》』ってのは、ベオカの人間《にんげん》が『子《こ》どもから大人《おとな》になった最初《さいしょ》の日《ひ》』ってことになるわけだ。

けれど、この言《い》い伝《つた》えを耳《みみ》にした人間《にんげん》のほとんどは、きっとこう思《おも》うに違《ちが》いない。

「成人《せいじん》したその日《ひ》にプロポーズされることに、なんの意味《いみ》があるんだ?」ってね。

うんうん、いたって当然《とうぜん》の疑問《ぎもん》だよ。ベオカ生《う》まれのベオカ育《そだ》ち、生粋《きっすい》のベオカ人《じん》であるぼくだって、そう思《おも》うもの。

この言《い》い伝《つた》えの『もと』となっている、カビが生《は》えたような古《ふる》いふるい神代《かみよ》の物語《ものがたり》は、間違《まちが》いなく存在《そんざい》するらしい。

でも、それがどんなストーリーで、どんなふうに解釈《かいしゃく》したら「十三歳《さい》のプロポーズで、みんな幸《しあわ》せ♥」という結論《けつろん》にいたるのか、ぼくはまったく知《し》らない。だから、その意味《いみ》を問《と》われたところで、「さあね」とだけしか答《こた》えられないのが現実《げんじつ》なのだ。

まあ、こういう『いわれや由来《ゆらい》のよくわからない言《い》い伝《つた》え』なんて、どこにでも似《に》たようなものがあるよね。

えっと、たとえば……。そうそう、どこかの惑星《ほし》でまことしやかに言《い》われている、『六月《がつ》に結《けっ》婚《こん》する花嫁《はなよめ》は《ジューン・ブライド》と呼《よ》ばれて、幸《しあわ》せになれる』ってやつ。

「なんで『六月《がつ》』だけが特別《とくべつ》なの？」

そうたずねられて、その理由《りゆう》をすぐに答《こた》えられる人間《にんげん》が、その星《ほし》にいったいどれくらいいるだろうか。まして、

「絶対《ぜったい》の絶対《ぜったい》に、幸《しあわ》せになれるのね？　本当《ほんとう》ね？」なんて問《と》いつめられた日《ひ》には、だれもがもごもと口《くち》ごもりながら、

「さ、さぁ、ぼくに聞《き》かれても……」と、返《かえ》すことしかできないだろう。どこぞのえらい科学者《かがくしゃ》先生《せんせい》が、調査《ちょうさ》したり統計《とうけい》を取《と》ったりしたわけでもなさそうだしね。

そもそもそれが真実《しんじつ》だというのなら、その惑星《わくせい》で六月以外《がついがい》の月《つき》に結婚式《けっこんしき》を挙《あ》げる花嫁《はなよめ》は、『百

パーセント幸《しあわ》せになれるチャンス』を、みすみす見逃《みのが》しているアホだってことになる。

それに、みんながみんなその言《い》い伝《つた》えを信《しん》じたとしたら、すべての結婚式《けっこんしき》が六月《がつ》に集中《しゅうちゅう》しちゃって、その星《ほし》の結婚式場《けっこんしきじょう》は大混乱《だいこんらん》におちいってしまうだろう。

ベオカの『十三歳《さい》のプロポーズ』にしたって同《おな》じこと。しょせんは迷信《めいしん》とか前世占《ぜんせうらな》いのようなものだ。

「あなたの……前世《ぜんせ》は……『蚤《のみ》』」なんて言《い》われたところで、信《しん》じたい人《ひと》は信《しん》じればいいし、信《しん》じない人《ひと》は無視《むし》すればいい、ただそれだけ。それ以上《いじょう》でもなく、それ以下《いか》でもない。

今《いま》どき、こんな非科学的《ひかがくてき》な言《い》い伝《つた》えを信《しん》じているのは、恋《こい》に恋《こい》をしている夢見《ゆめみ》がちな女《おんな》の子《こ》と、運命《うんめい》の赤《あか》い糸《いと》の存在《そんざい》を信《しん》じているバカで一途《いちず》な男《おとこ》の子《こ》くらいのものだよ。

ま、皮肉《ひにく》をこめて、一つだけ言《い》わせてもらえるなら……。

そんな二人《ふたり》なら、間違《まちが》いなくお似合《にあ》いのカップルに違《ちが》いない……ってだけだよ、ね。

きっと。うん……。

プロローグⅡ『十三さいのぷろぽーず』のせーやくしょ

ぽかぽかとした日射《ひざ》しがやわらかく降《ふ》りそそぐ、あるおだやかな春《はる》の日《ひ》のこと。

おおきなお屋敷《やしき》の庭《にわ》の青々《あおあお》とした芝生《しばふ》の上《うえ》で、一人《ひとり》のおさない女《おんな》の子《こ》が、春風《はるかぜ》にヒラヒラと舞《ま》う蝶《ちょう》を捕《つか》まえようとしていました。

蝶《ちょう》を追《お》いかける女《おんな》の子《こ》の表情《ひょうじょう》は、真剣《しんけん》そのものです。

その子《こ》を守《まも》る騎士《ナイト》のように、うしろからちょこちょことした足《あし》どりでついていくのは、これまたちいさな男《おとこ》の子《こ》。ニコニコと笑《え》みを絶《た》やさないない男《おとこ》の子《こ》のやわらかな瞳《ひとみ》には、蝶《ちょう》を捕《と》らえようと空《そら》にむかってせいいっぱい伸《の》ばしている女《おんな》の子《こ》のかわいらしい両手《りょうて》が、まるでもう一匹《ぴき》の蝶《ちょう》であるかのように映《うつ》っていました。

二人《ふたり》は近所同士《きんじょどうし》の幼《おさな》なじみです。ものごころついたときから、ずうっといっしょに遊《あそ》んでいました。

おままごとやお人形《にんぎょう》さんごっこ、かくれんぼや鬼《おに》ごっこ……。二人《ふたり》は毎日毎日《まいにちまいにち》、飽《あ》くこともなく、まるで姉弟《きょうだい》のように、いつもいつもいっしょの時間《じかん》を過《す》ごしていました。

「きゃっ」

女《おんな》の子《こ》が短《みじか》い悲鳴《ひめい》をあげて、地面《じめん》につっぷしました。蝶《ちょう》を追《お》うのに夢中《むちゅう》になりすぎて、足《あし》をもつれさせたようです。

「だいじょうぶ？　ファミ」男《おとこ》の子《こ》が、心配《しんぱい》そうな顔《かお》で駆《か》けよります。

ファミと呼《よ》ばれた女《おんな》の子《こ》はちいさくうめきながら、そろそろと身体《からだ》を起《お》こしました。透《す》きとおるようなまっ白《しろ》なおでこに、うっすらと赤《あか》みがさしています。

ふかっとやわらかな芝生《しばふ》の上《うえ》でのこと、ケガとも言《い》えないようなケガでしたが、ジン……と、かすかな痛《いた》みを感《かん》じたのでしょう。女《おんな》の子《こ》はおでこを両手《りょうて》で押《お》さえると、つい今《いま》の今《いま》までキラキラさせていた濃《こ》い茶色《ちゃいろ》の瞳《ひとみ》を、うるるっと揺《ゆ》らせました。

くちびるの両《りょう》はじをきゅうっとゆがませ、おおきな目《め》から涙《なみだ》をボロボロとこぼし始《はじ》めます。

「ふぇーん……。ファ……ファミ、おかおにおおケガしてしまったぁ。もう、およめさんになれないぃぃいぃ、ふえええぇっ」

「そんなことないよ」

男《おとこ》の子《こ》はハンカチを手《て》にとって、女《おんな》の子《こ》のおでこにそっとあてがいました。そして、

「これくらいのケガ、キズなんてのこらないよ。それに、すこしくらいキズがあったって、ファミのおむこさんになりたいひとは、いっぱいいるよ」と、なぐさめます。

けれど、女《おんな》の子《こ》は芝生《しばふ》の上《うえ》にふにゃとくずおれて、

「びえーっ！」ますます、おおきな声《こえ》で泣《な》きじゃくります。

男《おとこ》の子《こ》は、むせび泣《な》く女《おんな》の子《こ》の背中《せなか》をさすりながら、やさしく言《い》いました。

「じゃあね、ファミがだれともけっこんできないときにはね、ぼくがけっこんしてあげるから。そのときは、ぼくのおよめさんになってよ。ねっ」

とたんに、女《おんな》の子《こ》はパタと泣《な》き止《や》み、むくりと身体《からだ》を起《お》こして、

「……ほんと？」と、男《おとこ》の子《こ》の瞳《ひとみ》に問《と》いかけました。女《おんな》の子《こ》の鼻《はな》の頭《あたま》には、緑《みどり》の芝生《しばふ》の切《き》れ端《はし》がちょこんとはりついています。

「うんうん、ほんとほんと。ほんとだよ」

「じゃあ、ファミが十三さいになったら、ぷろぽーずしてくれる？」

男《おとこ》の子《こ》はまだおさなかったので、『ぷろぽーず』という言葉《ことば》の正《ただ》しい意味《いみ》を、そして、どうして『十三さい』なのかを、よくは理解《りかい》していませんでした。けれど、それで女《おんな》の子《こ》が喜《よろこ》んでくれるならと、何《なに》一つためらうことなく「うん」と、うなずき返《かえ》しました。

「それじゃ……」

女《おんな》の子《こ》はドレスのそでで、ぐいとほっぺの涙《なみだ》をぬぐうと、肩《かた》からななめに掛《か》けていた若草色《わかくさいろ》のポシェットの蓋《ふた》を開《あ》けて、一枚《まい》の紙《かみ》とペンを取《と》りだし、

「いまの、これにかいて」と、男《おとこ》の子《こ》の鼻先《はなさき》に、ずいとつきだしました。

「なにをかけばいいの？」

「ファミをね、えっとね、およめさんにするっていう、おやくそく……」

ほっぺをほんのり赤《あか》く染《そ》めた女《おんな》の子《こ》が、甘《あま》えた声《こえ》で答《こた》えます。

男《おとこ》の子《こ》は、文字《もじ》の読《よ》み書《か》きをつい最近《さいきん》おぼえたばかりでしたので、一文字《ひともじ》一文字《ひともじ》、

「えーっと……」と、考《かんが》え考《かんが》え、そろりそろり書《か》き進《すす》めました。

『ぼくわ』

「そこは『わ』じゃなくて、『は』って、かくのよ」

一つ年上《としうえ》の女《おんな》の子《こ》から、きびしいチェックが入《はい》ります。

『ぼくゆは　ふぁみお』

「う、うん」

「『お』じゃなくて、『を』！　こうやってこうやって、こういうふうにかくのっ！」

「あ、そうか。うん」

『ぼくゆは　ふぁみおをおよめさんにします』

大小《だいしょう》ふぞろいなつたない文字《もじ》をならべて、ようやくそれだけ書《か》きあげました。

「かいたよ。これでいい？」

しかし、女《おんな》の子《こ》は男《おとこ》の子《こ》の問《と》いには答《こた》えずに、ぐいと身体《からだ》を近《ちか》づけると、

「ポップはファミのこと、すき？」と、顔《かお》をのぞきこんできました。

女《おんな》の子《こ》の髪《かみ》の毛《け》から甘《あま》い香《かお》りがして、男《おとこ》の子《こ》は一瞬《いっしゅん》、むねをドキと高鳴《たかな》らせました。そして、

「う、うん、すき」と即座《そくざ》に、そして、素直《すなお》に答《こた》えました。

「だいすき？」

「うん、だいすき」

「じゃあ、それもかいて」

『ふぁみのことがすき』

「だいすきって書《か》いて」

『ふぁみのことが甘だいすき』

「ねえねえ、ポップってさぁ、ファミのこと、かわいいとおもってるんでしょ？」

「あ、うん。えっと……それも、かくの？」

とうぜんでしょ……と、女《おんな》の子《こ》はおおきくうなずきました。

『ふぁみはかあわいいです』

「さいごにね、なんでもいうことをきくって、かいて。そんで、そのあとにおなまえもかくのよ」

「うん」

『ぼくゆはふぁみのゆうことをなんでもききます　ぽっぷ・らんぼや』

「こういうおやくそくのおてがみは『せーやくしょ』っていって、さいごにじぶんのおなまえをかくのは『しょめー』っていうのよ。ふふ、ファミってば、おねえさんだから、むずかしいことしってるでしょ」

男《おとこ》の子《こ》が悪戦苦闘《あくせんくとう》しながら、せっせせっせと一文字《ひともじ》一文字《ひともじ》書《か》きつらねる横《よこ》で、女《おんな》の子《こ》が得意満《とくいまん》面《めん》に知識《ちしき》をひけらかします。

「かいたよ」

一仕事《ひとしごと》終《お》えた男《おとこ》の子《こ》は、額《ひたい》の汗《あせ》をぬぐいながら、紙《かみ》を女《おんな》の子《こ》に差《さ》しだしました。

女《おんな》の子《こ》は『せーやくしょ』を受《う》けとると、おさない文字《もじ》で書《か》きつらねられた約束《やくそく》を目《め》で追《お》い、ふわっと愛《あい》くるしい笑《え》みを浮《う》かべました。

そして、

「ありがとう、ポップ。これ、ファミのたからものにするねっ！」と、紙《かみ》きれを、大事《だいじ》そうに胸《むね》もとに抱《だ》きしめました。

男《おとこ》の子《こ》はその笑顔《えがお》を見《み》て、とても幸《しあわ》せな気持《きも》ちになりました。

『せーやくしょ』がなんなのか、よくはわからないけれど、『せーやくしょ』を書《か》いて良《よ》かったな……と、心《こころ》の底《そこ》から思《おも》っていました。

女《おんな》の子《こ》のあどけない笑顔《えがお》が、ただただうれしくてうれしくて。

男《おとこ》の子《こ》の口《くち》もとにも、自然《しぜん》とやさしい笑《え》みが浮《う》かびます。

静《しず》かにほほえみあう二人《ふたり》の間《あいだ》を、さわやかな緑色《みどりいろ》の薫風《くんぷう》がぷうと吹《ふ》きぬけていき、女《おんな》の子《こ》の鼻《はな》の頭《あたま》にのっかっていたちいさな草切《くさき》れを、ふあっと青空高《あおぞらたか》く舞《ま》いあげていったのでした。

『幼《おさな》なじみとの再会《さいかい》』

1 王宮《おうきゅう》への呼《よ》びだし

ぼくことポップ・ランバートは、六歳《さい》になるとすぐに生《う》まれ故郷《こきょう》であるオギマーチ村《むら》を出《で》て、UCS《ユーシース》帝国《ていこく》の首都《しゅと》ニュージュクにある、帝国立《ていこくりつ》『武術養成学校《ぶじゅつようせいがっこう》』に入学《にゅうがく》した。

最初《さいしょ》の二年間《ねんかん》で、武術全般《ぶじゅつぜんぱん》の一般教養《いっぱんきょうよう》・基礎学習《きそがくしゅう》を修了《しゅうりょう》して、八歳《さい》からはずっと『剣術科《けんじゅつか》』で学《まな》んでいる。

まだ幼《おさな》い子《こ》どもなのに、武術《ぶじゅつ》や剣術《けんじゅつ》だって……なんて驚《おどろ》くかもしれないけど、これはベオカ星《せい》の男《おとこ》の子《こ》にとっては、ある意味《いみ》エリートコースなのだ。

ベオカ星《せい》ユーシース太陽系《たいようけい》の星々《ほしぼし》は数百年前《すうひゃくねんまえ》に制《せい》し、数十年前《すうじゅうねんまえ》にはニホノミヤ星雲全域《せいうんぜんいき》に進出《しんしゅつ》。そしてユーシース帝国《ていこく》の宇宙進出《うちゅうしんしゅつ》の勢《いきお》いは今《いま》や、とどまることを知《し》らない。

ザッキーノ太陽系……

現在《げんざい》、その覇権《はけん》をますます強《つよ》めんと、ミルキーウェイ銀河《ぎんが》の各方面《かくほうめん》に、ぐんぐん勢力《せいりょく》を伸《の》ばし始《はじ》めているところだ。

その際《さい》、当然《とうぜん》のことながら、帝国《ていこく》に敵対《てきたい》する意志《いし》をもつ一部《いちぶ》の者《もの》たち、帝国《ていこく》の進出《しんしゅつ》をはばもうとする者《もの》たち、あるいは宇宙海賊《うちゅうかいぞく》や山賊《さんぞく》をなりわいとするならず者《もの》たちから、一方的《いっぽうてき》な妨害《ぼうがい》を受《う》けることもある。実際《じっさい》のところ、一年間《ねんかん》のうちに両《りょう》の手《て》で数《かぞ》えるほどに、宇宙《うちゅう》貨物運搬船《かもつうんぱんせん》や惑星《わくせい》探査用宇宙船《たんさようちゅうせん》が事件《じけん》に巻《ま》きこまれているのが現実《げんじつ》だ。

このため、宇宙《うちゅう》へ飛《と》びたつ船《ふね》には、護衛《ごえい》の任《にん》につく訓練《くんれん》された戦士《せんし》の乗務《じょうむ》が必須《ひっす》となる。

『武術養成学校《ぶじゅつようせいがっこう》』は、その任務《にんむ》を負《お》う武術《ぶじゅつ》に長《た》けた人材《じんざい》を育成《いくせい》するための場所《ばしょ》である。

打撃技《だげきわざ》や関節技《かんせつわざ》で戦《たたか》う『拳闘士《けんとうし》』を育成《いくせい》する『拳闘術科《けんとうじゅつか》』。

剣《けん》をふるう『剣士《けんし》』を育成《いくせい》する『剣術科《けんじゅつか》』。

拳銃《けんじゅう》の使《つか》い手《て》『銃士《じゅうし》』を育成《いくせい》する『銃術科《じゅうじゅつか》』。

その三つのうち、いずれか一つのコースを選択《せんたく》して、たがいに切磋琢磨《せっさたくま》する。そして特《とく》に優秀《ゆうしゅう》な者《もの》は、すべてのカリキュラムを十四歳《さい》までに修了《しゅうりょう》して、帝国国家機関《ていこくこっかきかん》である宇宙防衛省所属《うちゅうぼうえいしょうしょぞく》となり、おのおの宇宙船《うちゅうせん》に乗《の》りこむことになるのだ。

これ、帝国《ていこく》の男《おとこ》の子《こ》なら、考《かんが》えるだけで鼻息《はないき》が荒《あら》くなっちゃうレベルの話《はなし》なんだよね。

なお、学校《がっこう》は『二十四時間常在戦場《じかんじょうざいせんじょう》』の方針《ほうしん》で、厳格《げんかく》な生活管理《せいかつかんり》の上《うえ》、全寮制《ぜんりょうせい》を取《と》っている。

ひとたび入学《にゅうがく》してしまうと、外界《がいかい》とのあらゆる連絡通信《れんらくつうしん》はカンペキに遮断《しゃだん》され、外出《がいしゅつ》は年末年始《ねんまつねんし》の国民《こくみん》の休日以外《きゅうじついがい》には許《ゆる》されない……という、なんとも堅《かた》っ苦《くる》しいものとなっているのだ。ま、人《ひと》の命《いのち》を預《あず》かり守《まも》る者《もの》を育成《いくせい》する教育機関《きょういくきかん》なんだから、そこそこの規律《きりつ》ときびしさが求《もと》められるのは、当然《とうぜん》と言《い》えば当然《とうぜん》ではあるのだけれど、ね。

だからこそ、それゆえにっ！

「ポップ・ランバート。至急《しきゅう》、帝国王宮《ていこくおうきゅう》に出頭《しゅっとう》するように」

夏本番《なつほんばん》を間近《まぢか》にひかえた、ある日《ひ》のこと。朝一番《あさいちばん》に学校長室《がっこうちょうしつ》に呼《よ》びだされたぼくが面食《めんく》らってしまったってのも、いたしかたのないことだった。

『一人前《いちにんまえ》になるまでは、原則《げんそく》として外出《がいしゅつ》は許《ゆる》されない』という鉄《てつ》のおきてを、何者《なにもの》も「ノー」とは言《い》えない『王宮《おうきゅう》からの呼《よ》びだし』という超法規的手段《ちょうほうきてきしゅだん》で、破《やぶ》ることになったんだからね。

学友《がくゆう》たちはそろって「いいなぁ……」という、やっかみ半分《はんぶん》のまなざしを、投《な》げかけてきたっけ。

だが、ちょっと冷静《れいせい》に考《かんが》えてほしい。もし、キミたちがぼくの立場《たちば》だったならば、そうのんびりと構《かま》えていられるだろうか？　これって「いぇい、ラッキー」って口笛《くちぶえ》を吹《ふ》きながら、「るんるん♪」と出《で》かけていくようなお気楽《きらく》な話《はなし》ではない……ってことは、すこーし頭《あたま》を働《はたら》かせれば、理解《りかい》してもらえると思《おも》うんだ。

なにせ『王宮《おうきゅう》に呼《よ》びだされる』ってこと自体《じたい》、ジンジョーなことではないのだから。

そして、その理由《りゆう》にしても、まったく心当《こころあ》たりがないわけで。なにか、悪事《あくじ》でもやらかしたっけ……と首《くび》をひねってみても、思《おも》い当《あ》たるふしは一ミリたりともない。

そもそも、入学《にゅうがく》してからの五年間《ねんかん》は、年末年始《ねんまつねんし》の数日《すうじつ》の休暇《きゅうか》に故郷《こきょう》へ帰《かえ》る以外《いがい》、学校《がっこう》に缶《かん》づめ状態《じょうたい》だったわけだもの。ちょいとやんちゃを働《はたら》こうにも、そんなチャンス（？）なんて、なかったんだからね。

うーむむ……。

漠《ばく》とした不安《ふあん》な気持《きも》ちとともに、王宮《おうきゅう》からの迎《むか》えの車《くるま》に揺《ゆ》られること数分《すうふん》。首都《しゅと》ニュージュクの中心地《ちゅうしんち》にそびえ立《た》つ、帝国王宮《ていこくおうきゅう》『コン・ビ・ニードパレス』に到着《とうちゃく》する。

生《う》まれて初《はじ》めて王宮内《おうきゅうない》に足《あし》を踏《ふ》みいれ、いかつい衛兵《えいへい》さんのあとについて、幾何学的《きかがくてき》なモザイク模様《もよう》の廊下《ろうか》を進《すす》む。

ほどなくして、しぶい焦《こ》げ茶色《ちゃいろ》をした、おおきな木製《もくせい》の扉《とびら》の前《まえ》へとたどりついた。

衛兵《えいへい》さんはその場《ば》で、こなれた動《うご》きでクルリと回《まわ》れ右《みぎ》をすると、しかめっ面《つら》をこれっぽっちもゆるめることなく、

「こちらのお部屋《へや》で、お待《ま》ちです」とだけ言《い》い残《のこ》して、さっさと今来《いまき》た廊下《ろうか》をもどっていく。

……え？　ど、どういうこと？

何《なに》一つとして、まともな情報《じょうほう》をもらってない。

「あ、あの、お待《ま》ちです……って、えっと、だれが？　お、おーい」

しかし、衛兵《えいへい》さんは、ぼくの問《と》いかけに答《こた》えることなく、おおきな身体《からだ》をユサユサと揺《ゆ》らしながら、去《さ》っていってしまった。

……やれやれ。いったい、なんなんだよ。

肩《かた》をすくめながら、そっとあたりを見《み》まわす。人気《ひとけ》のないシンとした廊下《ろうか》に、ポツンと一人取《ひとりと》り残《のこ》されて、心細《こころぼそ》いことこのうえない。

とは言《い》え、いつまでもこの場所《ばしょ》で、ぼけー……っとたたずんでいるわけにもいかない。ぼくは王宮《おうきゅう》の立派《りっぱ》さにそぐわない、貧相《ひんそう》な格好《かっこう》をしているからね。運悪《うんわる》く、事情《じじょう》を知《し》らない人《ひと》に見《み》られたら、不審者《ふしんしゃ》あつかいされちゃうだろう。

そう。ぼくが今《いま》やるべきことは決《き》まっている。

それは目《め》の前《まえ》の、鉄製《てっせい》の飾《かざ》り鋲《びょう》が打《う》たれた重厚《じゅうこう》な木製《もくせい》の扉《とびら》をノックすること。そして、部屋《へや》の中《なか》でぼくを『お待《ま》ち』している人物《じんぶつ》に会《あ》うこと。ただそれだけだ。

意《い》を決《けっ》し、こぶしを固《かた》めて扉《とびら》をノックする。

ゴンゴン

乾《かわ》いた音《おと》が静《しず》かな廊下《ろうか》におおきく響《ひび》いて、「ひゃっ」と、思《おも》わず首《くび》をすくめる。

われながら、なんだか小物《こもの》っぽくってイヤになるなぁ……と、ちょっぴり自己嫌悪《じこけんお》。

ギイッ

すぐに反応《はんのう》があった。蝶《ちょう》つがいのきしみ音《おん》とともに、内側《うちがわ》から扉《とびら》が開《あ》けはなたれる。

そして、「あ」と言《い》う間《ま》もなく、一枚《まい》の紙《かみ》きれがぼくの鼻先《はなさき》に、ぐいっと突《つ》きつけられた。

「読《よ》んで」

……! 意外《いがい》。紙《かみ》きれの向《む》こうがわから短《みじか》く命令《めいれい》する声《こえ》は、女《おんな》の子《こ》のものだった。

そして。

あれ? あれれっ……?

その声《こえ》を耳《みみ》にした瞬間《しゅんかん》、なぜかぼくのむねの奥底《おくそこ》から、せつなくもなつかしい気持《きも》ちがわきおこってきていた。

理由《りゆう》はわからない。けれど、ただただ泣《な》きだしたくなるほどにあたたかな感覚《かんかく》が、身体《からだ》の芯《しん》からゆっくりと広《ひろ》がっていく。やさしい温《ぬく》もりの波動《はどう》が、じわっと手《て》の先足《さきあし》の先《さき》に伝《つた》わる。

そこでぼくは、はたと気《き》がついたのだった。

この声《こえ》、聞《き》きおぼえがある……と。記憶《きおく》の奥底《おくそこ》に、それは間違《まちが》いなくある……と。

残念《ざんねん》ながら紙《かみ》きれが視界《しかい》をふさいでいるので、声《こえ》の主《ぬし》の顔《かお》を確《たし》かめることはできない。

「読《よ》んで。声《こえ》に出《だ》して」ぼう然《ぜん》としているぼくに、ふたたび命令《めいれい》がくだる。

「あ、はいはい」なにがなんだかわからないけど、とにかく今《いま》は言《い》われるままに、目《め》の前《まえ》のこれを読《よ》むしかなさそうだ。

エヘンと、せきばらい一つしてから、すこし頭《あたま》を引《ひ》いて、紙面《しめん》に目《め》を走《はし》らせる。

その紙《かみ》には、幼《おさな》い子《こ》どもがせいいっぱいがんばって書《か》き連《つら》ねたような、つたない文字《もじ》がならんでいた。

んん？　この字《じ》、見覚《みおぼ》えがあるような……。

……って！！！

眠《ねむ》っていた記憶《きおく》——数年前《すうねんまえ》のあの日《ひ》の光景《こうけい》が、いっきに頭《あたま》の中《なか》でフラッシュバックした。

こ、これって、五歳《さい》のころのぼくが書《か》いた『せーやくしょ』じゃないか！

間違《まちが》いない。最後《さいご》には『ぽっぷ・らんばと』って、しっかり『しょめー』もしてある。

ど、どういうことだ？　なんでこんなものが、今《いま》、ぼくの目《め》の前《まえ》にぶら下《さ》がっているんだ？

「あ！」短《みじか》い叫《さけ》び声《ごえ》が、口《くち》をついて出《で》た。

もつれにもつれていた過去《かこ》と現在《げんざい》を結《むす》ぶ記憶《きおく》の回線《かいせん》が、みるみるうちにほどかれていく。

そして、ついさっき感《かん》じた正体《しょうたい》不明《ふめい》の気持《きも》ちの意味《いみ》も、もうすべてはっきりと理解《りかい》できた。

この女《おんな》の子《こ》は……。

『せーやくしょ』の紙《かみ》きれの向《む》こうがわで、ぼくに命令《めいれい》を下《くだ》している女《おんな》の子《こ》は……。

ファミだっ！

ファミに違《ちが》いない。間違《まちが》いないいっ！

……いや。しかし。待《ま》て待《ま》て。そうなると、また別《べつ》の疑問《ぎもん》が生《う》まれてくる。

なぜ、ファミがこんなところにいるのか？……というクエスチョン。

おさないころのぼくたちは、帝都《ていと》ニュージュクから遠《とお》く離《はな》れた帝国領《ていこくりょう》の南《みなみ》の外《はず》れ、ド田舎《いなか》のオギマーチ村《むら》に住《す》んでいた。

ぼくは、その地《ち》の、ごくごく普通《ふつう》の中流《ちゅうりゅう》家庭《かてい》に生《う》まれ育《そだ》った。

かたやお隣《となり》さんのファミの家《いえ》は、わが家《や》とは比較《ひかく》にならないほどおおきかった。

広々《ひろびろ》とした芝生《しばふ》のお庭《にわ》があって、召《め》し使《つか》いも何人《なんにん》もいた。ファミはいつだって高級《こうきゅう》そうなドレスを身《み》につけていて、子《こ》どもの目《め》にも高価《こうか》なものとわかる人形《にんぎょう》やオモチャを、たくさん持《も》っていた。その中《なか》に当時《とうじ》流行《りゅうこう》した子守《こも》り用《よう》ロボット『○《サークル》―K型三九式玩具《ケーがたさんきゅうしきがんぐ》』もあった。ファミはそいつに『Q子《キューこ》』と名付《なづ》け、頭《あたま》に黒《くろ》いボンボンをのっけて、目《め》の周《まわ》りを黒《くろ》のインクでグリグリ塗《ぬ》って、「パンダのQ子《キューこ》ちゃん」って、かわいがっていたっけ……。

目《め》の前《まえ》の『せーやくしょ』を、あらためてまじまじと眺《なが》めてみる。

きれいに折《お》りたたんで保管《ほかん》していたのだろう、縦横《たてよこ》まっすぐに一本《ぽん》ずつ折《お》り目《め》がついているほかには、シミの一つも見当《みあ》たらない。

あのときファミは、この紙《かみ》きれをむねに抱《だ》いて、「たからものにするね」と言《い》った。

その言葉《ことば》どおり、ずっと大切《たいせつ》に保管《ほかん》してくれていたってことだ。

五歳《さい》のころにしては、けっこうしっかりとした文字《もじ》を書《か》いてるなぁ……と、すこし自画自賛《じがじさん》しつつ、ぼくは言《い》われるままに『せーやくしょ』を読《よ》みあげはじめた。

「えーっと、『ぼくは　ふぁみをおよめ……』」

「そっ、そこはいいのっ！」あわてたように、女《おんな》の子《こ》が言葉《ことば》をかぶせてくる。

「わ、わたしが指《ゆび》さしているところ、最後《さいご》の一行《ぎょう》だけでいいのっ！　ここよ、ここっ！」と、指《ゆび》の先《さき》で、紙《かみ》の左端《ひだりはし》をパシパシとたたく。

いきなり怒《おこ》られてしまった。はいはい。えーっと……。

「『ぼくは　ふぁみのゆうことをなんでもききます』……っと。これでいい？」

「署名《しょめい》も」

「あ、はい。『ぽっぷ・らんばと』」

「いいわ。結構《けっこう》よ。男《おとこ》に二言《にごん》はないわね」

ようやく、ぼくの視界《しかい》をさえぎっていた紙《かみ》きれが、目《め》の前《まえ》から取《と》りはらわれ、あざやかなブルーのドレスに身《み》を包《つつ》んだ女《おんな》の子《こ》の姿《すがた》が、視界《しかい》に飛《と》びこんできた。

変《か》わっていない……と、まず思《おも》った。

ぼくの顔《かお》をやや上目《うわめ》づかいで見《み》つめるダークブラウンの——いっさいの汚《けが》れを感《かん》じさせない宝《ほう》

石《せき》のような瞳《ひとみ》は、あのころのままだった。

そして、変《か》わったな……とも思《おも》った。

すでに五年以上《ねんいじょう》もの月日《つきひ》が経《た》っているのだから、当然《とうぜん》と言《い》えば当然《とうぜん》だ。

背丈《せたけ》はすらりと伸《の》び、なによりあのころ全身《ぜんしん》にまとっていた、ふんわりした甘《あま》ったるいオーラは微塵《みじん》もなくなっている。キリッとひきしまったその表情《ひょうじょう》はただただりりしく、他人《たにん》を容易《ようい》に寄《よ》せつけない、品《ひん》のある気高《けだか》さを感《かん》じさせた。

でも。それでも。目《め》の前《まえ》にいるのはファミだ。まごうかたなき、ぼくの記憶《きおく》の中《なか》の五年後《ねんご》のファミが、そこにいる。

なつかしさのあまり、むねの奥《おく》がジーンと熱《あつ》くなって、ふるるっと涙腺《るいせん》がゆるみそうになるのを必死《ひっし》でこらえる。

けど。

とてもとても残念《ざんねん》なことに、その切《せつ》なくもあたたかな感傷《かんしょう》は一方通行《いっぽうつうこう》のようだった。

ファミには、ぼくとの再会《さいかい》を手《て》を取《と》りあって喜《よろこ》ぶ……なんて気《き》は、さらさらなさそうで、人形《にんぎょう》のような端整《たんせい》な顔《かお》に笑《え》みの一つも浮《う》かべることなく、なにかをうかがうかのように、ただただじい……っと、ぼくの顔《かお》を見《み》つめるだけだった。

え、えーっと……。どう反応《はんのう》すれば良《い》いのかな？

微妙《びみょう》な空気《くうき》にまごまごやっていると、彼女《かのじょ》は硬《かた》い表情《ひょうじょう》のまま、ゆっくり口《くち》を開《ひら》いた。

「ポップ。いきなり呼《よ》びつけてしまって、もうしわけないんだけど」

「あ、ああ、うん。いや、それは、まぁ……」

「わたしね、旅《たび》に出《で》ることにしたの」

旅《たび》……？　ああ、旅行《りょこう》ね。

うーむむ。五年半《ねんはん》ぶりの再会《さいかい》シーンでの会話《かいわ》にしては、いささか話題《わだい》が、あさっての方向《ほうこう》にぴょーんと飛《と》びすぎているような気《き》がしないでもない。

しかし。

そのあとに続《つづ》いたファミの言葉《ことば》は、さらにさらに、ぼくの想像《そうぞう》のななめ左上《ひだりうえ》をいくものだった。

「その旅《たび》にポップ、あなたにもいっしょについてきてもらいます」

有無《うむ》を言《い》わさぬ口調《くちょう》とは、まさにこのこと。ファミははっきりきっぱりと、そう言《い》いきったのだった。

★2 銀河《ぎんが》の果《は》てへ!?

旅《たび》に出《で》るから、ついてこい……だって？　えーと、これ……、どういうこと？

ファミは、ポカンとしているぼくの手首《てくび》をつかむと、ぐいと部屋《へや》の中《なか》に引《ひ》きこみ、静《しず》かに扉《とびら》を閉《と》じた。

バタン……と、ちいさな音《おと》が、耳《みみ》に届《とど》く。

広《ひろ》い広《ひろ》い部屋《へや》は、豪華絢爛《ごうかけんらん》そのものだった。

ふかっとした毛《け》の長《なが》いじゅうたんが敷《し》かれ、高級《こうきゅう》そうな作《つく》りのタンスや天蓋《てんがい》つきのベッドなどが置《お》かれてある。歴史《れきし》を感《かん》じさせるどっしりとした本棚《ほんだな》には、小難《こむずか》しそうな表題《ひょうだい》の本《ほん》が並《なら》び、壁《かべ》を飾《かざ》る絵画《かいが》や色鮮《いろあざ》やかな花《はな》を生《い》けている花《か》びんなどは、どれもこれも見《み》るからに高価《こうか》そう。

まさに童話《どうわ》の挿《さ》し絵《え》にあるような、お姫様《ひめさま》の部屋《へや》そのもの。ぼくが生活《せいかつ》している寮《りょう》の、殺風景《さっぷうけい》で無機質《むきしつ》な四人部屋《にんべや》とは、雲泥《うんでい》の差《さ》だ。

部屋《へや》の中《なか》をウロウロとさまよっていたぼくの視線《しせん》がふと、木製《もくせい》のデスクにとまる。デスクの上《うえ》には、一枚《まい》の写真《しゃしん》が収《おさ》められた写真立《しゃしんた》てが置《お》かれていた。

写真《しゃしん》の中《なか》から、美《うつく》しい大人《おとな》の女《おんな》の人《ひと》が、こちらを見《み》つめてやさしく微笑《ほほえ》んでいる。

王族《おうぞく》の人間《にんげん》が身《み》につける衣装《いしょう》をまとったその女性《じょせい》に、見覚《みおぼ》えはない。それなのに、ぼくはその女性《じょせい》の面影《おもかげ》に、ふとした既視感《きしかん》を抱《いだ》いていた。

「あぁ」と、すぐに気《き》づく。この女《おんな》の人《ひと》、ファミと同《おな》じ瞳《ひとみ》をしている。

澄《す》んだ濃《こ》い茶色《ちゃいろ》の、見《み》とれてしまうほどに印象的《いんしょうてき》なその瞳《ひとみ》。

あらためてよくよく見《み》てみると、似《に》ているのは目《め》だけではない。ツヤのある髪《かみ》も、すじの通《とお》った鼻《はな》も、ちいさな赤《あか》いくちびるの端《はし》に浮《う》かんだ笑《わら》いじわも。なにもかもがそっくりだ。

……ってことは、この写真《しゃしん》に写《うつ》っている女《おんな》の人《ひと》って、年齢的《ねんれいてき》に考《かんが》えてもたぶん……。

「ちょっと。女《おんな》の子《こ》の部屋《へや》を、じろじろ見《み》ないでよね」

背中《せなか》から、ファミのきびしい声《こえ》が飛《と》んできて、思《おも》わず首《くび》をすくめる。自分《じぶん》が勝手《かって》に引《ひ》きこんだにしては、理不尽《りふじん》すぎる言《い》いぐさだ。

ファミはスタスタと歩《あゆ》みよってくると、ぼくの正面《しょうめん》に立《た》った。そして、さっきまでそうしていたように、またしばらくの間《あいだ》、ぼくの顔《かお》を真正面《ましょうめん》からじーっと見《み》つめていた。

うー。

へ、変《へん》な空気《くうき》すぎる。どうすりゃいいんだ、これ？

オドオドとまどいつつも、視線《しせん》をそらさずにいると、彼女《かのじょ》はほんの一瞬《いっしゅん》だけためらいの気配《けはい》を漂《ただよ》わせた後《あと》、意《い》を決《けっ》したかのようにゆっくりと口《くち》を開《ひら》いた。

「ポップ。あなたは、わたしのボディガードとして宇宙船《うちゅうせん》に乗《の》ってもらうわ。出発《しゅっぱつ》は二週間後《しゅうかんご》の七月八日《がつようか》。船《ふね》は最新型《さいしんがた》の惑星探査用宇宙船《わくせいたんさようちゅうせん》『ベンリー二十四世号《せいごう》』を使用《しよう》。目的地《もくてきち》はミルキーウエイ銀河《ぎんが》GX《ジーエックス》エリアの……」

ぼくはまたまたポカンとなった。

すこし早口気味《はやくちぎみ》ではあったけれど、彼女《かのじょ》の言葉《ことば》はもちろんしっかりと聞《き》きとれた。きちんとべオカ語《ご》で話《はな》しているし、文法上《ぶんぽうじょう》の問題《もんだい》もない。誤字脱字《ごじだつじ》もいっさいなし。けれど、自分《じぶん》の耳《みみ》を疑《うたが》いたくなるような話《はなし》の内容《ないよう》に、理解《りかい》が追《お》いついてこないのだ。

「ちょ、ちょちょ、ちょっと待《ま》って、ファミ」

一方的《いっぽうてき》にしゃべるファミを、あわてて押《お》しとどめる。「キ、キミの言《い》う『旅《たび》』って、宇宙《うちゅう》へ出《で》るってことなの？」

「そう言《い》ってるでしょ。聞《き》こえなかったの？」

ピシャリと言《い》われて、思《おも》わずむぐと口《くち》をつぐむ。

「い、いや、あの、南《みなみ》の島《しま》にバカンスに行《い》くとか、遊園地《ゆうえんち》とか、スイーツを堪能《たんのう》するグルメ旅行《りょこう》とか、そういうのをイメージしてたから……」

ぼくの言葉《ことば》に、ファミは不愉快《ふゆかい》そうに両《りょう》の眉《まゆ》をキュッと寄《よ》せて、にらみつけてきた。その眼光《がんこう》の鋭《するど》さに、すこしだけたじろぐ。

「子《こ》どもあつかいしないでくれる？」

ギュッと口《くち》をとがらせるファミ。「忘《わす》れているかもしれないけど、ポップより、わたしのほうが年上《としうえ》のお姉《ねえ》さんなんですからねっ！」

「忘《わす》れるわけないよ。ファミの誕生日《たんじょうび》は七月七日《がつなのか》。十三日後《にちご》に、十二歳《さい》になるんだよね」

ぼくがよどみなく答《こた》えると、彼女《かのじょ》はすこし驚《おどろ》いたように目《め》を見開《みひら》いた。

「よ、よく、わたしの誕生日《たんじょうび》なんて、おぼえていたわね」

「そりゃそうだよ。ぼくはそういうの、大切《たいせつ》にする質《たち》なんだ」

そう返《かえ》すと、ファミはほっぺをポッと上気《じょうき》させた。そして、視線《しせん》を宙《ちゅう》にさまよわせつつ、

「そ、そう……なんだ」と、口《くち》ごもる。

しかし、その動揺《どうよう》もつかの間《ま》のこと。すぐにキリッとした表情《ひょうじょう》を取《と》りもどして、話《はなし》を続《つづ》けた。

「エ、エヘン。えーっと、こ、航海《こうかい》が順調《じゅんちょう》に進《すす》んだと仮定《かてい》して、従来《じゅうらい》の超光速《ちょうこうそく》エンジンによる通《つう》

常航行《じょうこうこう》で、片道《かたみち》およそ十五年程度《ねんていど》。ただ、最近実用化《さいきんじつようか》された宇宙空間跳躍技術《うちゅうくうかんちょうやくぎじゅつ》『空間《くうかん》シャクトリームC航法《シーこうほう》』を多用《たよう》することで、最短《さいたん》で片道《かたみち》一年《ねん》ほどになると想定《そうてい》しているわ」

片道《かたみち》一年《ねん》……だって？

どうにもこうにも、二泊三日《はくみっか》の温泉旅行《おんせんりょこう》……ってレベルの、お気楽《きらく》な話《はなし》じゃないわけだ。

「む、無茶《むちゃ》だよ！」

思《おも》わず、おおきな声《こえ》が出《で》る。「ぼくは生《う》まれてこのかた、宇宙《うちゅう》に出《で》たことなんて一度《いちど》もないんだよ。そりゃあ、あと何年《なんねん》かがんばって、武術養成学校《ぶじゅつようせいがっこう》を卒業《そつぎょう》して、その手《て》の仕事《しごと》に就《つ》きたいとは考《かんが》えている。でもさ、まだまだ修業中《しゅぎょうちゅう》の半人前《はんにんまえ》なんだから……」

ここ数年《すうねん》、必死《ひっし》の思《おも》いで磨《みが》いてきた自分《じぶん》の剣術《けんじゅつ》の腕《うで》に、自信《じしん》がないわけじゃない。けど、宇宙船《うちゅうせん》の警備《けいび》・護衛《ごえい》の仕事《しごと》だというのならすでに、屈強《くっきょう》で腕《うで》の立《た》つ、宇宙防衛省《うちゅうぼうえいしょう》お抱《かか》えのプロがいくらでもいるのだから。

本職《ほんしょく》にまかせてこその安心安全《あんしんあんぜん》。これって、ちいさな子《こ》どもにだってわかる理屈《りくつ》だよ。

「宇宙《うちゅう》に出《で》るって言《い》うのなら、ぼくなんかより、そっちのほうがずっと頼《たよ》りに……」

しかし。

その訴《うった》えは、最後《さいご》まで言葉《ことば》になることを許《ゆる》されなかった。

ファミは無言《むごん》のまま、手《て》にしたあの『せーやくしょ』をふたたび、ぼくの眼前《がんぜん》にスッと突《つ》きつけて、

「自分《じぶん》の立場《たちば》を理解《りかい》できていないようだから、もう一回《かい》、ここ読《よ》んで」と、最後《さいご》の一文《いちぶん》をパシと指《ゆび》さしながら、ドスのきいた抑揚《よくよう》のない声《こえ》で迫《せま》ってきた。

「あ、はい。えーっと、『ぼくは　ふぁみのゆうことをなんでもききます』」

「これ、あなたが書《か》いたものよね？」

はい、そうです。しっかり『しょめー』もしてますね。

「そう、良《よ》かった。意外《いがい》に薄情《はくじょう》なところがあるから、コレのことも、もうすっかり忘《わす》れて、しらばっくれるんじゃないかと心配《しんぱい》しちゃってたから」

ファミが皮肉《ひにく》をこめた口調《くちょう》で言《い》う。

「薄情《はくじょう》？　ぼくが？」なにかやったっけ？　身《み》に覚《おぼ》えがない。

「ええ、そうよ。なにせ、六歳《さい》になって武術養成学校《ぶじゅつようせいがっこう》に入学《にゅうがく》したきり、一度《いちど》たりとも連絡《れんらく》してくれないような、冷《つめ》たい人《ひと》ですものね」

……え？

ええーっ！　いやいやいやいやいや、それ違《ちが》うでしょ！

そりゃあ、学校《がっこう》では、外部《がいぶ》の人間《にんげん》と接触《せっしょく》することは御法度《ごはっと》だから、普段《ふだん》は連絡《れんらく》を取《と》ることはいっさいできなかったよ。だから、年末年始《ねんまつねんし》の休暇《きゅうか》に入《はい》って、ぼくはひさしぶりにファミに会《あ》えるなあって、うきうきしながらオギマーチ村《むら》に帰《かえ》ったんだ。少《すく》ないおこづかいをはたいて買《か》ったお土産《みやげ》をかかえてね。

それなのに、ファミのお屋敷《やしき》は、もぬけのからだったじゃないか。ぼくの母親《ははおや》にたずねても、「お隣《となり》さんは、突然《とつぜん》どこかへ引《ひ》っ越《こ》して行《い》ってしまった。どこに行《い》ったのかはわからない」って、言《い》うだけだったしね。

「あら、年始《ねんし》の挨拶状《あいさつじょう》は、送《おく》っていたと思《おも》うけど」

そう。たしかにお正月《しょうがつ》に、一通《つう》の絵手紙《えてがみ》を受《う》けとったよ。でもその手紙《てがみ》には『プリンが大好《だいす》きです』という意味不明《いみふめい》の一文《いちぶん》とプリンのイラスト、そして『ファミ』って署名《しょめい》がしてあるだけで、今《いま》どこに住《す》んでいるのか、どうしているのかの説明《せつめい》は、いっさいなかったよね。

それから毎年《まいとし》、年始《ねんし》の挨拶状《あいさつじょう》だけはずーっと送《おく》られてきて、今年《ことし》までに全部《ぜんぶ》で五通《つう》受《う》けとっているけれど、その内容《ないよう》はあいかわらず『オニギリが食《た》べたいです。梅《うめ》おかか』だとか、『ポテトチップスは塩味《しおあじ》がナンバー1《ワン》』だとか、食《た》べ物《もの》のこととイラストだけでさ。

まぁ、どこかで楽《たの》しく元気《げんき》にしているんだなぁ……ってことだけはわかって安心《あんしん》してはいたけれど、こっちから連絡《れんらく》の取《と》りようなんてまったくないわけで……。

「しょうがないでしょ。引《ひ》っ越《こ》しは、もとから決《き》まってたんだから。お父様《とうさま》の方針《ほうしん》でね」

すました顔《かお》でファミが言《い》う。

「お父様《とうさま》？」

「ユーシース帝国《ていこく》の帝王《ていおう》よ」

「…………は？」

しばらく、言葉《ことば》が出《で》なかった。「……あ、あのさぁ、ファミ……」

のどの奥《おく》からしぼりだす声《こえ》が、かすかに震《ふる》える。

「ぼ、ぼくはキミのことを、ずうっと『田舎村《いなかむら》のお金持《かねも》ちの家《いえ》の娘《むすめ》さん』だとばっかり思《おも》いこんでいたんだけど……さ。ひょ、ひょっとして……」

「ええ、わたしの本名《ほんみょう》はファーミ・リィマ。このベオカ星《せい》を統治《とうち》するユーシース帝国《ていこく》の帝王《ていおう》、リマート・リィマの娘《むすめ》よ。三人娘《さんにんむすめ》の末《すえ》っ子《こ》なの」

彼女《かのじょ》は言《い》いきった。あっさりと。

ぼくは、口《くち》をあんぐりと開《あ》けはなつ以外《いがい》に、なにもできない。

「……あ、え、えーっと……、つまり、第三王女《だいさんおうじょ》ってことになる……のかな？」

「まわりからは、そう言《い》われているわね」

「そ……、そんなぁ」全身《ぜんしん》の血《ち》の気《け》が、スーッと引《ひ》いていく。

あわわ。お、おそれ多《おお》い……。今《いま》まで、ファミの名前《なまえ》を呼《よ》び捨《す》てにしてたけど、これって打《う》ち首《くび》ものなのでは……。

「おおげさね。そんなわけないでしょ」

だってだってぇ……。数年《すうねん》ぶりの再会《さいかい》で、いろいろと衝撃的《しょうげきてき》すぎるってばっ。

「身分《みぶん》については、別《べつ》に隠《かく》しているつもりはなかったのよ。でも、おさない子《こ》ども同士《どうし》のつきあいに、親《おや》の肩書《かたが》きやお家《いえ》の威光《いこう》は関係《かんけい》ないでしょ」

あっけらかんと言《い》うけれど、それはファミの立場《たちば》だから、そう言《い》えるわけであって。一般庶民《いっぱんしょみん》のこちらからは、口《くち》が裂《さ》けてもそんなこと言《い》えやしないよっ。

「じゃ、じゃあ……さ。ぼくらがよく遊《あそ》んでいた、あのおおきなお屋敷《やしき》はいったい……？」

「あれは別宅《べったく》というか、別荘《べっそう》のようなもの。王家《おうけ》の子《こ》はおさない間《あいだ》は、あの家《いえ》で暮《く》らすことになってるの。二人《ふたり》のお姉《ねえ》さまもそうしたのよ」

そ、それはまた、どうして……？

「帝王《ていおう》の娘《むすめ》ってだけで、大都会《だいとかい》にある王宮《おうきゅう》に過保護《かほご》に閉《と》じこめるのは、教育上良《きょういくじょうよ》くないって考《かんが》えなのよ。ちいさなうちは自然《しぜん》が美《うつく》しく空気《くうき》の美味《おい》しい田舎《いなか》で、のびのびと育《そだ》てる……っていうのが、王家《おうけ》の教育方針《きょういくほうしん》だから」

ぼくは、デスクの上《うえ》の写真立《しゃしんた》てに、チラリと視線《しせん》を送《おく》った。

「あの女《おんな》の人《ひと》、ファミのお母《かあ》さん……だよ……ね？」

「そうよ」

女王様《じょおうさま》は、第三王女《だいおうじょ》を出産《しゅっさん》したあとすぐに、病気《びょうき》を患《わずら》って亡《な》くなられたと聞《き》いている。

ということは、ファミは、ものごころつかないうちにお母《かあ》さんを亡《な》くし、そのうえこの王宮《おうきゅう》にもどるまでは、帝王《ていおう》である父親《ちちおや》とも離《はな》ればなれで暮《く》らしていた……ってことなんだね。

「なあに、ポップ、忘《わす》れちゃったの？」

あきれ口調《くちょう》のファミは、細《ほそ》い整《ととの》った眉《まゆ》をハの字《じ》にすると、腰《こし》に手《て》を当《あ》て、ぼくにむかって首《くび》をグイと伸《の》ばしてきた。

「お父様《とうさま》は仕事《しごと》の合間《あいま》やお休《やす》みの日《ひ》に、よくお屋敷《やしき》に顔《かお》を出《だ》してくれていたでしょ？」

…………へ？

「ほら、よくいっしょに遊《あそ》んでくれたじゃない」

「はひゃっ……」自分《じぶん》の口《くち》からもれでたとは思《おも》えない、弱々《よわよわ》しく情《なさ》けない悲鳴《ひめい》。

何者《なにもの》かの冷《つめ》たぁい手《て》によって、心臓《しんぞう》がキュ――ッとわしづかみにされたかのような感覚《かんかく》に、身体《からだ》が縮《ちぢ》みあがる。全身《ぜんしん》にぶるるっと震《ふる》えが走《はし》り、指先《ゆびさき》がしびれ、呼吸《こきゅう》が荒《あら》くなる。ドキドキと動悸《どうき》が激《はげ》しくなり、ガンガンと耳鳴《みみな》りがする。目《め》の前《まえ》はチカチカし、口《くち》はカラカラにかわき、こめかみからは脂汗《あぶらあせ》がたらたらと流《なが》れおちる。

ここに、あともうなにか一つ症状《しょうじょう》が加《くわ》われば、あっけなく天国《てんごく》に行《い》けるレベルだ。

ちょ……、ちょっと……。ちょっと待《ま》って……。

口《くち》もとがわなわなと震《ふる》えて、言葉《ことば》がうまく出《で》ない。

「た、たしかに、思《おも》い起《お》こせば、そんな記憶《きおく》がある……。ファミと遊《あそ》んでいるとき、たまにどこからかやってきて、いっしょに遊《あそ》んでくれた丸顔《まるがお》の『おじさん』がいた……よね」

むねをおさえながら、必死《ひっし》に言葉《ことば》をつなぐ。「あ、あの人《ひと》って……、いや、あのお方《かた》は、もしかしてもしかすると……」

「わたしのお父様《とうさま》、つまりユーシース帝国王《ていこくおう》よ」

こともなげにファミが言《い》いはなった真実《しんじつ》は、そうとうな衝撃《しょうげき》をもって、ぼくの身体《からだ》を貫《つらぬ》いた。

ショックのあまり、パカと開《あ》けはなたれた口《くち》から、ふあー……っと、魂《たましい》がもれでそうになる。

え？　え？　ええーっ！　じゃ、じゃあ、なんだい？

ぼくはその人《ひと》が、ユーシース帝国《ていこく》を統治《とうち》する圧倒的《あっとうてき》かつ絶対的《ぜったいてき》な権力《けんりょく》の持《も》ち主《ぬし》——すなわち、帝王《ていおう》その人《ひと》であるということを知《し》らないまま、無邪気《むじゃき》に遊《あそ》んでたってこと？

「そうなるわね」

あ、わわ……。

ひざをカクカクと揺《ゆ》らすぼくをチラッと見《み》て、ファミは意地悪《いじわる》そうな笑《え》みをふっと浮《う》かべた。

「たしか、ポップはお父様《とうさま》を馬《うま》にして、ドスンドスン背中《せなか》に乗《の》ってはしゃいでいたわよね」

は、はい。そ、そんな記憶《きおく》もあります。

「『はしれー、うま』とか言《い》いながら、おしりをたたいて」

ひ、ひ————っ！

「ヒーローごっこでは、お父様《とうさま》を悪《わる》い怪人《かいじん》にしたてて、オモチャの剣《けん》でバッサリ斬《き》り捨《す》てたり」

わーわーわ——っ!!　言《い》わないでくれ、もう言《い》わないでくれーっ!!

「そうそう。人間《にんげん》モグラたたきをして遊《あそ》んだときには、うきゃうきゃ笑《わら》いながら、モグラ役《やく》のお父様《とうさま》の脳天《のうてん》をピコピコハンマーでようしゃなく……」

も、もう……。泡《あわ》を吹《ふ》いて倒《たお》れそうだ……。

で、でもでも、それって全部《ぜんぶ》、ファミもやってたことだろっ！　ファミがとても楽《たの》しそうにやってたから、ぼくもついつい調子《ちょうし》に乗《の》っちゃって……。

「あら、だってお父様《とうさま》は『わたしのお父様《とうさま》』なんだから、すこしくらい、おしりたたいたっていいじゃない。問題《もんだい》はポップでしょ？　知《し》らなかったとは言《い》え、帝国《ていこく》のトップに君臨《くんりん》する王《おう》のおしりや頭《あたま》をボッコボコに……」

「し、してないしてない、してないって！」

ボッコボコとか、人聞《ひとぎ》きの悪《わる》いことを言《い》わないでくれぇぇぇぇぇっ！

頭《あたま》をかかえて動揺《どうよう》しまくるぼくの姿《すがた》を見《み》て、ファミが「ふふ」と楽《たの》しげに笑《わら》った。

「あ」と、一瞬《いっしゅん》、ぼくの時間《じかん》がさかのぼる。

再会《さいかい》して初《はじ》めて見《み》せた、ファミの素直《すなお》な笑顔《えがお》。およそ五年《ねん》ぶりのそれはあのころのままで。

こんな状況下《じょうきょうか》にありながら、ぼくはちょっとだけ、ホッとした気持《きも》ちになっていた。

「まぁ、過去《かこ》のことはどうでもいいのよ。とにかく、ポップ、あなたはわたしの旅行《りょこう》に同行《どうこう》するの。それが今日《きょう》の本題《ほんだい》」

「う、うーん、それにしたって……」

ぼくは、うなることしかできない。「それは『帝国《ていこく》の第《だい》三王女《おうじょ》としての命令《めいれい》』ってことになるのかな？」

それならば、ぼくに断《ことわ》るなんて選択肢《せんたくし》、あるわけがない。

しかし。

「違《ちが》うわ」と、ファミは即座《そくざ》にぼくの言葉《ことば》を打ち消《う け》した。

そして三度《みたび》、ぼくの目《め》の前《まえ》に『せーやくしょ』を突《つ》きつけた。

「わたしの身分《みぶん》がどうだとか、お父様《とうさま》が帝国《ていこく》の帝王《ていおう》だとか、そんなことはいっさい関係《かんけい》ないの。わたしはただこの『せーやくしょ』に書《か》かれた最後《さいご》の一文《いちぶん》にしたがって、ポップにお願《ねが》いしているだけなの」

真剣《しんけん》そのものの口《くち》ぶりだ。

「権力《けんりょく》とか命令《めいれい》とかじゃない。ただ、わたしとポップが一人《ひとり》の人間同士《にんげんどうし》として、友《とも》だちとしてかわしたこの約束《やくそく》を……、その……」

まくしたてるように訴《うった》えかけていたファミはそこまで言《い》って、ふいにごにょごにょと言葉《ことば》を濁《にご》したかと思《おも》うと、口《くち》をつぐんでうつむいた。

そして、すこしの沈黙《ちんもく》のあと、そろりと上目《うわめ》づかいでぼくを見《み》て、

「やっぱり……、だめ……だよね？」と、小声《こごえ》で言《い》った。

「ううん」

ぼくは首《くび》を横《よこ》に振《ふ》る。「ファミのボディガードとして、旅《たび》についていくってところは、全然《ぜんぜん》かまわないんだ。ただ、初《はじ》めての宇宙旅行《うちゅうりょこう》……って点《てん》が、すこし心配《しんぱい》なだけ」

ぼくのあっけらかんとした返答《へんとう》に、ファミは軽《かる》く息《いき》を呑《の》んだ。そして、心《こころ》の内《うち》をうかがうかのように、しばし、ぼくの目《め》をまじまじとのぞきこんでいた。

おさないころとまったく変《か》わらない、そのキラキラと輝《かがや》く彼女《かのじょ》の瞳《ひとみ》の奥《おく》には、喜《よろこ》びの感情《かんじょう》と、そして、「本当《ほんとう》に、いいの？」という、とまどいの色《いろ》が混《ま》じりあっていた。

ぼくはもう一度《いちど》、おおきくうなずいてみせる。

「ぼくでいいなら、行《い》くよ。いっしょに」断言《だんげん》する。

瞬間《しゅんかん》、ファミはほろっと表情《ひょうじょう》を崩《くず》しかけて、あわてて顔《かお》をそらした。

「……あ、あの……、ポップ。む、無茶《むちゃ》言《い》って……、ご、ごめんなさい……ね」

視線《しせん》を足《あし》もとに落《お》としたファミは、わきあがる感情《かんじょう》を必死《ひっし》に押《お》し殺《ころ》すように、早口《はやくち》で言《い》った。

「今《いま》さら、なに言《い》ってるんだよ。あんな怖《こわ》い顔《かお》で、半分脅迫《はんぶんきょうはく》まがいのことをしててさ」

「きょ、脅迫《きょうはく》なんかしてません！」ほっぺを赤《あか》くさせて、強《つよ》く抗議《こうぎ》する。

「まぁまぁ。でも、そうなると、まずは学校《がっこう》に休学届《きゅうがくとど》けを出《だ》さないといけないんだけど、それは、王宮《おうきゅう》のほうから口添《くちぞ》えしてくれるんだよね？」

「ええ、もちろんよ」

ファミが手振《てぶ》りでうながしてくれたので、ソファに腰《こし》を下《お》ろす。ふかっとしたやわらかなクッションが、ぼくのおしりをやわらかく受《う》け止《と》める。

「宇宙船《うちゅうせん》は『ベンリー二十四世号《せいごう》』……って、言《い》ったっけ？」

「ええ。さっきも言《い》ったけど、長距離空間跳躍技術《ちょうきょりくうかんちょうやくぎじゅつ》『空間《くうかん》シャクトリームC航法《シーこうほう》』が可能《かのう》なエンジンを初《はじ》めて搭載《とうさい》した、最新《さいしん》モデルの船《ふね》よ。快適《かいてき》な広々《ひろびろ》とした室内《しつない》で、楽々《らくらく》の八人乗《にんの》り。自動操縦《じどうそうじゅう》システムにオートブレーキも搭載《とうさい》してるの」

なんだか、テレビCM《シーエム》で聞《き》いたことがあるようなフレーズだ。

「出発《しゅっぱつ》は二週間後《しゅうかんご》か。目的地《もくてきち》のミルキーウェイ銀河《ぎんが》のGX《ジーエックス》エリアっていえば、ぼくたちの星《ほし》――ベオカ星《せい》とはかなり離《はな》れたエリアだよね」

「ええ、ベオカ星《せい》から銀河系中心《ぎんがけいちゅうしん》まで約四万光年《やくまんこうねん》。中心《ちゅうしん》からGX《ジーエックス》エリアまではおよそ三万光年《まんこうねん》と予測《よそく》されているわ」

「わざわざそんなところまで出向《でむ》いていく目的《もくてき》は、いったい何《なん》なの？」

「決《き》まっているじゃない。未知《みち》なるエリアの調査《ちょうさ》よ。今《いま》、ユーシース帝国《ていこく》は、ミルキーウェイ銀《ぎん》河《が》全体《ぜんたい》に勢力《せいりょく》を広《ひろ》めようと、未開拓《みかいたく》のエリアへどんどん進出《しんしゅつ》しているところでしょ？　帝国軍《ていこくぐん》本体《ほんたい》がスムーズに活動《かつどう》するためには当然《とうぜん》、そのエリアの入念《にゅうねん》な事前調査《じぜんちょうさ》、リサーチが必要《ひつよう》なの」

ベッドの端《はし》にちょこんと腰《こし》かけたファミは、向《む》こうっ気《き》の強《つよ》そうな表情《ひょうじょう》を崩《くず》すことなく、ぼくの質問《しつもん》に答《こた》える。

「その先遣隊《せんけんたい》として、わたしたちは行《い》くのよ」

と、よどみなく言《い》いきった。

けれども、ぼくはその『よどみのなさ』に、ふとした違和《いわ》をいだいていた。

ファミの回答《かいとう》が、あらかじめ作《つく》られたもののような……、つまり、事前《じぜん》にしっかりと用意《ようい》された『想定問答集《そうていもんどうしゅう》の定型文《ていけいぶん》』のように感《かん》じられ

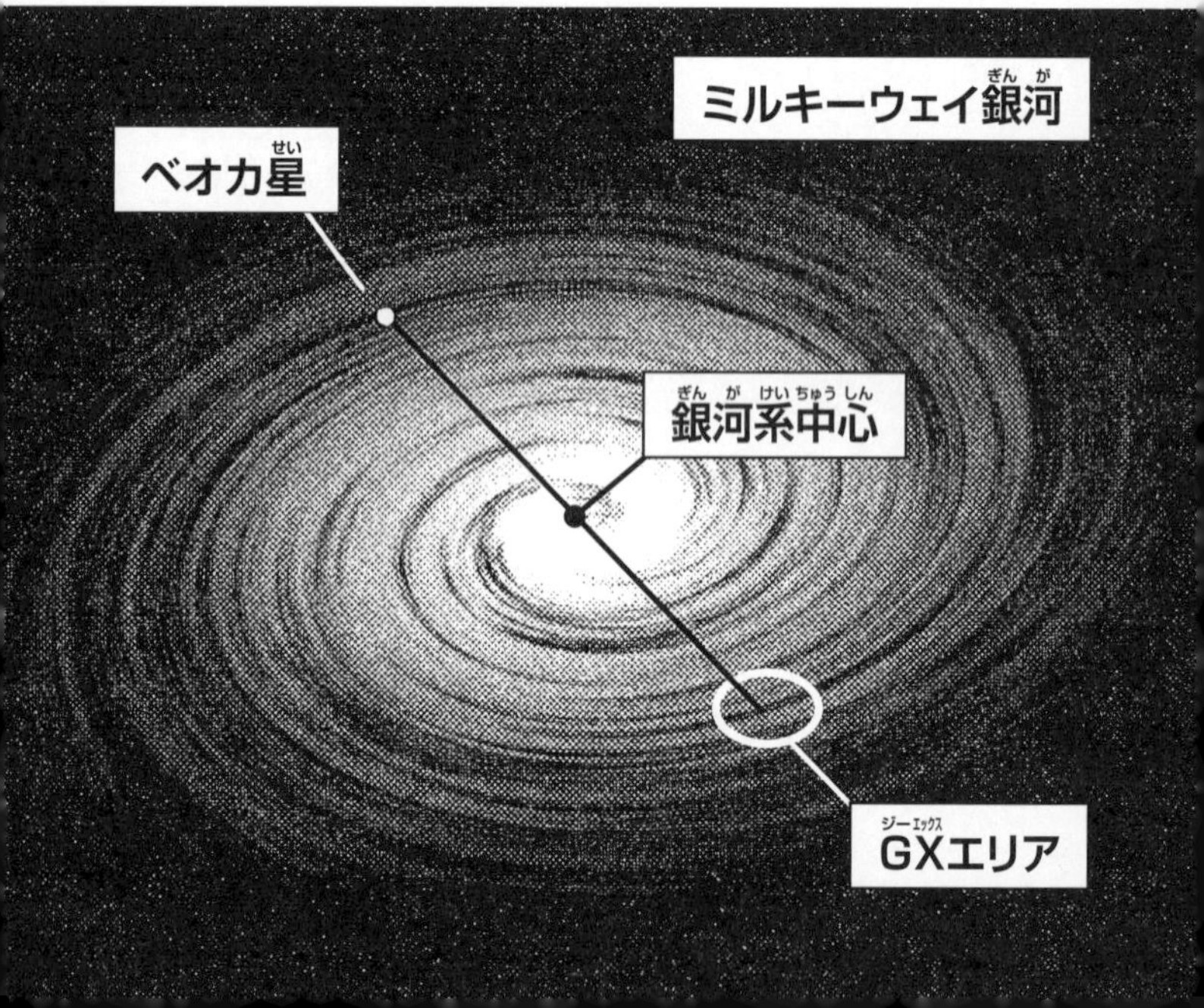

たからだ。

アドリブはいっさいなしで、「こう質問《しつもん》されたら、こう答《こた》えますよ」っていう台本《だいほん》のまま……って感《かん》じ。

でも、その違和感《いわかん》はとてもちいさなものだったので、それ以上深《いじょうふか》く考《かんが》えることはしなかった。

それよりも今《いま》は、ただひたすらにうれしかったんだよね。

ファミと数年《すうねん》ぶりに再会《さいかい》できたこと、ファミの笑顔《えがお》が変《か》わっていなかったこと、そして、ファミがぼくを頼《たよ》ってくれたこと。

そのなにもかもが。そのすべてが。

このときのぼくは、おさなきころのあの日《ひ》——『せーやくしょ』を書《か》いたあの日《ひ》と同《おな》じように、ただただ幸《しあわ》せだった。

3 帝国王家《ていこくおうけ》のおきて

「——どうしても、行《い》くというのか？」

聞《き》く者《もの》の身《み》をすくませるような、すごみのある重低音《じゅうていおん》の声《こえ》で問《と》うのは、特殊合金《とくしゅごうきん》でできた黒一色《くろいっしょく》の鎧《よろい》をまとう男《おとこ》だった。

足《あし》をおおきく開《ひら》き、どっしりと玉座《ぎょくざ》に腰《こし》かけた男《おとこ》の威《い》圧感《あっかん》はかなりのもの。たとえその素性《すじょう》を知《し》らなくとも、彼《かれ》の前《まえ》に立《た》つだれもが、その圧倒的《あっとうてき》な強者《きょうしゃ》のオーラにおびえ、身体《からだ》をこわばらせるに違《ちが》いないと確信《かくしん》できるほどに。

ましてや、その人物《じんぶつ》がユーシース帝国《ていこく》のトップに君臨《くんりん》する帝王《ていおう》だと知《し》る者《もの》にとっては、もうひたすらに怖《おそ》れ敬《うやま》

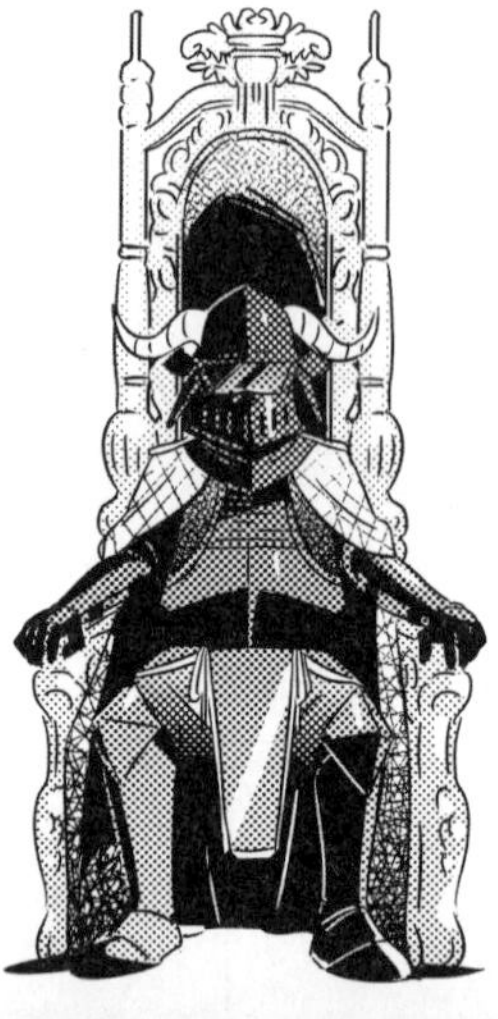

い、頭《こうべ》を垂《た》れて地面《じめん》に伏《ふ》す以外《いがい》に、なすすべはないだろう。

その男《おとこ》の表情《ひょうじょう》を見《み》ることは、残念《ざんねん》ながらかなわない。

黒《くろ》の鎧《よろい》におおわれた身体《からだ》と同様《どうよう》、彼《かれ》は不気味《ぶきみ》なデザインの黒《くろ》のヘルメットをかぶり、顔《かお》もまた、まっ黒《くろ》なゴーグルとマスクで隠《かく》されているのだから。

頭《あたま》のてっぺんから足《あし》のつま先《さき》に至《いた》るまで、人間《にんげん》であると確認《かくにん》できる生身《なまみ》の部分《ぶぶん》は、まったく露出《ろしゅつ》していない。まるでロボットのような、いかついいでたち。

シュコー……　シュコー……

口《くち》もとからもれでる無機質《むきしつ》な音《おと》が、静《しず》かな大広間《おおひろま》に不気味《ぶきみ》に響《ひび》く。

一定《いってい》のリズムでくり返《かえ》される短《みじか》い呼吸音《こきゅうおん》にあわせて、両《りょう》の肩《かた》がかすかに上下《じょうげ》する様《さま》だけが唯一《ゆいいつ》、男《おとこ》がぼくたちと同《おな》じ、生《い》きた人間《にんげん》であるという事実《じじつ》を証明《しょうめい》するのみだ。

「はい。もちろんですわ、お父様《とうさま》。予定《よてい》を変更《へんこう》するつもりはありません」

玉座《ぎょくざ》からまっすぐ延《の》びている、ふかふかとした長《なが》い毛《け》の赤《あか》じゅうたんの上《うえ》にちょこんと立《た》つファミが、男《おとこ》の威厳《いげん》に負《ま》けぬ堂々《どうどう》とした口《くち》ぶりで答《こた》える。玉座《ぎょくざ》の王《おう》を、まっすぐに見《み》あげる彼女《かのじょ》の背中《せなか》からは、断《だん》じて一歩《いっぽ》も引《ひ》かない、譲《ゆず》る気持《きも》ちはないとの強《つよ》い決意《けつい》がひしと伝《つた》わってくる。

ファミの背後《はいご》、モザイクで飾《かざ》られた冷《つめ》たい大理石《だいりせき》の床《ゆか》の上《うえ》に片《かた》ひざをついてひかえているぼくは、その威風《いふう》をまとった姿《すがた》にただただ驚《おどろ》き、舌《した》を巻《ま》くことしかできない。

それはまさに、『ユーシース帝国《ていこく》』の王女《おうじょ》たるにふさわしいたたずまい、そのものだ。

あの、あどけなかったファミがねぇ……という感慨《かんがい》が、むねの奥底《おくそこ》からわきでてくる。

あまえんぼうで泣《な》き虫《むし》だったあのころの彼女《かのじょ》からは、とても想像《そうぞう》できない姿《すがた》だ。歳月《さいげつ》というものは、成長《せいちょう》しようとする強《つよ》い意志《いし》をもつ人間《にんげん》を後押《あとお》しして、確実《かくじつ》に成長《せいちょう》させる寛容《かんよう》さを持《も》っているものなのだと、しみじみ実感《じっかん》させられる。

二人《ふたり》が会《あ》うことがかなわなかった五年半《ねんはん》もの歳月《さいげつ》。ぼくが剣術《けんじゅつ》の修業《しゅぎょう》に明《あ》け暮《く》れたように、彼《かの》女《じょ》は彼女《かのじょ》で、王《おう》の娘《むすめ》として経験《けいけん》をつみ重《かさ》ねて、王女《おうじょ》としての資質《ししつ》を高《たか》めていたというわけだね。

「絶対《ぜったい》に、行《い》きます」

ファミは両手《りょうて》のこぶしをギュッとにぎりしめながら、ユーシース帝国《ていこく》の帝王《ていおう》であり、そしてまた実《じつ》の父親《ちちおや》であるリマート王《おう》にむかって、きっぱりと言《い》いはなった。


——ぼくとファミが五年半《ねんはん》ぶりの再会《さいかい》を果《は》たしたあの日《ひ》から、十日《とおか》が過《す》ぎた。

当初《とうしょ》の予定《よてい》どおり、四日後《よっかご》には銀河《ぎんが》の彼方《かなた》へ向《む》けて出発《しゅっぱつ》することになっている。

長旅《ながたび》の準備《じゅんび》のため、あれやこれや忙《いそが》しい日々《ひび》を送《おく》っていたぼくは、この日《ひ》、ふたたびファミからの呼《よ》びだしを受《う》けて、王宮《おうきゅう》を訪《たず》ねていた。

そして、けしておおげさな表現《ひょうげん》ではなく、サ――ッと、いっきに青《あお》ざめることになった。

彼女《かのじょ》はぼくの顔《かお》を見《み》るなり、こう言《い》ったのだ。

今《いま》から、ファミの父親《ちちおや》――つまり、ユーシース帝国《ていこく》の王《おう》のもとへ出向《でむ》くから、ついてこい……と。

当然《とうぜん》ながら、全力《ぜんりょく》かつ速攻《そっこう》で拒否《きょひ》！

「いやいやいやいやいや、そんなおそれ多《おお》いこと、一庶民《いちしょみん》にすぎないわたくしめには、とてもとても……」

これ以上《いじょう》はムリと言《い》うくらいにまで頭《あたま》を低《ひく》くして、必死《ひっし》の思《おも》いで両手《りょうて》を振《ふ》る。

なにせぼくは、若気《わかげ》のいたり（？）とは言《い》え、ムチで帝王《ていおう》のおしりをはたき、ピコピコハンマーで頭《あたま》をなぐりつけた、ふとどき者《もの》なのだ。とてもじゃないけど、顔《かお》なんて合《あ》わせられない。

「もう、だらしがないわねっ」ファミが、あきれたように眉間《みけん》にしわを作《つく》る。

……そ、そんなこと言《い》われましてもぉ。

「でも残念《ざんねん》ながら、ポップに拒否権《きょひけん》はないの。だって、お父様《とうさま》から、あなたをいっしょに連《つ》れてくるようにって、命令《めいれい》されているんだもの」

ふへっ？

「でなければ、わざわざ呼《よ》びたてたりしないわよ」

ひ――――――っ！！！

「これで逃《に》げたりしたら、帝王《ていおう》の命令《めいれい》を聞《き》かなかった罪《つみ》で、それこそ全国指名手配犯《ぜんこくしめいてはいはん》になっちゃうかもねー」ファミは、楽《たの》しそうにケラケラと笑《わら》った。

ち、ちくしょー。人《ひと》ごとだと思《おも》って……と、歯《は》ぎしりするしかない。

ここにいたってはもう、おさなきころのぼくの『ふとどきな悪行三昧《あくぎょうざんまい》』を、王《おう》が忘《わす》れてしまっていることに、ただただ賭《か》けるしかないって状況《じょうきょう》だ。

そ、そうだよ。よくよく考《かんが》えてみれば、あれはもう五年以上《ねんいじょう》も前《まえ》の話《はなし》だからね。うん。きっと、忘《わす》れているに違《ちが》いないよねっ！　うんうん。

「残念《ざんねん》ながら、それだけは絶対《ぜったい》にありえないわ」悪魔《あくま》の笑《え》みを浮《う》かべて、ファミが言《い》う。

なんで？

なんで、そんなに自信満々《じしんまんまん》に断言《だんげん》できるの？

「だって、数日前《すうじつまえ》に夕食《ゆうしょく》をいっしょにいただいたとき、お父様《とうさま》に話《はな》しておいたから」

……なにを？

「今回《こんかい》の旅《たび》には、帝国《ていこく》の王《おう》であるお父様《とうさま》のおしりをバッシバシひっぱたき、頭《あたま》を右《みぎ》から左《ひだり》からボッコボコにはたきまくったポップが、いっしょに行《い》ってくれることになったのよ……って」

うぎゃ────っ！　な、なんでそんな余計《よけい》なことを……。

そ、それに『バッシバシ』とか『ボッコボコ』とか、誇大表現《こだいひょうげん》するなよっ！　四、五歳《さい》の子《こ》どものやったことだぞ。せめて『ペチペチ』と『ポコポコ』だろっ！

「ペチでもポコでも、どっちだっていいわよ。ほら、行《い》くわよ。玉座《ぎょくざ》の間《ま》で、お父様《とうさま》がお待《ま》ちだから」と、さっさと部屋《へや》を出《で》ていくファミ。

うわぁ。ぼく、どうなっちゃうんだろ……。

王《おう》の待《ま》つ広間《ひろま》までの道《みち》のりが、死刑台《しけいだい》に上《のぼ》る十三階段《じゅうさんかいだん》のように感《かん》じられたことは、言《い》うまでもない。


「──絶対《ぜったい》に、行《い》くんです」

念《ねん》を押《お》すかのように、ファミがもう一度《いちど》、声高《こわだか》に宣言《せんげん》した。

「ううむ……」ファミの強情《ごうじょう》に困《こま》り果《は》てた王《おう》が、短《みじか》くうめく。

そして、ぼくは二人《ふたり》に気取《けど》られないよう、やれやれ……と、ちいさなため息《いき》をつく。

「ほんとに？」王《おう》が、玉座《ぎょくざ》から身《み》を乗《の》りだして投《な》げかける。

「ほんとです」ファミが、王《おう》の言葉《ことば》をはねかえす。

「まじで？」「まじです」

あーあ。このやり取《と》り、もう何回目《なんかいめ》になるだろう？　二人《ふたり》の会話《かいわ》は、ずーっと堂々巡《どうどうめぐ》りだ。

けれど、リマート王《おう》がこんなにもしつこく食《く》い下《さ》がる気持《きも》ちも、わからないでもない。

なにせファミは、目《め》に入《い》れても痛《いた》くない大事《だいじ》なだいじな三人《にん》の愛娘《まなむすめ》のうちの一人《ひとり》、しかも末《すえ》っ子《こ》なんだからね。

彼女《かのじょ》が生《う》まれてすぐに、その母親《ははおや》、すなわちリマート王《おう》の妻《つま》である女王《じょおう》が病気《びょうき》で亡《な》くなったということもあって、男手《おとこで》一つで（と言《い》うのは、いささかおおげさかもしれないけれど）「花《はな》よ蝶《ちょう》よ」と、愛情《あいじょう》をそそいで育《そだ》ててきたんだから。

そんなかわいいかわいい娘《むすめ》が、よりによってはるか未開《みかい》の地《ち》——銀河《ぎんが》の果《は》てに旅《たび》に出《で》ると言《い》いだしたのだから、出発《しゅっぱつ》を四日後《よっかご》にひかえたこのタイミングになってなお、必死《ひっし》で引《ひ》き止《と》めたくなるのもやむを得《え》ないことだ。

「そうか……」リマート王《おう》はそうつぶやきつつ、首《くび》を横《よこ》に振《ふ》った。

終《お》わりの見《み》えない問答《もんどう》につかれた様子《ようす》で、黒一色《くろいっしょく》のおおきな身体《からだ》を深々《ふかぶか》と玉座《ぎょくざ》の背《せ》にもたせかると、ひじかけに右《みぎ》ひじを置《お》き、ほおづえをつく。

「お父様《とうさま》」重苦《おもくる》しい場《ば》の空気《くうき》をなぎはらうように、ファミが声《こえ》をあげた。

「長姉《ちょうし》のミマお姉《ねえ》さまは、ミルキーウェイ銀河《ぎんが》のER《イーアール》エリア、第《だい》六レオ星団一帯《せいだんいったい》を帝国《ていこく》の支配下《しはいか》とし、数《すう》か月後《げつご》に帰還《きかん》される予定《よてい》です」

「うむ。あれの働《はたら》きぶりは、わしも目《め》を見《み》はるほどだったなぁ」王《おう》がうなずく。

あ、ミマ王女《おうじょ》のことは、ぼくも知《し》っている。

彼女《かのじょ》は、帝国立《ていこくりつ》『武術養成学校《ぶじゅつようせいがっこう》』の卒業生《そつぎょうせい》。『拳闘術科《けんとうじゅつか》』所属《しょぞく》だったので、学《まな》んでいた武術《ぶじゅつ》は異《こと》なるけれど、ぼくの先輩《せんぱい》にあたる方《かた》なのだから。

武術養成学校《ぶじゅつようせいがっこう》に入学《にゅうがく》する生徒《せいと》は、ほとんどが男《おとこ》の子《こ》なんだけど、女《おんな》の子《こ》でもボディガード職《しょく》を志望《しぼう》する者《もの》が、毎年数名《まいとしすうめい》はいる。そのいずれをとっても、男子《だんし》に負《ま》けない腕《うで》っぷしの強《つよ》さと闘技《とうぎ》センスを備《そな》えた子《こ》ばかりだ。

そんな中《なか》にあって、ミマ・リィマ王女《おうじょ》はさらに別格《べっかく》だった。

『拳闘術科《けんとうじゅつか》、伝説《でんせつ》の人《ひと》』。

十数年前《じゅうすうねんまえ》、王《おう》の娘《むすめ》でありながら、本人《ほんにん》たっての希望《きぼう》で武術養成学校入学《ぶじゅつようせいがっこうにゅうがく》。その生《う》まれ持《も》った資《し》質《しつ》でめきめきと頭角《とうかく》を現《あらわ》し、最終的《さいしゅうてき》には、なみいる強者《つわもの》ぞろいの男子《だんし》を抑《おさ》えて、『拳闘術科《けんとうじゅつか》』をぶっちぎりの首席《しゅせき》で卒業《そつぎょう》したのだ。

むろん彼女《かのじょ》は王家《おうけ》の娘《むすめ》だから、ボディガードや警備《けいび》の職《しょく》につくわけではない。なんと言《い》っても第《だい》一王女《おうじょ》なのだ。リィマ王家《おうけ》の跡継《あとつ》ぎ候補《こうほ》、ナンバー1《ワン》の位置《いち》にいるわけだしね。

「――次姉《じし》のファリお姉《ねえ》さまは、半年前《はんとしまえ》にCS《シーエス》エリアへむけて出発《しゅっぱつ》し、現在《げんざい》、第《だい》二アリエス星雲《せいうん》にて、いろいろな情報《じょうほう》やデータを収集《しゅうしゅう》、分析中《ぶんせきちゅう》と聞《き》いています」

「うむうむ。もう三、四か月《げつ》もすれば、アリエス星雲全体《せいうんぜんたい》のリサーチを終《お》えると、超光子《ちょうこうし》メールが届《とど》いていた。ファリから送《おく》られてきた中間報告書《ちゅうかんほうこくしょ》はいずれもきめ細《こま》かで論理的《ろんりてき》、しっかりと要《よう》点《てん》を押《お》さえているんだよな」

あ、あーそうそう。ファリ・リィマ王女《おうじょ》もすごいんだよ。

こちらは頭脳《ずのう》のほうでずば抜《ぬ》けてて、真《しん》の天才《てんさい》しか入学《にゅうがく》できないとされている帝国随一《ていこくずいいち》の難関《なんかん》大学《だいがく》を十二歳《さい》で卒業《そつぎょう》しちゃったってほどなんだから。

こちらもまた、ぼくのごとき凡人《ぼんじん》にはまさに神様《かみさま》レベル、雲《くも》の上《うえ》の人《ひと》……ってことになる。

「われらは、いずれファリから送《おく》られてくるであろう最終情報《さいしゅうじょうほう》を待《ま》ちつつ、アリエス星雲進出《せいうんしんしゅつ》の本隊編成《ほんたいへんせい》を着々《ちゃくちゃく》と進《すす》めているところだ」

王《おう》が遠《とお》い目《め》をしながら、満足《まんぞく》げに二度《ど》三度《ど》と、うなずく。「帝国《ていこく》の勢力拡大《せいりょくかくだい》のために先頭《せんとう》に立《た》ち、指揮《しき》を振《ふ》るうこと、とりわけ未開宇宙《みかいうちゅう》を調査《ちょうさ》する先遣隊《せんけんたい》の危険《きけん》な任務《にんむ》は、王《おう》に近《ちか》しい家族《かぞく》や親族《しんぞく》が行《おこな》う。これは『ユーシース帝国《ていこく》』のおきてとして揺《ゆ》るぎないものだ。この役目《やくめ》を王族《おうぞく》がしっかりと果《は》たすことで、臣下《しんか》の者《もの》たちも、絶対的《ぜったいてき》な信頼《しんらい》と忠誠《ちゅうせい》をもって帝国《ていこく》のために尽《つ》くすことになる。その意味《いみ》ではミマとファリ、二人《ふたり》の奮闘《ふんとう》ぶりは、まったくもって王《おう》の娘《むすめ》にふさわしい」

「なれば」と、ファミが間髪《かんはつ》をいれずにたたみかける。

「帝国《ていこく》の繁栄《はんえい》のため粉骨砕身《ふんこつさいしん》務《つと》められているお姉《ねえ》さまたちのように、わたしもお父様《とうさま》のお力《ちから》になりたいと、そう決意《けつい》することがいけないことなのでしょうか？」

強《つよ》く言《い》いきったファミ王女《おうじょ》に、しかし、王《おう》は一呼吸置《ひとこきゅうお》いてから、

「……なぁ、ファミよ」と、諭《さと》すようなやさしい声色《こわいろ》で語《かた》りかけた。

「おまえ、齢《とし》はいくつになった？」

「今《いま》、十一歳《さい》です。三日後《みっかご》の誕生日《たんじょうび》、七月七日《がつなのか》で十二歳《さい》になります」

「そうだ。おまえはまだ十三歳《さい》にもならない、つまり、成人式《せいじんしき》も迎《むか》えていない子《こ》どもなんだぞ」

『子《こ》ども』という単語《たんご》に反応《はんのう》し、ファミはムッと下《した》くちびるをつきだして抗議《こうぎ》の意《い》を示《しめ》したけれど、王《おう》は素知《そし》らぬふりで受《う》け流《なが》した。そして、

「そこで提案《ていあん》なのだが」と、おおきく広《ひろ》げた右手《みぎて》をつきだした。

「あと五年《ねん》。あと五年《ねん》待《ま》ってはどうかな。それくらいになれば、おまえにも帝国《ていこく》の仕事《しごと》も安心《あんしん》してまかせられるというもの……」

「……お……お父様《とうさま》は……」

ファミの声《こえ》がふいにおおきく震《ふる》えた。「お父様《とうさま》は、わたしが子《こ》どもだから……信用《しんよう》できないと……、そのように……」

「あ？　あ、あぁ、いやいや、そういう意味《いみ》ではない」

王《おう》が顔《かお》の前《まえ》で、わたわたと右手《みぎて》を振《ふ》る。「ほ、ほれ、よくよく考《かんが》えてもみろ。ミマの初陣《ういじん》は十六のときだったろう？　ファリはそれよりもすこし早《はや》かったが、それでも十五の歳《とし》になってからだった。だから、おまえもせめてそのくらいになってからがいいかなーと、思《おも》って……」

「お父様《とうさま》は、わたしのような……、ファミのような半人前《はんにんまえ》の半端者《はんぱもの》には、お仕事《しごと》をまかせられないって……」

彼女《かのじょ》の声《こえ》に、じょじょに涙《なみだ》がまじっていく。

明《あか》るい色調《しきちょう》のドレスのスカートのすそが、こきざみに震《ふる》えたかと思《おも》うと、ファミはそのおおきな瞳《ひとみ》に、みるみる涙《なみだ》をあふれさせた。

「い、いや、そんなことはない」

王《おう》がおろおろおたおたとした口調《くちょう》で、両手《りょうて》をブンブンとおおきく振《ふ》って否定《ひてい》する。

「パ……、パパは……、ファミのことを……そんなふうに……」

「違《ちが》うちがーう！！！」王《おう》の絶叫《ぜっきょう》が、大広間《おおひろま》に響《ひび》きわたる。

しかし、ボロボロとファミのほおを伝《つた》い落《お》ちる涙《なみだ》はもう、止《と》めることはできない。大粒《おおつぶ》の涙《なみだ》が、パタパタと深紅《しんく》のじゅうたんを湿《しめ》らせていく。

「うぅー……、た、たしかにファミは、ミマお姉《ねえ》さまほど勇猛果敢《ゆうもうかかん》でもなく、ファリお姉《ねえ》さまほどに頭脳明晰《ずのうめいせき》でもないよ……」

ファミの口調《くちょう》がみるみるうちに、五年前《ねんまえ》のあのころのものに変《か》わっていく。

「あーあ、違《ちが》うって、ちがうってば！」王様《おうさま》、おおあわて。

ファミは糸《いと》を切《き》られた操《あやつ》り人形《にんぎょう》のように、ストンと赤《あか》じゅうたんの上《うえ》に両《りょう》ひざをついた。

「パ、パパにとって……うう……、で、できそこないの三番目《ばんめ》は、信頼《しんらい》できなくて、全然《ぜんぜん》だめだと……うっ……うっ……」

両手《りょうて》で顔《かお》をおおい、ゆかにつっぷして号泣《ごうきゅう》を始《はじ》めるファミ。「うあ――――ん」

「ち、ちちち、違《ちが》うちがうぅ！　ファミよ、わしはただ心配《しんぱい》なだけなんだ。おまえは内気《うちき》でおしとやかで、だれにもわけへだてなくやさしくて、虫《むし》も殺《ころ》さぬほどに思《おも》いやりのある天使《てんし》のような子《こ》だからな。そんなかわいいかわいいおまえに、過酷《かこく》な宇宙《うちゅう》の旅《たび》はどうかなーと思《おも》っただけで、けしておまえのことを信頼《しんらい》していないというわけでは……、その……あの……ねっ……」

すさまじい狼狽《ろうばい》ぶり。帝王《ていおう》の威厳《いげん》、ゼロだ。

「えーん、パパが……、えーん、ひどいひどい……、びぇーん、ファミのことを……、えーんえーん、バカにしたぁー……」

「い、いやいや、そうじゃない、そうじゃないってってって」

パパ、大《だい》パニック。

「あぁ、かわいいファミよ、どうか泣《な》きやんでおくれ。わしはただ、心配《しんぱい》しているだけなんだってば。あ、そ、それにほら、おまえは先月《せんげつ》まで、ケガをして帝国病院《ていこくびょういん》に入院《にゅういん》していたではないか。バイオリンのレッスンのしすぎで、左《ひだり》うでを骨折《こっせつ》して。まだ痛《いた》むんじゃないのか？」

え？

バ、バイオリンのレッスンでうでを折《お》ったって？　それ、ほんと？　どうやったらバイオリンの練習《れんしゅう》で、うでの骨《ほね》を折《お》るんだ？

「えーんえーん、び、び、び、びえぇぇぇぇぇ――――ん」

しかし、ファミの泣《な》き声《ごえ》は止《や》まない。王《おう》の説得《せっとく》を聞《き》く気《き》はひたすらなさそうだ。

「あ、ああ、わかったわかった」

頭《あたま》をかかえたリマート王《おう》が根負《こんま》けしたように、しょんぼりとしょぼくれた。「もういい、わかった。許《ゆる》すゆるす、ゆ・る・す！」

はい、王様《おうさま》の負《ま》けー。

王《おう》のギブアップ宣言《せんげん》を受《う》けて、ファミは泣《な》きやみ、顔《かお》をあげた。

「……ほんと？　パパ？」

この展開《てんかい》に、『せーやくしょ』を書《か》いたあの日《ひ》の光景《こうけい》が、ぼくの脳裏《のうり》をよぎったのは言《い》うまでもない。

「ああ、もう、なんというか、好《す》きにするがよい」王《おう》は、力《ちから》なく右手《みぎて》をヒラヒラとさせた。

「うわあっ」泣《な》きっ面《つら》が一転《いってん》、満面《まんめん》に可憐《かれん》な笑《え》みがあふれる。

重苦《おもくる》しい空気《くうき》が充満《じゅうまん》していた大広間《おおひろま》に、パッと花《はな》が咲《さ》いたかと錯覚《さっかく》させられる笑顔《えがお》。

その目《め》がくらむような華《はな》やかさは、人《ひと》をひきつける魅力《みりょく》にあふれている。これもまた、生《う》まれついての王女《おうじょ》としての彼女《かのじょ》に備《そな》わった、強力《きょうりょく》な武器《ぶき》の一つに違《ちが》いない。

「パパッ！」

ファミは立《た》ちあがると、スカートのすそを両手《りょうて》で軽《かる》くつまんでたくしあげ、小走《こばし》りで玉座《ぎょくざ》へと駆《か》けよった。

そのままリマート王《おう》の首《くび》にうでを回《まわ》して、キュッと抱《だ》きしめる。

「パパ、だーいすきぃっ」マスクの上《うえ》から、ほっぺに「ちゅ」と、軽《かる》くキス。

「いやいや、そのなんだ、うむ、まぁ、がんばるんだよ」

「はぁい、パパ。ファミね、だいすきなパパのために、一生懸命《いっしょうけんめい》にがんばるんだから！」

「そうかそうか、うふ……、うふふ……」王様《おうさま》、デレデレ。

ゴーグルとマスクで表情《ひょうじょう》はわからないんだけれど、絶対《ぜったい》、鼻《はな》の下《した》のびているよ。なんにせよ、他人《たにん》には見《み》せられない光景《こうけい》だよなぁ、これ。

「それじゃあ、パパ……、いえ、お父様《とうさま》」

ファミは王《おう》から離《はな》れて表情《ひょうじょう》をあらためると、直立不動《ちょくりつふどう》の姿勢《しせい》を取《と》った。

「ユーシース帝国第《ていこくだい》三王女《おうじょ》のファーミ・リィマは、四日後《よっかご》の七月八日《がつようか》、ミルキーウェイ銀河《ぎんが》GX《ジーエックス》エリア調査《ちょうさ》の先遣隊《せんけんたい》として、出発《しゅっぱつ》いたします」

さっきまでの甘《あま》ったれた口調《くちょう》から一転《いってん》、キリッと言《い》いきる。

「う、うむ、まぁ、いろいろと心配《しんぱい》はつきぬところだが、わが帝国《ていこく》の科学力《かがくりょく》や技術《ぎじゅつ》をふんだんに搭載《とうさい》した宇宙船《うちゅうせん》、そして、優秀《ゆうしゅう》なスタッフを帯同《たいどう》させれば問題《もんだい》あるまい。しかし、油断《ゆだん》は禁物《きんもつ》だからな、ファミ」

「はいっ。お父様《とうさま》のご期待《きたい》にそえますよう、誠心誠意務《せいしんせいいつと》めます」

ファミはおおきくうなずいて決意表明《けついひょうめい》すると、「では、わたしは旅《たび》の準備《じゅんび》の最終《さいしゅう》チェックが残《のこ》っていますので、失礼《しつれい》いたします」と、クルリきびすを返《かえ》した。

ぼくは上目《うわめ》づかいで、赤《あか》じゅうたんの上《うえ》をノシノシと歩《ある》いてくるファミの表情《ひょうじょう》を、チラリとうかがった。

案《あん》の定《じょう》、してやったりの得意《とくい》げな顔《かお》。ぼくと目《め》が合《あ》うとちいさく舌《した》を出《だ》し、いたずらっ子《こ》のような笑《え》みを返《かえ》してくる。

やれやれ。したたかというか、なんというか……。

これが「内気《うちき》でおしとやかで、だれにもわけへだてなくやさしくて、虫《むし》も殺《ころ》さぬほどに思《おも》いやりのある天使《てんし》のような子《こ》」だって？　王様《おうさま》、完全《かんぜん》にだまされているよなぁ。

ファミが右横《みぎよこ》を通《とお》りすぎるのを待《ま》って、すっくと立《た》ちあがる。帝王《ていおう》にむかって、深々《ふかぶか》と一礼《いちれい》、そのまま回《まわ》れ右《みぎ》。

ファミのうしろについて、しれっと大広間《おおひろま》を出《で》ようとしたところで……、

「待《ま》て」と、玉座《ぎょくざ》から声《こえ》がかかる。

　　ギク

「ポップ・ランバートよ」

　　ギクギクギク

ついさっきまでの、デレデレした口調《くちょう》とはうってかわり、威厳《いげん》のある低《ひく》い声色《こわいろ》にもどっている。

その重厚《じゅうこう》な響《ひび》きを背中《せなか》で受《う》けとめるだけで、身体《からだ》から冷《ひ》や汗《あせ》が噴《ふ》きだす。

「は……、はい」それだけの声《こえ》をしぼりだすのに、全身《ぜんしん》のエネルギーを要《よう》する。

「すこし話《はなし》がある。おまえはここに残《のこ》れ」

ぐわあっ、キタ――――ッ！　ぼ、ぼくの人生《じんせい》の終《お》わりが見《み》えた……。がっくり。

なんにせよ王《おう》の命令《めいれい》だ。断《ことわ》るなどという選択肢《せんたくし》は一ミリもない。

ファミに不安《ふあん》な視線《しせん》をチラと送《おく》るも、彼女《かのじょ》はぼくの顔《かお》を軽《かる》く見返《みかえ》してニヤと笑《わら》っただけで、そのままプイと広間《ひろま》を出《で》ていってしまった。

鉄枠《てつわく》がはめられた頑丈《がんじょう》そうな木製《もくせい》の扉《とびら》が、バターンとおおきな音《おと》を立《た》てる。

無情《むじょう》にも、逃《に》げ道《みち》は閉《と》じられた。あっさりと。

ああ……。は、薄情者《はくじょうもの》ぉ……。

帝国《ていこく》の王《おう》と一庶民《いちしょみん》が、大広間《おおひろま》で二人《ふたり》ぼっち。こんな居心地《いごこち》の悪《わる》い心細《こころぼそ》さって、長《なが》い人生《じんせい》の中《なか》でもそうそう経験《けいけん》することはないだろう。

「ふぅ」ちいさく息《いき》を吐《は》き、そして覚悟《かくご》を決《き》める。もう腹《はら》をくくった。

これからぼくがなすべきことは、ただひとつ……。ひとつだけだ。

そう、ひたすらに昔《むかし》の非礼無礼《ひれいぶれい》を謝《あやま》り倒《たお》して、すこしでも刑罰《けいばつ》を軽《かる》くしてもらうよう、がんばるだけだよっ！

4 空間跳躍《くうかんちょうやく》シャクト航法《こうほう》

「――シャクト航法《こうほう》システム起動《きどう》します」

メインフロアに凛《りん》と響《ひび》きわたる、落《お》ち着《つ》きはらった女《おんな》の子《こ》の声《こえ》が、過去《かこ》のあの日《ひ》に飛《と》んでいたぼくの意識《いしき》を、ハッと現実世界《げんじつせかい》へと呼《よ》びもどす。

おっと、いけないいけない。ちょっとボンヤリしていたようだ。

軽《かる》く頭《あたま》を振《ふ》って、背《せ》すじをシャンと伸《の》ばす。

「回路接続《かいろせつぞく》。シャクトエンジンに、ムシィモエネルギー注入開始《ちゅうにゅうかいし》。十……三十……、エンジンギアをミドルポジションに切《き》りかえます。……五十……八十……」

コックピットパネルの光《ひかり》を青色《あおいろ》フレームのメガネに反射《はんしゃ》させながら、副操縦席《ふくそうじゅうせき》に陣取《じんど》ったヤマザキ・ヒビノが、計器《けいき》の数字《すうじ》を力強《ちからづよ》く読《よ》みあげていく。

宇宙船《うちゅうせん》『ベンリー二十四世号《せいごう》』は今《いま》まさに、この航海《こうかい》で三度目《どめ》となる『シャクト航法《こうほう》』に入《はい》ろうとしていた。

ヤマザキのカウントアップの声《こえ》にあわせて、船長席《せんちょうせき》の横《よこ》に立《た》つぼくの両《りょう》のこぶしにも、知《し》らず知《し》らずのうちにぐうっと力《ちから》がこもっていく。

『シャクト航法《こうほう》』は、正式名称《せいしきめいしょう》を『空間《くうかん》シャクトリームC《シー》航法《こうほう》』と言《い》う。ごく最近《さいきん》ベオカ星《せい》で実《じつ》用化《ようか》された、宇宙空間《うちゅうくうかん》を跳躍《ちょうやく》するワープ航法《こうほう》の新技術《しんぎじゅつ》だ。

普通《ふつう》、スタート地点《ちてん》（S点《エスてん》）からゴール地点《ちてん》（G点《ジーてん》）まで移動《いどう》したければ、二つの地点《ちてん》を結《むす》んだ直線《ちょくせん》に沿《そ》ってまっすぐ進《すす》めばいい。相応《そうおう》の時間《じかん》はかかるけれど、いずれ目的地《もくてきち》にたどりつくことができる。

しかし、『シャクト航法《こうほう》』の技術《ぎじゅつ》を使《つか》えば、S点《エスてん》とG点《ジーてん》の間《あいだ》の空間《くうかん》をぎゅーっとねじ曲《ま》げて近《ちか》づけることができるのだ。イメージとしては、尺取《しゃくと》り虫《むし》が前《まえ》に進《すす》むときに、細長《ほそなが》い身体《からだ》をきゅーっと縮《ちぢ》こめるアレのようなもの……と、想像《そうぞう》してもらえればいいかもしれない。

そうすれば、S点《エスてん》に立《た》つ者《もの》は足《あし》を一歩《ぽ》踏《ふ》みだしただけで、目的地《もくてきち》のG点《ジーてん》に到達《とうたつ》することが可能《かのう》になるって寸法《すんぽう》なのである（……なんて、エラソーに説明《せつめい》しているけど、正直《しょうじき》なところ凡人《ぼんじん》のぼくには、小難《こむずか》しい理論《りろん》や理屈《りくつ》なんて、さっぱり理解《りかい》できていないんだけどね）。

シャクト航法《こうほう》は最新《さいしん》ほやほやの技術《ぎじゅつ》で、近距離移動《きんきょりいどう》のテストはすでに何百回《なんびゃっかい》と試行《しこう》されている。

そして、事故《じこ》が起《お》こったとか失敗《しっぱい》したとかいう報告事例《ほうこくじれい》は、これまで一件《けん》もあがってはいない。

だけど、今回《こんかい》はちょっとばかり事情《じじょう》が違《ちが》うんだよ、ね。

……と、そのとき、ぼくの右手《みぎて》に、なにかがふっと触《ふ》れた。

チラと目《め》だけ動《うご》かして見《み》ると、にぎりしめたぼくの右手《みぎて》の小指《こゆび》あたりに、船長《せんちょう》の左手《ひだりて》が伸《の》びていた。

船長席《せんちょうせき》に腰《こし》かけている『ベンリー二十四世号《せいごう》』の船長《せんちょう》は、口《くち》をキッと真一文字《まいちもんじ》に結《むす》んで、シャクト航法《こうほう》の準備《じゅんび》を進《すす》めるコックピットを、ただまっすぐに見《み》つめている。

強気《つよき》でならす船長《せんちょう》も、さすがに緊張《きんちょう》しているようで、その表情《ひょうじょう》はすこしこわばっていた。

しかし、それも無理《むり》のないことではある。

今回《こんかい》で三度目《どめ》……とは言《い》っても、これまでの二回《かい》のシャクト航法《こうほう》は、動力《どうりょく》システムのテストとエンジンの慣《な》らし運転《うんてん》を兼《か》ねての、数百光年単位《すうひゃくこうねんたんい》の近距離跳躍《きんきょりちょうやく》にすぎなかったのだ。

そしていよいよ今回《こんかい》、初《はつ》の数千光年単位《すうせんこうねんたんい》の距離《きょり》に初挑戦《はつちょうせん》するってわけで。

どんなことにしたって『自分自身《じぶんじしん》の安全《あんぜん》に関《かか》わる初《はじ》めてのこと』には、なみなみならぬ緊張《きんちょう》を強《し》いられてしまうのは、いたしかたないこと。

この世《よ》に「百パーセント絶対《ぜったい》うまくいく」と言《い》いきれるものは存在《そんざい》しないし、「九十九パーセント安全《あんぜん》で、ほとんど心配《しんぱい》はいらない」なんて言《い》われたところで、最悪《さいあく》、百分《ぶん》の一の確率《かくりつ》でハズレを引《ひ》いて、とんでもないトラブルに巻《ま》きこまれる可能性《かのうせい》だってあるわけだし。ましてや宇宙《うちゅう》空間《くうかん》での事故《じこ》ともなれば、それはストレートに『死《し》』を意味《いみ》する……と言《い》っても、言《い》いすぎではないのだから。

そんな状況下《じょうきょうか》で、「緊張《きんちょう》するな、気楽《きらく》にしときなよ」なんて言《い》われたって、それは無茶《むちゃ》ってものだよ、ね。

ぼくはこぶしをほどくと、船長《せんちょう》のきゃしゃな指先《ゆびさき》をそっとたぐりよせて、にぎりしめた。

船長《せんちょう》の手《て》のひらには、かすかに汗《あせ》が浮《う》かんでいた。船長《せんちょう》は不安《ふあん》な気持《きも》ちを伝《つた》えるかのように、その指先《ゆびさき》にキュッと力《ちから》をこめてくる。

——大丈夫《だいじょうぶ》だいじょうぶ……。ぼくはここにいる。

想《おも》いをこめて、ぼくも右手《みぎて》にくっと力《ちから》を入《い》れる。

——絶対《ぜったい》そばにいるから。だから、だいじょうぶ。

そんなぼくら二人《ふたり》の緊張《きんちょう》をよそに、シャクト航法《こうほう》の準備《じゅんび》はよどみなく、そして、たんたんと進《すす》められていく。

「……百……、百二十パーセント。ムシィモエネルギー、注入完了《ちゅうにゅうかんりょう》しました。安全装置《あんぜんそうち》を解除《かいじょ》、エンジンギアをハイポジションへ切《き》り替《か》えます」

ポーン……ポーン……

二回《かい》、電子音《でんしおん》が鳴《な》る。

「シャクト航法《こうほう》、準備完了《じゅんびかんりょう》しました。カウントダウンナビを主操縦桿《メインそうじゅうかん》へ移行《いこう》します」

「りょうかイ。ナビを受《う》けとりましタ」

ヤマザキのハキハキとした指示《しじ》に従《したが》い、隣《となり》の主操縦席《メインそうじゅうせき》のＱ子《こ》が、目《め》の前《まえ》のパネルをちょいちょいと操作《そうさ》する。

「カウントダウン開始《かいし》します。十……九……はチ……」

操縦桿《そうじゅうかん》をにぎりしめたＱ子《こ》のカウントダウンにあわせて、『ベンリー二十四世号《せいごう》』のメインフロアには、息苦《いきぐる》しさを感《かん》じさせる重《おも》い空気《くうき》が充満《じゅうまん》していく。

船長《せんちょう》の左手《ひだりて》にも、力《ちから》がこもる。つなぎあった手《て》と手《て》を通《とお》して、たがいの心臓《しんぞう》の音《おと》が一つに重《かさ》なるような錯覚《さっかく》。

「……六……五……よン……」

ゴクリとつばを呑《の》む。

「……二……いチ……」

Q子《こ》の甲高《かんだか》い電子音声《でんしおんせい》が、フロア内《ない》にひときわおおきく響《ひび》きわたる。「ゼロ！」

そのせつな『ベンリー二十四世号《せいごう》』は音《おと》も振動《しんどう》もなく、数千光年《すうせんこうねん》もの空間跳躍《くうかんちょうやく》に入《はい》った。

船内《せんない》に、光《ひかり》の結晶《けっしょう》と化《か》した時間《じかん》と空間《くうかん》の粒《つぶ》がキラキラ輝《かがや》き、舞《ま》い散《ち》る。

しかし、その圧倒的《あっとうてき》なきらめきに目《め》を細《ほそ》めた瞬間《しゅんかん》にはもう、『ベンリー二十四世号《せいごう》』は空間《くうかん》を跳《と》びこえる旅《たび》を終《お》えていた。まさに、まばたきをする間《ま》もない……ってやつだ。

コックピットのフロントガラスのむこうに見《み》える景色《けしき》は、先《さき》ほどまでとなんら変《か》わるところはない。まばらに輝《かがや》く星々《ほしぼし》が彼方《かなた》に点々《てんてん》と見《み》えるだけの、いつもどおりの漆黒《しっこく》が広《ひろ》がっている。

肉眼《にくがん》で見《み》る光景《こうけい》にほとんど変化《へんか》がないので、はたして計画《けいかく》どおりの空間跳躍《くうかんちょうやく》ができたのかどうか、いまいち実感《じっかん》しづらい。

「現在位置《げんざいいち》を確認《かくにん》しますので、少々《しょうしょう》お待《ま》ちくださイ」

Q子《こ》の、いつもどおりののんびり間延《まの》びした声《こえ》が響《ひび》き、日常《にちじょう》の空気《くうき》がメインフロア内《ない》に降《お》りてくる。こわばっていた身体《からだ》からゆるりと力《ちから》がぬけ、両《りょう》の肩《かた》がふっと落《お》ちる。

ヤマザキがコックピットパネルの計器《けいき》をチェックしながら、

「エンジンギアをローポジションへもどしました。通常航行《つうじょうこうこう》システムに切《き》り替《か》えます。機体《きたい》および内部機関《ないぶきかん》に異常《いじょう》・損傷《そんしょう》、認《みと》めず。航行《こうこう》に支障《ししょう》なし……」と、冷静《れいせい》そのものの口調《くちょう》で、順次報告《じゅんじほうこく》を上《あ》げていく。

「えーっとですねぇ、現在地点《げんざいちてん》ハ……」

座標確認《ざひょうかくにん》を終《お》えたQ子《こ》から、報告《ほうこく》が上《あ》がる。「ミルキーウェイ銀河《ぎんが》DS《ディーエス》エリア内《ない》、座標《ざひょう》一一〇六……ですネ」

「結局《けっきょく》、どれくらい跳《と》んだことになるのかしら？」

船長《せんちょう》が問《と》いかけると、操縦席《そうじゅうせき》のQ子《こ》は振《ふ》りかえって、

「ざっと三千二百光年《こうねん》ほどの距離《きょり》ヲ……」と、言《い》いかけて言葉《ことば》を切《き》った。そして、

「あれあれ、あれレ？　船長《せんちょう》とポップさん、お手《て》をつないで仲良《なかよ》しですネ」と、冷《ひ》やかし口調《くちょう》で言《い》った。

ハッと顔《かお》を見《み》あわせる、ぼくと船長《せんちょう》。たがいに自分《じぶん》の手《て》に、そろりと視線《しせん》を落《お》とす。

うん。

たしかに手《て》をつないでいるよ……ね。間違《まちが》いない。

「ちょ、ちょっとおっ！」顔《かお》をまっ赤《か》にした船長《せんちょう》——ファミが声《こえ》を荒《あら》らげた。

「な、なにを勝手《かって》に、人《ひと》の手《て》をにぎっているのよっ！」と、ぼくの手《て》を思《おも》いっきり振《ふ》りはらう。

うあ、すさまじい言《い》いがかりだ。り、理不尽《りふじん》すぎる。

「わーいわーい、ポップさんが怒《おこ》られタ」Q子《こ》がチャチャを入《い》れる。

ヤマザキも、副操縦席《ふくそうじゅうせき》をクルリと半回転《はんかいてん》させ、冷《ひ》ややかな眼光《がんこう》をぼくに投《な》げかけてくる。青《あお》ぶちメガネのブリッジを右手《みぎて》の中指《なかゆび》でクイとあげながら、冷《つめ》たくひと言《こと》。

「勝手《かって》に女《おんな》の子《こ》の手《て》をにぎるなんて、サイテーですね」

いやいやいやいや、ちょっと待《ま》てって、違《ちが》うって、誤解《ごかい》だってば！

アワアワやっているぼくを横目《よこめ》に、ファミ船長《せんちょう》は、

「ヤマザキ。シャクト航法《こうほう》は、続《つづ》けてもう一回《かい》できるかしら？」と、話題《わだい》を変《か》えた。

「いえ、エネルギー残量《ざんりょう》が不足《ふそく》していますので不可能《ふかのう》ですね。わたくしの計算《けいさん》より、大幅《おおはば》にエネルギーをロスしました。跳躍距離《ちょうやくきょり》も想定《そうてい》していた数値《すうち》より、ずいぶんと短《みじか》いですし……」

ええっ！

さ、三千二百光年《こうねん》もの距離《きょり》を跳躍《ちょうやく》して、短《みじか》い……だって？　これって、現時点《げんじてん》では、ベオカ星《せい》人《じん》が記録《きろく》した最長距離《さいちょうきょり》だよ？　ギネスブックにのせてもいいくらいのレベルだよ。

ヤマザキは、「はぁ」と不満《ふまん》げなため息《いき》をついて、右《みぎ》の人《ひと》さし指《ゆび》でイライラとこめかみのあたりをクリクリもんだ。その拍子《ひょうし》に、彼女《かのじょ》の白衣《はくい》の右《みぎ》そでがずれ落《お》ち、グルグルに包帯《ほうたい》を巻《ま》いた右《みぎ》うでが、チラッと見《み》てとれた。

「どうやらエンジンの接続回路《せつぞくかいろ》のあたりに、エネルギーを大幅《おおはば》にロスしてしまう欠陥《けっかん》があるようです。さっそく、調整作業《ちょうせいさぎょう》に入《はい》ります」

ちいさな身体《からだ》に不釣《ふつ》り合《あ》いのぶかぶかした白衣《はくい》をまとったヤマザキは、副操縦席《ふくそうじゅうせき》からスッと腰《こし》を上《あ》げると、船長席《せんちょうせき》のファミにむかって軽《かる》く会釈《えしゃく》した。

彼女《かのじょ》の立《た》ち居振《いふ》る舞《ま》いは、いつだって超《ちょう》クールで、大人《おとな》びている。ぼくよりイッコ年下《としした》なんて、とうてい思《おも》えないほどだ。

眉間《みけん》にギュッと深《ふか》いしわを作《つく》ったヤマザキは、そのままツカツカとメインフロア出入《でい》り口《ぐち》の自《じ》動《どう》ドアへとむかいながら、だれに言《い》うともなく、

「あのクソ親父《おやじ》の鼻《はな》を明《あ》かしてやりたいのに、全《ぜん》っ然《ぜん》うまくいかないじゃない……」と、きびしい口調《くちょう》で吐《は》きすてた。

うわ……、なんかちょっと、怖《こわ》いよ……。

「おつかれさま。まぁ先《さき》は長《なが》いんだから、あわてず焦《あせ》らず、よろしくお願《ねが》いね」

白衣《はくい》の背中《せなか》に、ファミがねぎらいの言葉《ことば》をかけると、ヤマザキは右手《みぎて》の親指《おやゆび》のツメをギリギリとかみながら、

「はい」と、短《みじか》い返事《へんじ》を残《のこ》して、メインフロアから去《さ》っていった。

……ふぅ。なんとも言《い》えない迫力《はくりょく》があるなぁ……と、ホッと一息《ひといき》吐《つ》いたところで、Q子《こ》が、

「それにしても、こんな緊迫感《きんぱくかん》あふれる雰囲気《ふんいき》の中《なか》で、女《おんな》の子《こ》の手《て》を取《と》ってほおずりするなんて、ポップさんは余裕《よゆう》がありますネ」と、余計《よけい》な話《はなし》を蒸《む》しかえす。

……おい、まじでやめろ。ほおずりなんかしてないだろっ！

せまい宇宙船《うちゅうせん》の中《なか》で共同生活《きょうどうせいかつ》している身《み》なんだから、そんなデマ流《なが》されたら、居心地《いごこち》がめちゃくちゃ悪《わる》くなってしまうだろうがっ！

5 前人未踏《ぜんじんみとう》の世界《せかい》へ

「Q子《こ》」

船長席《せんちょうせき》から、ファミが声《こえ》をかける。「ムシィモエネルギーを補給《ほきゅう》できる星《ほし》を、早急《さっきゅう》に探索《たんさく》してちょうだい」

「りょうかーイ」

Q子《こ》がのんびり口調《くちょう》で応《おう》じる。「ムシィモがある星《ほし》が、すぐに見《み》つかればいいですネェ」

そう、たしかにそれは重要《じゅうよう》なことだ。なぜなら、ムシィモエネルギーなしには、空間《くうかん》シャクトリームC航法《シーこうほう》を行《おこな》うことができないのだから。

それゆえに今回《こんかい》の旅《たび》は、目的地《もくてきち》に到達《とうたつ》するまで、『シャクト航法《こうほう》↓ムシィモ補給《ほきゅう》↓シャクト航《こう》法《ほう》↓ムシィモ補給《ほきゅう》……』を、くり返《かえ》すことになる。

「ポップ。あなたも副操縦席《ふくそうじゅうせき》にもどって、Q子《こ》のお手伝《てつだ》いをしてあげて」

「はい。りょーかい」

ぼくはため息《いき》をつきつき船長席《せんちょうせき》の横《よこ》を離《はな》れ、さっきまでヤマザキが座《すわ》っていた副操縦席《ふくそうじゅうせき》へと歩《ある》いて行《い》った。シャクト航法《こうほう》システムを運用《うんよう》するときはヤマザキが使《つか》うけれど、ここ――副操縦席《ふくそうじゅうせき》は本来《ほんらい》、ぼくの席《せき》である。

……しかし。

かえすがえすも、さっきの一件《いっけん》は納得《なっとく》いかない。

シャクト航法《こうほう》に入《はい》る前《まえ》に、ファミが「近《ちか》くにいて」って言《い》うから、船長席《せんちょうせき》のそばに立《た》っていただけなのになぁ……ぶつぶつ。手《て》を伸《の》ばしてきたのだって、ファミのほうからなのになぁ……ぶつぶつ。

ぼく、悪《わる》くないよな。

「よっこいしょ」

わざとおおきな声《こえ》を出《だ》して、副操縦席《ふくそうじゅうせき》にドカッと腰《こし》をおろす。その拍子《ひょうし》に、背中《せなか》にかついだ『太陽《たいよう》の剣《けん》』が、ガチャと音《おと》を立《た》てた。

イスの背《せ》もたれに深《ふか》く身体《からだ》を預《あず》けて、眼前《がんぜん》の景色《けしき》に視線《しせん》を送《おく》る。

コックピットのフロントガラスごしに広《ひろ》がる、永遠《えいえん》の宇宙《うちゅう》。黒《くろ》で塗《ぬ》りつぶされた空間《くうかん》には、はるか彼方《かなた》にチラホラと星《ほし》の光《ひかり》の粒《つぶ》が見《み》てとれる以外《いがい》、なにもない。

「あー、甘《あま》いものが食《た》べたい……」と、思《おも》わずポツリつぶやく。

育《そだ》ち盛《ざか》り食《た》べ盛《ざか》りの十一歳《さい》。どんなものでも好《す》き嫌《きら》いなく食《た》べるけれど、とりわけ甘《あま》いものには目《め》がないぼく。

ま、刺激《しげき》の少《すく》ない宇宙船《うちゅうせん》に閉《と》じこめられている身《み》としては、『食《た》べる』ってことが、数少《かずすく》ないお楽《たの》しみの一つになってしまう……ってことは、理解《りかい》してくれるよね。

それになにより、この宇宙船《うちゅうせん》『ベンリー二十四世号《せいごう》』の家事全般《かじぜんぱん》を担当《たんとう》してくれているナナさんの料理《りょうり》のうでまえが、とにかく抜群《ばつぐん》でさ。特《とく》にそのスイーツの出来《でき》と言《い》ったら、本職《ほんしょく》のお菓子《かし》職人顔負《しょくにんかおま》けなんだから。

首《くび》を伸《の》ばして、目《め》の前《まえ》のデッキにはめこまれたデジタル表示《ひょうじ》の時計《とけい》に、視線《しせん》を走《はし》らせる。

二時《じ》五十分《ぷん》。おやつの時間《じかん》まで、もうちょっとだ。

ついでに、目《め》の前《まえ》のモニターや計器類《けいきるい》をさっとチェックする。特《とく》に、異常《いじょう》を知《し》らせるサインやメッセージは示《しめ》されていない。

『空間《くうかん》シャクトリームC航法《シーこうほう》』による、初《はつ》の長距離空間跳躍《ちょうきょりくうかんちょうやく》が無事成功《ぶじせいこう》したってことに、あらためて安堵《あんど》の思《おも》いをいだいて、ふっと息《いき》を吐《は》く。

えーっと、今日《きょう》で……と、あくびをかみ殺《ころ》しながら、指《ゆび》を折《お》って数《かぞ》える。

「十と……五日目《いつかめ》かぁ」

われらが母《はは》なる星《ほし》――ベオカ星《せい》を出発《しゅっぱつ》して、はや二週間《しゅうかん》以上《いじょう》の時《とき》が過《す》ぎた。

ミルキーウェイ銀河《ぎんが》DR《ディーアール》エリアにある、ニホノミヤ星雲《せいうん》ザッキーノ太陽系《たいようけい》の第《だい》三惑星《わくせい》ベオカ。

ベオカ星《せい》を統治《とうち》している『ユーシース帝国《ていこく》』所属《しょぞく》の惑星探査用宇宙船《わくせいたんさようちゅうせん》『ベンリー二十四世号《せいごう》』のここまでの道中《どうちゅう》は、特記《とっき》すべきトラブルも事故《じこ》もなく、いたって順調《じゅんちょう》だった。

……とは言《い》え、ここまでの安全無難《あんぜんぶなん》は、ある意味当然《いみとうぜん》のことではあった。

なぜなら、これまで航行《こうこう》してきた空間《くうかん》は、すでにユーシース帝国《ていこく》が進出《しんしゅつ》している宙域内《ちゅういきない》であり、帝国国家機関《ていこくこっかきかん》である宇宙地図省《うちゅうちずしょう》による『あんしんあんぜんスペースマップ』が完成《かんせい》しているエリアだったからだ。

スペースマップには恒星《こうせい》や惑星《わくせい》の位置《いち》、危険《きけん》なブラックホールや小惑星群《しょうわくせいぐん》の存在《そんざい》する場所《ばしょ》、さらにはベオカ星外《せいがい》の宇宙人《うちゅうじん》が居住《きょじゅう》する星《ほし》やエリアまで、すべての情報《じょうほう》がしっかりと記載《きさい》されているわけで、言《い》いかえれば『自分《じぶん》の家《いえ》の庭《にわ》のような場所《ばしょ》』だった……ってことなんだよね。

けど。

『ベンリー二十四世号《せいごう》』は、さっきのシャクト航法《こうほう》で、三千二百光年《こうねん》もの距離《きょり》をいっきに跳《と》び、ミルキーウェイ銀河《ぎんが》DS《ディーエス》エリア内《ない》に達《たっ》した。ここから先《さき》は、ベオカ星《せい》のだれ一人《ひとり》として足《あし》を踏《ふ》みいれたことのない未知《みち》のエリア、前人未踏《ぜんじんみとう》の宇宙空間《うちゅうくうかん》だ。なにが待《ま》ちうけているのか、だれも知《し》らないし想像《そうぞう》もできない。

そもそものところ、ぼくは船《ふね》の警護《けいご》と船長《せんちょう》のボディガードを任務《にんむ》として、乗《の》りこんでいる身《み》なのだ。暇《ひま》に飽《あ》かしてのんびりうきうき、おやつの時間《じかん》に思《おも》いを馳《は》せていい立場《たちば》ではない。

うん！

ぼくは両手《りょうて》のひらで、パンパンとほっぺをはたくと、

「ふうっ」と、おおきな息《いき》を吐《は》いて、気合《きあ》いをこめなおした。

「ポップさん。さっきからため息《いき》ばっかりですネ。そんなにため息《いき》をつくと、幸《しあわ》せが逃《に》げちゃいますヨ」

隣《となり》の操縦席《そうじゅうせき》から『ベンリー二十四世号《せいごう》』の操船担当《そうせんたんとう》、Q子《こ》の電子合成音《でんしごうせいおん》の声《こえ》が飛《と》んでくる。

おおきなイスにちょこんと腰《こし》かけて、操縦桿《そうじゅうかん》をにぎりしめている彼女《かのじょ》（？）は、そう言《い》ってぼくの顔《かお》をチラと見《み》ると、

「ま、逃《に》げるほどの幸《しあわ》せがあればの話《はなし》ですけどネー。あははハ」と、笑《わら》った。

くっ……。こいつ、いつもいつも一言多《ひとことおお》いんだよね。

ギロリとまん丸《まる》の身体《からだ》をにらみつけてやるも、Q子《こ》はそしらぬ顔《かお》で鼻唄《はなうた》を口《くち》ずさんでいる。

さて、すでにお察《さっ》しのこととは思《おも》うけれど、彼女《かのじょ》（？）は人間《にんげん》ではない。球形《きゅうけい》の身体《からだ》に目《め》と口《くち》がついていて、左右《さゆう》から細《ほそ》いアームが伸《の》び、下方《かほう》からは足《あし》が二本生《ほんは》えている二足歩行型《にそくほこうがた》ロボットだ。

簡易《かんい》な人工知能《じんこうちのう》を搭載《とうさい》していて、ちょっとした会話《かいわ》のキャッチボールができることから、ちいさな子《こ》どもの遊《あそ》びやおしゃべりの練習《れんしゅう》の相手《あいて》として、数年前《すうねんまえ》にベオカ星《せい》の上流階級《じょうりゅうかいきゅう》の家庭《かてい》で大流《だいりゅう》行《こう》したロボット――すなわち子守《こも》り用《よう》オモチャ……というのが、その正体《しょうたい》である。

正式名称《せいしきめいしょう》を『〇《サークル》―K型三九式玩具《ケーがたさんきゅうしきがんぐ》』と言《い》い、その身体《からだ》の形《かたち》（球形《きゅうけい》）にちなんでつけられた愛《あい》称《しょう》が『球子《きゅうこ》』転《てん》じて『Q子《キューこ》』というわけなのだ。

なおQ子《こ》は、頭《あたま》に黒《くろ》のボンボンを二つのっけて、目《め》のまわりをグリグリと黒《くろ》のインクで丸《まる》く塗《ぬ》られている。幼《おさな》きころのファミは「パンダちゃんよ」と、言《い》っていた。「パンダはかわいいから、Q子《こ》ちゃんにパンダメイクしてあげたの」って、ね。

さて。ここまで聞《き》いて、きっと多《おお》くの人《ひと》が「はてな？」って、首《くび》をかしげたに違《ちが》いない。

「どうして、子守《こも》り用《よう》のオモチャに、宇宙船《うちゅうせん》の操縦《そうじゅう》なんて高度《こうど》なことができるのか？」ってね。

うんうん、ごくごくあたりまえの疑問《ぎもん》だ。

もちろんのこと、普通《ふつう》の〇《サークル》―K型三九式玩具《ケーがたさんきゅうしきがんぐ》なら、そんなことができるはずはない。

しかし、今《いま》のQ子《こ》は『普通《ふつう》』ではないのだ。彼女《かのじょ》（？）は今回《こんかい》の宇宙旅行《うちゅうりょこう》にあたって、大幅《おおはば》に改造《かいぞう》され、その体内《たいない》に最新《さいしん》の『高度人工知能《こうどじんこうちのう》Ver.《バージョン》8《エイト》』と『宇宙船操舵《うちゅうせんそうだ》プログラムUS4《ユーエスフォー》』、そして『思考性格設定《しこうせいかくせってい》プログラムSS《エスエス》』が組《く》みこまれているのである（なお、『思考性格《しこうせいかく》プログラム』でインストールされた基本《きほん》データが女性《じょせい》のものなので、Q子《こ》はロボットでありながら、その性別《せいべつ》はなんとなく『彼女《かのじょ》（？）』となるのである）。

　でも……と、ぼくは不思議《ふしぎ》に思《おも》う。

　ごくごく普通《ふつう》に考《かんが》えれば、宇宙船《うちゅうせん》の操縦《そうじゅう》を『元《もと》』オモチャにさせるなんて、メチャクチャな話《はなし》だ。だって、ユーシース帝国《ていこく》には超優秀《ちょうゆうしゅう》な宇宙船《うちゅうせん》パイロットが、ごまんといるのだから。

　ただのオモチャロボットに、わざわざそんな手《て》のこんだ改造《かいぞう》をほどこしてまで、宇宙船操縦士《うちゅうせんそうじゅうし》に仕立《した》てあげることに、いったいどういう意味《いみ》があるのか……ってね。

　まぁ、操縦士《そうじゅうし》がオモチャロボットであることの利点《りてん》をあげるとすれば、疲《つか》れ知《し》らずである……ってことになるのかな。Q子《こ》は三日《みっか》に一度《ど》、きっかり一時間《じかん》の電気《でんき》エネルギー充電《じゅうでん》タイム以外《いがい》は、不眠不休《ふみんふきゅう》で操船作業《そうせんさぎょう》にあたれるのだから。

　それに、超最新式《ちょうさいしんしき》の『高度人工知能《こうどじんこうちのう》Ver.《バージョン》8《エイト》』を搭載《とうさい》している彼女《かのじょ》（？）の知識量《ちしきりょう》は膨大《ぼうだい》で、ぼくとしては、すこしばかりの口《くち》の悪《わる》さや皮肉《ひにく》にへきえきさせられつつも、ヒマつぶしのおしゃべり相手《あいて》としてけっこう重宝《ちょうほう》しているところでもあるんだよね。

「――なに見《み》てんですカ？」

ぼくがにらんでいることに気《き》づいて、Ｑ子《こ》がポッとほおを赤《あか》らめる。「そんなにアタシの美貌《びぼう》が気《き》になるノ？」

いやいや。サッカーボールに手足《てあし》をくっつけただけのおまえのどこに、美貌《びぼう》があるんだよっ！

しかも、珍妙《ちんみょう》なパンダメイクだし……と、心《こころ》の中《なか》でつっこんで、視線《しせん》を前方《ぜんぽう》へともどす。

あいもかわらず、おもしろみのないまっ暗《くら》なだけの世界《せかい》が広《ひろ》がっている。

距離感《きょりかん》のつかみづらい無限《むげん》の黒一色《くろいっしょく》をぼんやりと見《み》ているだけで、心《こころ》も身体《からだ》も吸《す》いこまれていきそうな錯覚《さっかく》におちいりそうになる。

うぅ、ね、眠《ねむ》い……。

やれやれ、われながらこの緊張感《きんちょうかん》のなさといったら。

ついさっき、両《りょう》のほっぺをはたいて思《おも》いっきりこめたはずの気合《きあ》いは、いったいどこに行《い》っちやったのかなぁ……と、自分《じぶん》にあきれたそのとき。

メインフロア出入《でい》り口《ぐち》の自動《じどう》ドアが、ウィン……と、静《しず》かな音《おと》を立《た》てて開《ひら》いたのだった。

★6 おやつの時間《じかん》

「みなさぁん、おつかれさまでぇす」

涼《すず》やかな声《こえ》がメインフロア内《ない》に響《ひび》き、ぐだぐだ状態《じょうたい》のぼくの心《こころ》に、ポッと光《ひかり》が灯《とも》る。

右手《みぎて》に急須《きゅうす》とお湯《ゆ》のみなどの茶器《ちゃき》をのせた朱塗《しゅぬ》りのお盆《ぼん》、左手《ひだりて》にスイーツをのせた黒塗《くろぬ》りのお盆《ぼん》を器用《きよう》に持《も》って、軽《かろ》やかな足《あし》どりでメインフロアに姿《すがた》を現《あらわ》したのは、もちろん……。

「おやつの時間《じかん》でぇす」

ナナさんだっ！

彼女《かのじょ》は、食事《しょくじ》やおやつの用意《ようい》をはじめとして、船内《せんない》の掃除《そうじ》や汚《よご》れ物《もの》の洗濯《せんたく》、そして、お風呂《ふろ》の準備《じゅんび》など、乗組員《のりくみいん》のお世話《せわ》をしてくれる生活《せいかつ》・衛生担当《えいせいたんとう》のメイドさんだ。

見《み》た目《め》、十五歳《さい》くらい。腰《こし》まで伸《の》ばしたストレートの黒髪《くろかみ》に、白《しろ》い透《す》きとおるような肌《はだ》。

そして。頭《あたま》のてっぺんからピョコと伸《の》びたアンテナに、背中《せなか》に生《は》えているおおきな蝶《ちょう》ネジは標《ひょう》準装備《じゅんそうび》のアイテム。

そう、じつは彼女《かのじょ》もQ子同様《こどうよう》、人間《にんげん》ではない。

帝国《ていこく》の上流階級《じょうりゅうかいきゅう》の家《いえ》では、アンドロイドに家事一切《かじいっさい》をしてもらうのが一般的《いっぱんてき》なんだけれど、ナナさんは近々発売予定《ちかぢかはつばいよてい》となっている最新型家庭用《さいしんがたかていよう》お手伝《てつだ》いアンドロイド——『メイドロイドール』なのである。

最新型《さいしんがた》と旧型《きゅうがた》のおおきな違《ちが》い。それは、外観《がいかん》のリアルさと動作性能《どうさせいのう》の大幅《おおはば》な向上《こうじょう》だ。

これまでの旧式《きゅうしき》タイプのメイド用《よう》アンドロイドも、たしかに二足歩行《にそくほこう》の人間型《にんげんがた》ではあった。けれど、一目見《ひとめみ》てあきらかに「ロボットだ」とわかる造《つく》りをしていたし、その動《うご》きもすこーしカクカクカタカタとしていて、ぎこちないものであった。

だから、この船《ふね》に乗《の》りこんだとき、ファミから、

「彼女《かのじょ》は新型《しんがた》のメイドロイドール——『王家専用超最新型特別仕様《おうけせんようちょうさいしんがたとくべつしよう》・製造型式《せいぞうかたしき》七番試作品第《ばんしさくひんだい》十一号《ごう》』なのよ」と、ナナさんを紹介《しょうかい》されたときの衝撃《しょうげき》はすごかった。

いかに王家特別製《おうけとくべつせい》の超最新型《ちょうさいしんがた》とは言《い》え、その造《つく》りは、生《い》きた人間《にんげん》そのものと見《み》まごうかのような精巧《せいこう》さで、動作《どうさ》はすごくなめらか。アンテナと蝶《ちょう》ネジを取《と》っぱらってしまえば、だれだって絶対《ぜったい》のぜったい、ごく普通《ふつう》の人間《にんげん》の女《おんな》の子《こ》だと思《おも》うに違《ちが》いない……ってレベルなんだもの。

帝国《ていこく》のロボット工学技術《こうがくぎじゅつ》も、ここまできたか……と、おおいに驚《おどろ》かされたものだったよ。

しみじみ……。

超近代的《ちょうきんだいてき》な装備《そうび》を誇《ほこ》る宇宙船《うちゅうせん》『ベンリー二十四世号《せいごう》』ではあるけれど、そのメインフロア中央《ちゅうおう》には、四枚半《まいはん》の畳《たたみ》が敷《し》かれ、丸《まる》いこたつが置《お》かれている（ファミのお気《き》に入《い》りらしい）。

ナナさんは畳《たたみ》の上《うえ》に両《りょう》のひざをついて、ティータイムの準備《じゅんび》にかかる。

「はぁい、三時《じ》ですよぉ」と声《こえ》をかけながら、こたつの天板《てんぱん》の上《うえ》で、急須《きゅうす》にお茶《ちゃ》っ葉《ぱ》をサラサラと流《なが》し入《い》れる。

さてさて……っと。たいくつな日常《にちじょう》での、ささやかなお楽《たの》しみタイムの始《はじ》まりだ。

「おやつだってよ」

ぼくはQ子《こ》に一声《ひとこえ》かけて席《せき》を立《た》った。背中《せなか》にかついだ大剣《たいけん》が、シートのひじかけに当《あ》たって、カチャと音《おと》を立《た》てる。

「無用《むよう》の長物《ちょうぶつ》に、背負《せお》われてますネ」

余計《よけい》なひと言《こと》を口《くち》にしながら、Q子《こ》は操縦桿《そうじゅうかん》の横《よこ》に備《そな》えつけられたモニターパネルをスイと操作《そうさ》し、オートパイロット（自動操縦《じどうそうじゅう》）モードに切《き》り替《か》えた。そして、ぼくがにらみつけているのをいっさい無視《むし》して、ピョコンとイスから飛《と》びおり、カチャカチャ足音《あしおと》を鳴《な》らしながら、「わーイ」と、小走《こばし》りでこたつにむかって駆《か》けていった。

やれやれ……と、自分《じぶん》の右肩《みぎかた》ごしにチラと視線《しせん》を送《おく》る。

たしかに、Q子《こ》の言《い》うことにも一理《いちり》ある。

肌身離《はだみはな》さずに持《も》ち歩《ある》いているこの大剣《たいけん》は、本来《ほんらい》、大柄《おおがら》で筋骨隆々《きんこつりゅうりゅう》の剣士《けんし》が持《も》つものだ。

十一歳《さい》の子《こ》どもで、かつ小柄《こがら》な体格《たいかく》のぼくが持《も》つには、ちょっとばかりサイズが大《おお》ぶりすぎるんだよね。しかも現時点《げんじてん》までの行程《こうてい》で、この大剣《たいけん》が活躍《かつやく》する場面《ばめん》はゼロだったし。

けれど、それは言《い》いかえれば、ここまでの道中《どうちゅう》が平穏《へいおん》であったたってことの証明《しょうめい》でもあるのだ。

これから先《さき》も、こいつがずーっと『無用《むよう》の長物《ちょうぶつ》』であり続《つづ》けますように……と、心《こころ》の中《なか》でお祈《いの》りしつつ、こたつへと向《む》かう。

ぼくたちが今《いま》いるメインフロアはそこそこの広《ひろ》さがあって、前方《ぜんぽう》にコックピットと主操縦席《メインそうじゅうせき》、副操縦席《ふくそうじゅうせき》があり、中央《ちゅうおう》に『ミーティング』兼《けん》『食事《しょくじ》・おやつ』用《よう》の丸《まる》こたつ、そして、最後方《さいこうほう》の一段高《だんたか》くなったところに船長席《せんちょうせき》がある……という構造《こうぞう》になっている。

このメインフロアから、さっきナナさんが入《はい》ってきた自動《じどう》ドアを抜《ぬ》けると、連絡通路《れんらくつうろ》が延《の》びていて、その通路沿《つうろぞ》いに乗組員用《のりくみいんよう》の個室《こしつ》が八つあり、その他《ほか》にキッチン、医務室《いむしつ》、サウナつき大浴場《だいよくじょう》、いろいろ遊《あそ》べる娯楽室《ごらくしつ》などが完備《かんび》されているのだ。

イメージとしては、超豪華《ちょうごうか》な超高級《ちょうこうきゅう》ホテルをぎゅーっと超圧縮《ちょうあっしゅく》して、八人用《にんよう》にしつらえた感《かん》じ……とでも想像《そうぞう》してもらえればいいかな。

すなわち、居心地《いごこち》は非常《ひじょう》によろしく、居住空間《きょじゅうくうかん》としてはもうしぶんないってわけ。もっとも、そうでなければ、長《なが》いながーい宇宙《うちゅう》の旅《たび》なんて、できるはずもないんだけどね。

さて、おやつおやつ、今日《きょう》のおやつは何《なに》かな？

両手《りょうて》をこすり合《あ》わせながら、うきうきとこたつに向《む》かう。

「今日《きょう》はぁ、イチゴロールケーキを用意《ようい》しましたぁ」

ナイフでケーキを切《き》りわけながら、ナナさんが声《こえ》を弾《はず》ませる。

「すっごぉく美味《おい》しくてぇ、この二週間《しゅうかん》で一番《いちばん》の出来《でき》でぇす。うふ」自画自賛《じがじさん》するのにあわせて、頭上《ずじょう》のアンテナが左右《さゆう》にぴょこぴょこ揺《ゆ》れる。

「どうぞぉ、ポップさん、おすわりになってくださぁい」

手《て》もとで急須《きゅうす》を軽《かる》く揺《ゆ》すりながら、ナナさんがおおきな目《め》をぼくに向《む》ける。

背中《せなか》の蝶《ちょう》ネジと頭《あたま》のアンテナ以外《いがい》は、ほとんど人間《にんげん》のよう……と言《い》っても、まったく差《さ》しつかえない造形《ぞうけい》のナナさん。だけど、残念《ざんねん》ながら一点《てん》だけ、人工的《じんこうてき》な色《いろ》あいが残《のこ》る部分《ぶぶん》がある。

輝《かがや》きのない黒《くろ》い瞳《ひとみ》がそれだ。目《め》の造《つく》りに、もうすこし人間《にんげん》のような温《ぬく》もりをのせられれば、完《かん》璧《ぺき》だったのに……と、残念《ざんねん》に思《おも》ったりもする。

それとも、わざとそうしているのだろうか。本物《ほんもの》の人間《にんげん》と精巧《せいこう》なアンドロイドを識別《しきべつ》するために、あえて不完全《ふかんぜん》な造《つく》りのままにしているのかもしれない。

「今日《きょう》のケーキはぁ、帝国病院《ていこくびょういん》のすぐ近《ちか》くにある高級洋菓子《こうきゅうようがし》の店《みせ》『サンシャンDX《デラックス》』を参考《さんこう》にしてるんですぅ」と、ナナさんが微笑《びしょう》する。

「それにしても、メイドロイドールにこんな美味《おい》しいスイーツを次《つぎ》から次《つぎ》に作《つく》られちゃ、本職《ほんしょく》も形無《かたな》しだね。いずれ最新型《さいしんがた》メイドロイドールが一家《いっか》に一台《だい》の時代《じだい》が来《き》たら、帝国内《ていこくない》のお菓子屋《かしや》さんやケーキ屋《や》さんは全部《ぜんぶ》つぶれちゃうかも」

「え、そ、そんなこと、ないですよぉ。私《わたし》なんかぁ、まだまだです……」

ナナさんがほおをほんのり赤《あか》く染《そ》めて、はにかむ。

うーむ。こういう反応《はんのう》やしぐさも、じつに『アンドロイドばなれ』している。

「さ、どうぞぉ」

ぼくの目《め》の前《まえ》にコトと音《おと》を立《た》てて、大《おお》ぶりなお湯《ゆ》のみが置《お》かれる。エメラルドグリーンの緑茶《りょくちゃ》の香《かお》りが、やさしく鼻《はな》の奥《おく》をくすぐる。

あー、幸《しあわ》せだぁ。今《いま》、目《め》の前《まえ》にお茶《ちゃ》とケーキが並《なら》んでいる。それだけでもう充分《じゅうぶん》だよ。

「Q子《こ》さんも、どうぞぉ」

ナナさんが、マグカップにオリーブオイルをなみなみと注《そそ》ぎ、Q子《こ》の前《まえ》に差《さ》しだす。

厳選《げんせん》された良質《りょうしつ》のオリーブオイルが、オモチャロボットであるQ子《こ》にとってのごちそうだ。

「やーやー、ありがとうありがとウ」

ぼくの横《よこ》にちょこんとすわったQ子《こ》が、二本《ほん》のアームをグーッと伸《の》ばして、頭《あたま》（？）を二度《ど》三度《ど》ペコペコと上下《じょうげ》させながら、カップを受《う》けとる。

うーむ。こいつもこいつである意味《いみ》、いちいち行動《こうどう》やしぐさが人間《にんげん》くさいというか、『ロボットばなれ』しているよな。

「船長《せんちょ》ぉ」おやつの準備《じゅんび》を整《ととの》えたナナさんが、船長席《せんちょうせき》に声《こえ》をかける。

「はいよっ」

威勢《いせい》のよい返事《へんじ》とともにファミが船長席《せんちょうせき》からピョンと飛《と》びおりて、その勢《いきお》いのまま、ボリュームのあるドレスを苦《く》にもせず、すべりこむように器用《きよう》にこたつに足《あし》をつっこんだ。

「全員《ぜんいん》そろいましたねぇ。ではぁ、ティータイムとまいりましょう」

ナナさんの言葉《ことば》にあわせて、

「「「いただきまーす」」」三つの声《こえ》がそろう。

Q子《こ》がガップガップとオリーブオイルをいっきに飲《の》みほし、プハーッと息《いき》をつく。

「仕事《しごと》の合間《あいま》のオイルは格別《かくべつ》よネー。お姉《ねえ》さん、もういっぱイ」

「いい呑《の》みっぷりですねぇ」

ナナさんが愛想《あいそ》を返《かえ》しながら、おかわりをカップに注《そそ》ぐ。のんだくれオヤジと、飲《の》み屋《や》のママみたいなやり取《と》りだ。

「ナナさんは、こいつのようにオイルを飲《の》んだりしないんですか？」

ぼくの質問《しつもん》に、ナナさんはむねの前《まえ》でパタパタと手《て》を振《ふ》った。

「いえ、私《わたし》は電気《でんき》エネルギー動力《どうりょく》ですのでぇ。三日《みっか》に一度《ど》、娯楽室《ごらくしつ》にある充電用《じゅうでんよう》イスで一時間《じかん》おやすみすれば、それでお腹《なか》いっぱいになりますからぁ」

え、電気動力《でんきどうりょく》なの？　ゼンマイ仕《じ》掛《か》けじゃなくって？

じゃあ、その背中《せなか》についているおおきな蝶《ちょう》ネジはいったい……？

「それ、バッテリー装置《そうち》になってるのよ」

超高級《ちょうこうきゅう》ブランドである辺岡焼《べおかやき》のお湯《ゆ》のみを手《て》に、ファミが横《よこ》から口《くち》をはさんでくる。「ナナは電気《でんき》エネルギーをそこにためこんで、動《うご》いてるの」

ああ、なるほど。そもそも、これだけ高性能《こうせいのう》のアンドロイドが、ゼンマイ仕《じ》掛《か》けで動《うご》いているなんて考《かん》えることがナンセンスだよね。ちょっと考《かんが》えればわかることだ。

「アタシも、主食《しゅしょく》は電気《でんき》なのヨ」マグカップ片手《かたて》に、Q子《こ》が口《くち》をはさんでくる。

そういうのを『主食《しゅしょく》』と表現《ひょうげん》するのか？

「今《いま》はちょっとダイエット中《ちゅう》で、電気《でんき》の摂取《せっしゅ》はひかえめにしてるんだけどネ」

言《い》っていることがおかしい。充電《じゅうでん》を少《すく》なくしてダイエットって、どういう仕組《しく》みだ？

「最近《さいきん》、お腹《なか》まわりに『ぜい鉄《てつ》』がついちゃってテ」

ぜい鉄《てつ》ってなんだよっ？　ぜい肉《にく》のことか？

「ダイエットしてるって言《い》うのならさ、そのオリーブオイルもひかえたほうがいいんじゃないの？」と、すこし意地悪《いじわる》でつっこんでみる。しかしQ子《こ》は、

「平気《へいき》へいキ」と、あっさりスルーして、またオリーブオイルをかぷっと一口《ひとくち》飲《の》んだ。「これは別腹《べつばら》だからラ」

ホントこいつってば、『ああ言《い》えばこう言《い》う』を絵《え》に描《か》いたような反応《はんのう》をするなぁ。

「ヤマザキのおやつは？」ファミがお茶《ちゃ》を静《しず》かにすすりながら、ナナさんにたずねた。

「いつもどおり、お部屋《へや》にお持《も》ちしておきましたぁ」

ヤマザキ……か。

両手《りょうて》でお湯《ゆ》のみを包《つつ》みこむように持《も》つぼくの手《て》のひらに、じんわりと温《ぬく》もりが伝《つた》わる。

かすかに立《た》ち上《のぼ》る緑茶《りょくちゃ》の香《かお》りを楽《たの》しみつつ、ティータイムの席《せき》にいない、もう一人《ひとり》の乗組員《のりくみいん》のことを思《おも》う。

宇宙船《うちゅうせん》『ベンリー二十四世号《せいごう》』の乗組員《クルー》は、現在《げんざい》のところ全部《ぜんぶ》で五人《にん》……、いやいや、オモチャとメイドロイドールがいるから、正確《せいかく》には三人《にん》と二体《たい》ということになる。

人間《にんげん》はぼくとファミ、そしてヤマザキ・ヒビノだ。

ヤマザキに関《かん》してぼくが知《し》っていることは、わずかに三つだけ。

『ぼくより一つ下《した》の十歳《さい》の女《おんな》の子《こ》であること』

『基礎学問《きそがくもん》は八歳《さい》までにすべて修了《しゅうりょう》し、飛《と》び級《きゅう》で帝国大学《ていこくだいがく》に入学《にゅうがく》した天才児《てんさいじ》であること』

『宇宙航行学《うちゅうこうこうがく》の権威《けんい》である父親《ちちおや》のデイル・ヒビノ博士《はかせ》、そして、ヒビノ博士《はかせ》の助手《じょしゅ》である若《わか》き女性科学者《じょせいかがくしゃ》リリィとともに、三人《にん》で宇宙空間跳躍《うちゅうくうかんちょうやく》の新技術《しんぎじゅつ》であるシャクトリームC理論《シーりろん》を確立《かくりつ》させ、その実用化《じつようか》を成功《せいこう》させた、超優秀《ちょうゆうしゅう》な科学者《かがくしゃ》であるってこと』

それだけだ。それ以外《いがい》は何《なに》も知《し》らない。

およそ二週間《しゅうかん》、同《おな》じ宇宙船《うちゅうせん》の中《なか》にいる仲間《なかま》なのに、どうしてそんなに情報《じょうほう》が乏《とぼ》しいのか……と不思議《ふしぎ》に思《おも》われるかもしれないけれど、その答《こた》えはいたって簡単《かんたん》。

それは、ベオカ星《せい》を出発《しゅっぱつ》してから今日《きょう》のこの日《ひ》まで、彼女《かのじょ》はずっと自分《じぶん》の部屋《へや》にこもりっきりで、ほとんどみんなの前《まえ》に顔《かお》を出《だ》さないから……なのだ。なにやら、ムシィモエネルギーの研究《けんきゅう》に明《あ》け暮《く》れているそうで、三度《ど》の食事《しょくじ》もおやつも、ナナさんに部屋《へや》まで運《はこ》ばせるという、完全無《かんぜんむ》欠《けっ》の引《ひ》きこもりっぷり。

だから、ぼくが彼女《かのじょ》の姿《すがた》を拝《おが》めたのは、『空間《くうかん》シャクトリームC航法《シーこうほう》』を実行《じっこう》するときだけで、つまりこれまでに三回《かい》しか、彼女《かのじょ》の顔《かお》を見《み》ていないってことになる。

くわえて彼女《かのじょ》が、あのキリキリとしたすこしキツい感《かん》じの、親《した》しく話《はな》しかけづらいオーラをまとっていることもあって、まともな会話《かいわ》すらかなわないありさまなのである。

お湯《ゆ》のみを口《くち》もとへ運《はこ》ぶ。お茶《ちゃ》の表面《ひょうめん》から立《た》ちのぼる白《しろ》い湯気《ゆげ》が、ぼくの吐《は》く息《いき》を受《う》けて、ふわと揺《ゆ》れて霧散《むさん》する。

緑茶《りょくちゃ》をスッと口《くち》の中《なか》に含《ふく》む。舌《した》の上《うえ》に残《のこ》るケーキの甘《あま》さに、お茶《ちゃ》のしぶさが温《あたた》かく溶《と》けあって、なんともいえない幸《しあわ》せな心地《ここち》になる。あぁー、緑茶《りょくちゃ》、サイコー。

あ、そうそう。ヤマザキに関《かん》することで、ささやかな疑問《ぎもん》が一つ。

「ねえ、ファミ、一つ質問《しつもん》」

「なに？」

「さっきヤマザキは『クソ親父《おやじ》の鼻《はな》を明《あ》かす』ってブツブツ言《い》ってたけど、その『クソ親父《おやじ》』っ

ての は、デイル・ヒビノ博士《はかせ》のことだよね？」

「もちろん、そうよ」

「世界的《せかいてき》な宇宙航行学者《うちゅうこうこうがくしゃ》である博士《はかせ》をクソ親父呼《おやじよ》ばわりするのもすごいけど、鼻《はな》を明《あ》かすって、なんのこと？」

「あら、残念《ざんねん》ながらそれは彼女《かのじょ》のプライベートに関《かか》わることだから、わたしの口《くち》から話《はな》すことはできないわね」

ファミは口《くち》もとにちいさな笑《え》みをたたえて、言《い》った。

「どうしても知《し》りたいなら、本人《ほんにん》に直接《ちょくせつ》お聞《き》きなさいな」

いや、そんなことが気軽《きがる》にできるのならいいんだけど。

絶対《ぜったい》に「は？」とか言《い》われて、ジロッとにらまれて、あっさり無視《むし》されるに決《き》まってるよ。

「ふふ、そうかも」と、ファミは笑《わら》った。「ヤマザキも、メガネをかけていないときは、おとなしくて素直《すなお》な良《よ》い子《こ》なんだけどね」

……へ？　それってどういうこと？　メガネをかけたら人格《じんかく》が変《か》わっちゃうってこと？

ひょっとして、二重人格《にじゅうじんかく》ってやつ？

「うーん、正確《せいかく》には三重人格《さんじゅうじんかく》かしら？　ほら、彼女《かのじょ》はもう一本《ぽん》、メガネを持《も》っているでしょ？」

ああ、言《い》われてみれば、たしかに白衣《はくい》のむねポケットにもう一本《ぽん》、赤《あか》いフレームのメガネを挿《さ》しているよね……。

「メガネをかけないときが、彼女《かのじょ》の基本人格《きほんじんかく》、『ノーマルモード』。でもメガネがないと、ほとんどなにも見《み》えないから、寝《ね》るときとお風呂以外《ふろいがい》は常《つね》に、赤《あか》か青《あお》のフレームのメガネをかけているの。そのメガネの種類《しゅるい》で、彼女《かのじょ》は性格《せいかく》が変《か》わっちゃうのよね」

……うーむ。

やはり、ぼくのごとき凡人《ぼんじん》には、天才《てんさい》の頭《あたま》の中味《なかみ》は理解《りかい》しがたいものがある。

「さっきみたいに青《あお》メガネをかけているときが『超《ちょう》ジーニアスモード』。カンペキな自信家《じしんか》になって、怖《こわ》いものがなくなるみたい」

は？　超《ちょう》……ジーニアス？　モード？　『ものすごい天才状態《てんさいじょうたい》』ってこと？

「そう。青《あお》のフレームで、脳細胞《のうさいぼう》をほぼ百パーセント活用《かつよう》できるって言《い》っていたわ」

そ、そうですか。で、赤《あか》いフレームなら、どうなるの？

「赤《あか》はね……」と言《い》いかけて、ファミは意味深《いみしん》な表情《ひょうじょう》になった。

「秘密《ひみつ》。いつかわかるわよ。あれをかけたときの彼女《かのじょ》のすごさはね」と言《い》って、お茶《ちゃ》をズッと、ひとすすりする。

「ま、いろいろ摩訶不思議《まかふしぎ》だってことだけは、よーくわかったよ」

天才《てんさい》と呼《よ》ばれる人種《じんしゅ》は、往々《おうおう》にして変《か》わり者《もの》であるってのは、定番中《ていばんちゅう》の定番《ていばん》だからね。

「ふぅ」ぼくはちいさくため息《いき》をつくと、手《て》もとのお湯《ゆ》のみに視線《しせん》を落《お》とした。

そして、緑《みどり》のお茶《ちゃ》の表面《ひょうめん》から現《あらわ》れては消《き》え、消《き》えては現《あらわ》れる湯気《ゆげ》のダンスに見入《みい》っているうちに、いつしか、あの日《ひ》のことを――玉座《ぎょくざ》の間《ま》で帝王《ていおう》に呼《よ》びとめられ、ファミに置《お》いてけぼりにされたあのときのことを、またぼんやりと思《おも》いだしていたのだった。

7 十年前《ねんまえ》の事件《じけん》

「――王様《おうさま》、わたくしにお話《はなし》とは、どのような……」

かなりビクビクしつつ、それでも必死《ひっし》に平静《へいせい》を装《よそお》う。修業中《しゅぎょうちゅう》の身《み》とは言《い》え、いちおう誇《ほこ》り高《たか》き剣士《けんし》の卵《たまご》なのだ。いさぎよくいさぎよく……。

今《いま》さらじたばたしたところで、何《なに》かが変《か》わるわけでもないし。

玉座《ぎょくざ》の真正面《ましょうめん》の位置《いち》、さっきまでファミが仁王立《におうだ》ちしていた赤《あか》じゅうたんの上《うえ》に片《かた》ひざをつき、うやうやしく頭《あたま》をさげる。しかし王《おう》は、まぁまぁと両手《りょうて》を振《ふ》って応《こた》えた。

「いやいやポップくん、そうかしこまるな。今《いま》、ここにはわしとおまえしかおらんのだ。おまえはファミのおさななじみで、いつもいっしょに遊《あそ》んでくれていたじゃないか。わしにとっては息子《むすこ》のようなものだ。まぁ、楽《らく》にしておくれ」

全身黒一色《ぜんしんくろいっしょく》の迫力《はくりょく》あるいでたちとは真逆《まぎゃく》の、やんわりとした物言《ものい》い。そのギャップに、すこしばかりまごまごしていると、王《おう》は、

「あ、そうかそうか。これが悪《わる》いのかな？」と言《い》いながら、頭《あたま》のヘルメットを取《と》り、顔《かお》からマスクとゴーグルを外《はず》した。

あっさりとあらわになった帝王《ていおう》の素顔《すがお》。

ぼくの頭《あたま》の中《なか》の五年前《ねんまえ》の記憶《きおく》と、ぴったり焦点《しょうてん》が合《あ》った。おさなきころのぼくとファミが芝生《しばふ》の上《うえ》で転《ころ》げまわって遊《あそ》ぶのを、いつもニコニコやさしい目《め》で見《み》つめていた『おじさん』その人《ひと》だ。

以前《いぜん》は黒々《くろぐろ》としていた頭髪《とうはつ》に、チラホラ白《しろ》いものが混《ま》じってはいるけれど、あのころとほとんど変《か》わらない。

おじさんは、胸《むな》もとから取《と》りだしたハンカチで額《ひたい》の汗《あせ》をぬぐいながら、

「いやぁ、このヘルメットやマスクをつけていると、暑《あつ》くてたまらんなぁ」と、笑《わら》った。

なぜ、そのような格好《かっこう》を？

「ほら、わしってまん丸顔《まるがお》で、しかも童顔《どうがん》じゃろ？　素顔《すがお》のままじゃぜんっぜん威厳《いげん》がなくてな。下《した》の者《もの》にちーっとも威圧《いあつ》がかからんから、ちょっと怖《こわ》い雰囲気《ふんいき》を出《だ》すために……だな。若《わか》いころから、ずーっとこれで通《とお》してるから、やめるにやめられなくて」と、苦笑《くしょう》する。

「最近《さいきん》すこし太《ふと》ってきて、腹回《はらまわ》りがきつくて苦労《くろう》しているよ。ファミは『ダイエットしろ』とうるさいが、こっそりおおきめのサイズのものを発注《はっちゅう》するつもりだ」

帝王《ていおう》は照《て》れくさそうに「はは」と笑《わら》いながら、お腹《なか》のあたりをポンポンと二回《かい》、たたいた。

「お声《こえ》も、さっきまでの重低音《じゅうていおん》とは違《ちが》うように聞《き》こえますが……」

「ああ、このマスクには、ボイスチェンジャーが組《く》みこまれているんだ。見《み》た目《め》だけ怖《こわ》くしても、声《こえ》が軽《かる》かったらだいなしだからな」

う、うーむ。帝王《ていおう》っていうお仕事《しごと》も、なかなか人知《ひとし》れないご苦労《くろう》があるものですね。

「わっはっは、それほどでもないぞ。なんだかんだで楽《たの》しくやっておる。それよりも、いいから楽《らく》にしなさい。おまえとわしはいっしょにかくれんぼしたり、カードで遊《あそ》んだりした、言《い》わば竹馬《ちくば》の友《とも》じゃないか」

「はい。では、お言葉《ことば》に甘《あま》えさせていただきま

す」

……と言《い》いつつ、目《め》の前《まえ》にいる人《ひと》は、やはり王様《おうさま》だ。帝国《ていこく》のトップに君臨《くんりん》する者《もの》の前《まえ》で、あぐらをかくわけにもいかないので、ぼくは赤《あか》じゅうたんの上《うえ》にちょこんと正座《せいざ》した。ふかっ……と、両《りょう》ひざがやさしく沈《しず》みこむ。

「しかし、ポップくんも立派《りっぱ》になったな。歳《とし》はいくつになったんだったかの？」

「半年前《はんとしまえ》に、十一歳《さい》になりました」

「ああ、そうだった。ファミより半年《はんとし》ほど下《した》だったな。おっ、そう言《い》えば先月《せんげつ》、帝都《ていと》の武道館《ぶどうかん》で開催《かいさい》された『帝国剣術大会《ていこくけんじゅつたいかい》』で、決勝《けっしょう》まで進《すす》んだと聞《き》いておるぞ。年上《としうえ》の強豪《きょうごう》たちをバッタバッタと倒《たお》していったとな。このぶんなら剣士《けんし》としての前途《ぜんと》も洋々《ようよう》だな」

王《おう》は自分《じぶん》ごとであるかのように、うれしそうにうなずいた。

──『帝国剣術大会《ていこくけんじゅつたいかい》』。

年《ねん》に一回《かい》、帝国主催《ていこくしゅさい》により行《おこな》われる大会《たいかい》で、国内《こくない》で一番権威《いちばんけんい》があるとされている。

部門《ぶもん》は二つ、十二歳以下《さいいか》の『少年部門《しょうねんぶもん》』と十三歳以上《さいいじょう》の『成人部門《せいじんぶもん》』とに分《わ》かれている。とりわけ成人部門《せいじんぶもん》は、プロの剣士《けんし》も参加《さんか》するためレベルが非常《ひじょう》に高《たか》く、優勝者《ゆうしょうしゃ》はその将来《しょうらい》を約束《やくそく》されたと言《い》っても過言《かごん》ではないほど。

帝国各地《ていこくかくち》の剣豪《けんごう》たちは、大会《たいかい》への参加《さんか》を夢見《ゆめみ》て鍛練《たんれん》にはげみ、参加《さんか》の権利《けんり》を得《え》た者《もの》は上位入賞《じょういにゅうしょう》を目指《めざ》し、トーナメントで死闘激闘《しとうげきとう》を繰《く》り広《ひろ》げるのだ。


「――昔《むかし》、チャンバラごっこをして遊《あそ》んだときも、ポップくんの剣《けん》さばきは、目《め》を引《ひ》くものがあったからな」と、王《おう》がなつかしそうに目《め》を細《ほそ》める。

あのころの話題《わだい》がふいに出《で》て、一瞬《いっしゅん》、ぼくの身体《からだ》の芯《しん》がヒヤと震《ふる》える。

「い、いえ、とんでもありません。結局《けっきょく》のところ準優勝《じゅんゆうしょう》どまりですので、まだまだ未熟者《みじゅくもの》です」

「ふふ、そういうひかえめなところも、ちいさいころと変《か》わらんな」

王《おう》はうれしそうに微笑《ほほえ》むと、

「ところで……だ、ポップくん」と、声《こえ》のトーンを落《お》とした。声色《こわいろ》が一転《いってん》、重苦《おもくる》しいものになる。

どうやら本題《ほんだい》に入《はい》るようだ。

眉間《みけん》に深《ふか》いしわを作《つく》った王《おう》は、玉座《ぎょくざ》からずいと身《み》を乗《の》りだして言《い》った。

「なぜファミのやつは、突然《とつぜん》あんなことを思《おも》い立《た》ったのか、心当《こころあ》たりはないか？」

「いえ」

即座《そくざ》に首《くび》を横《よこ》に振《ふ》る。「残念《ざんねん》ながら、ありません」

なにせ、ぼく自身《じしん》、ファミと数年《すうねん》ぶりに再会《さいかい》したのが、ほんの十日《とおか》ほど前《まえ》のことなのだ。

ファミが宇宙旅行《うちゅうりょこう》に出《で》ることも、そしてその旅《たび》に同行《どうこう》させられることも、その場《ば》で唐突《とうとつ》に言《い》いわたされたわけだからね。

「そうか。ふぅむ……」王《おう》がうなりながら、悩《なや》ましげに頭《あたま》を左右《さゆう》に揺《ゆ》らす。

「王様《おうさま》が心配《しんぱい》されているのは、今回《こんかい》のファミの宇宙旅行《うちゅうりょこう》の行《い》き先《さき》が、ミルキーウェイ銀河《ぎんが》のG《ジー》X《エックス》エリア方面《ほうめん》だ……という点《てん》でしょうか？」

「うむ。そのとおりだ」

ミルキーウェイ銀河《ぎんが》G《ジー》X《エックス》エリアは、ベオカ星《せい》から遠《とお》くはなれた前人未踏《ぜんじんみとう》の宙域《ちゅういき》である。おおよそ七万光年《まんこうねん》も先《さき》……という、気《き》の遠《とお》くなるような銀河《ぎんが》の果《は》てなのだ。

しかも、現時点《げんじてん》ではG《ジー》X《エックス》エリア方面《ほうめん》に関《かん》して、どこにどのような星《ほし》があり、どんな宇宙人《うちゅうじん》が生息《せいそく》しているのか、そしてそれらが自分《じぶん》たちにとって友好的《ゆうこうてき》なのか、あるいはどれほどに危険《きけん》で脅威《きょうい》となりうるのか、まったくわかっていない。

よりによって、そんな未開《みかい》の地《ち》に、幼《おさな》い愛娘《まなむすめ》が出《で》かけていくなんて、父親《ちちおや》であれば心配《しんぱい》するのは当然《とうぜん》のことだろう。その心情《しんじょう》は察《さっ》するにあまりある。

「たしかに、われらユーシース帝国《ていこく》の力《ちから》をさらに盤石《ばんじゃく》のものとし、勢力範囲《せいりょくはんい》を拡大《かくだい》するためには、いずれGX《ジーエックス》エリアにも進出《しんしゅつ》して行《い》かねばならない宿命《しゅくめい》ではあるのだが、じつはなぁ……」

王《おう》は、ためらいがちに言葉《ことば》を濁《にご》すと、

「ポップくんは、今回《こんかい》のファミの旅《たび》に、ついていってくれるのだな？」と、確認《かくにん》した。

「はい。ファミ……あ、いえ、王女《おうじょ》からはボディガードの任《にん》を言《い》いつかっています」

「ふむ。それならば、話《はな》しておくべきだな」

王《おう》は自《みずか》らに言《い》い聞《き》かせるようにつぶやいた。「ポップくん、これは帝国《ていこく》の中《なか》でもほんのわずかな……上層部《じょうそうぶ》の人間《にんげん》でも一握《ひとにぎ》りの者《もの》しか知《し》らない機密事項《きみつじこう》なのだが。じつは、GX《ジーエックス》エリアに関《かん》する情報《じょうほう》はまったくない……というわけではないのだ」

えっ？

ぼくたち一般人《いっぱんじん》には知《し》らされていない、情報《じょうほう》があるってことですか？

「うむ。今《いま》からおよそ十年前《ねんまえ》に一つの事件《じけん》があった。『ビナス星難民漂着事件《せいなんみんひょうちゃくじけん》』と名《な》づけられているものだ」

王《おう》は遠《とお》くを見《み》るような目《め》で、静《しず》かに語《かた》り始《はじ》めた。

――『ビナス星難民漂着事件《せいなんみんひょうちゃくじけん》』

十年前《ねんまえ》の冬《ふゆ》の季節《きせつ》のこと。

一隻《せき》の宇宙船《うちゅうせん》……、いや、宇宙船《うちゅうせん》と呼《よ》ぶのもはばかられるような、緊急避難用《きんきゅうひなんよう》に使《つか》われるレベルの簡易宇宙《かんいうちゅう》ポッドがベオカ星域《せいいき》へと流《なが》れついた。

当時《とうじ》のユーシース帝国《ていこく》はニホノミヤ星雲《せいうん》を飛《と》びだし、各方面《かくほうめん》へと精力的《せいりょくてき》に進出《しんしゅつ》している最中《さなか》で、それゆえに当然《とうぜん》のこと、その宙域《ちゅういき》に存在《そんざい》する数種《すうしゅ》の異星人《いせいじん》との人的交流《じんてきこうりゅう》や物的交流《ぶってきこうりゅう》、文化的交流《ぶんかてきこうりゅう》は盛《さか》んに行《おこな》われていた。

だから、異星《いせい》の宇宙船《うちゅうせん》がベオカ星《せい》に出入《でい》りすることは日常茶飯事《にちじょうさはんじ》であり、その中《なか》の一隻《せき》二隻《せき》が宇宙空間《うちゅうくうかん》で故障《こしょう》・難破《なんぱ》して、緊急避難的《きんきゅうひなんてき》に流《なが》れつくことも、それほど問題《もんだい》になるようなことではなかった。

しかし、このポッドは事情《じじょう》が違《ちが》っていた。問題《もんだい》が、おおいにあったのだ。

まず、その船籍《せんせき》が不明《ふめい》であった。

船《ふね》の形状《けいじょう》、船体《せんたい》を構成《こうせい》する物質《ぶっしつ》、そして、船腹《せんぷく》に記《しる》された文字《もじ》や記号《きごう》、そのすべてが、ユーシース帝国《ていこく》が把握《はあく》している、どの星《ほし》のものとも異《こと》なっていた。

なるほど。となれば、これは帝国《ていこく》とはまだ交流《こうりゅう》のないエリアから流《なが》れついたものであるに違《ちが》いない……と、だれもが考《かんが》えた。

ポッドはかなり長《なが》い年月《ねんげつ》の間《あいだ》、宇宙《うちゅう》を漂流《ひょうりゅう》していたようであった。

その証拠《しょうこ》に機体《きたい》の損傷《そんしょう》はかなり激《はげ》しく、あちらこちらにガタがきていた。電気系統《でんきけいとう》や通信機器《つうしんきき》もほとんどが故障《こしょう》しており、機能《きのう》を損《そこ》ねていた。こんな状態《じょうたい》でよくもまあ宇宙《うちゅう》を旅《たび》してこられたものだ……と、みなが驚《おどろ》き、あきれるほどにひどいありさまであった。

さっそく名《な》のある科学者《かがくしゃ》、医師《いし》、機械技術者《きかいぎじゅつしゃ》らに、秘密裏《ひみつり》に招集《しょうしゅう》が掛《か》けられた。

ポッドは帝国直下《ていこくちょっか》の研究施設《けんきゅうしせつ》に運《はこ》びこまれ、専門家《せんもんか》の指示《しじ》を受《う》けながら、慎重《しんちょう》に慎重《しんちょう》を重《かさ》ねて解体《かいたい》されていった。

はたしてポッドの中《なか》には、冷凍睡眠装置《れいとうすいみんそうち》カプセルが数機《すうき》、ギュウギュウに押《お》しこまれてあった。

一機《き》のカプセルの中《なか》に一人《ひとり》ずつ、横《よこ》たわっている異星人《いせいじん》の姿《すがた》も確認《かくにん》できた。

男女《だんじょ》あわせて全部《ぜんぶ》で七名《めい》。直立二足歩行《ちょくりつにそくほこう》の人間型《にんげんがた》で、身体《からだ》のつくりやおおきさはベオカ星人《せいじん》とほとんど同《おな》じであった。

彼《かれ》らは一様《いちよう》に、目《め》もくらむような美《うつく》しい金色《きんいろ》の頭髪《とうはつ》、透《す》きとおるような白《しろ》い肌《はだ》をしていた。そして、なにより目《め》を引《ひ》いたのは、不思議《ふしぎ》な輝《かがや》きを帯《お》びた黄金《おうごん》の瞳《ひとみ》であった。

しかし。

ここまでの長《なが》い漂流《ひょうりゅう》のさなか、宇宙空間《うちゅうくうかん》を飛《と》び交《か》う隕石《いんせき》に衝突《しょうとつ》したり宇宙嵐《うちゅうあらし》の乱気流《らんきりゅう》にまかれるなどして、おおきな衝撃《しょうげき》を受《う》けたのだろう。残念《ざんねん》なことに、冷凍睡眠装置《れいとうすいみんそうち》の機能《きのう》は損《そこ》なわれてしまっており、彼《かれ》らはとうの昔《むかし》に息絶《いきた》えていた。

美《うつく》しい異星人《いせいじん》の屍《しかばね》が、つぎつぎにカプセルから出《だ》され、ベッドの上《うえ》に安置《あんち》されていく。

六つの遺体《いたい》が静《しず》かにならんだそのありさまは、その異星人《いせいじん》の見目《みめ》の美《うつく》しさゆえになおさら、ただただpremierさびしく、もの悲《がな》しさを感《かん》じさせたのだった。

……ん？

ぼくはちいさく首《くび》をひねった。

六つの遺体《いたい》？

ポッドの中《なか》の異星人《いせいじん》の人数《にんずう》は、全部《ぜんぶ》で七人《にん》だったはず。ってことは……。

「まさか、一人《ひとり》だけ生存者《せいぞんしゃ》がいた……ってことなんですか？」

「うむ、そのとおり。ポッドの最奥《さいおう》に位置《いち》していた冷凍睡眠装置《れいとうすいみんそうち》カプセルの中《なか》で、一人《ひとり》のおさない少女《しょうじょ》が眠《ねむ》っていた。その装置《そうち》だけは奇跡的《きせきてき》におおきな損傷《そんしょう》を負《お》わず、コールドスリープの機能《きのう》を正常《せいじょう》に維持《いじ》し続《つづ》けていたのだ。わが帝国《ていこく》の優秀《ゆうしゅう》な科学者《かがくしゃ》の手《て》によって慎重《しんちょう》に冷凍睡眠装置《れいとうすいみんそうち》を解《かい》除《じょ》したところ、彼女《かのじょ》は無事《ぶじ》、目《め》を覚《さ》ますことができた。数万年《すうまんねん》ぶりに……な」

「数万年《すうまんねん》ぶり？」

「そう。数万年《すうまんねん》ぶりだ……」

王《おう》はすこしもったいつけるように、言葉《ことば》を切《き》った。


——彼女《かのじょ》は、見《み》た目《め》、五歳《さい》くらいの容姿《ようし》をしていた。

しかし、その精神性《せいしんせい》はかなりしっかりとしたもので、自《みずか》らの置《お》かれた境遇《きょうぐう》に、泣《な》きわめいたりパニックになったりすることもなく、終始落《しゅうしお》ち着《つ》きはらっていた。

そして、驚《おどろ》くべきはその知能《ちのう》の高《たか》さであった。一週間《しゅうかん》もすると彼女《かのじょ》は、ベオカ星《せい》の言葉《ことば》をある程度操《ていどあやつ》れるようにまでなったのだ。

彼女《かのじょ》は、自分《じぶん》が知《し》っているいろいろなことを包《つつ》みかくさず、われわれに話《はな》して聞《き》かせてくれた。

まず手始《てはじ》めに、彼女《かのじょ》はこう語《かた》った。

自分《じぶん》は、『ビナス星《せい》』の人間《にんげん》である……と。

ビナス星《せい》……。初《はじ》めて耳《みみ》にする名前《なまえ》の星《ほし》だ。「話《はなし》の流《なが》れから推察《すいさつ》しますと、その星《ほし》が存在《そんざい》するのは、GX《ジーエックス》エリアの……」

「そのとおり。ビナス星《せい》はGX《ジーエックス》エリアにある、とある太陽系《たいようけい》の第《だい》二惑星《わくせい》ということだった」

――帝国《ていこく》の科学者《かがくしゃ》たちは、少女《しょうじょ》の証言《しょうげん》・ポッドが流《なが》れついた軌道《きどう》・漂流《ひょうりゅう》したおよその年月《ねんげつ》、そして、ポッドの中《なか》に残《のこ》されていた運行記録《うんこうきろく》データの一部《いちぶ》から計算《けいさん》して、ビナス星《せい》がミルキーウエイ銀河《ぎんが》の端《はし》、GX《ジーエックス》エリアに位置《いち》することを突《つ》きとめた。

彼女《かのじょ》は言《い》った。

GX《ジーエックス》エリアには、『サン』と呼《よ》ばれる太陽《たいよう》があり、サンを中心《ちゅうしん》としていくつかの惑星《わくせい》が楕円軌《だえんき》道《どう》を描《えが》いて周回《しゅうかい》している。その太陽系《たいようけい》の第《だい》二惑星《わくせい》であるビナス星《せい》は、高度《こうど》な文明《ぶんめい》と科学力《かがくりょく》を有《ゆう》しており、高《たか》い知能《ちのう》を誇《ほこ》るその惑星《わくせい》の住人《じゅうにん》は、みなおだやかな性格《せいかく》で、平和《へいわ》を願《ねが》うやさしい心《こころ》を持《も》っていた……とな。


「うーむ」

ぼくはうで組《ぐ》みをして、軽《かる》く首《くび》をかしげる。

「王様《おうさま》。たしかに六人《にん》ものビナス星人《せいじん》が長《なが》い漂流《ひょうりゅう》の末《すえ》に亡《な》くなったのは痛《いた》ましいことですが、そのような高度《こうど》な文明《ぶんめい》を有《ゆう》する種族《しゅぞく》がいるなんて、なかなかすばらしい発見《はっけん》ですよね。しかも、大変《たいへん》に友好的《ゆうこうてき》で理性的《りせいてき》な者《もの》たちだと言《い》われる。それなのになぜ、その星《ほし》へ使節《しせつ》を送《おく》って交流《こうりゅう》を始《はじ》めなかったのですか？」

「いやいや」

王《おう》は、すこし興奮気味《こうふんぎみ》に訴《うった》えるぼくを、右手《みぎて》をあげて制《せい》した。「まず、われわれが七万光年先《まんこうねんさき》にあるビナス星《せい》にたどりつくには、当時《とうじ》の宇宙航行《うちゅうこうこう》の技術《ぎじゅつ》では片道《かたみち》二十年《ねん》ほどかかるのだから、そう簡単《かんたん》にはいかんよ」

あ、そうか。空間跳躍技術《くうかんちょうやくぎじゅつ》である『空間《くうかん》シャクトリームC航法《シーこうほう》』の技術《ぎじゅつ》が使《つか》えるようになったのは、ごくごく最近《さいきん》のことですもんね。

「そして、もうひとつ問題《もんだい》があった」王《おう》は首《くび》を横《よこ》に振《ふ》ると、意味深長《いみしんちょう》な口調《くちょう》で言《い》った。

「問題《もんだい》？」

「ポップくん、冷静《れいせい》に考《かんが》えてみたまえ。そのようなすばらしい星《ほし》の人間《にんげん》がなぜ、冷凍睡眠装置《れいとうすいみんそうち》つきのカプセルに入《はい》って、無限《むげん》の宇宙《うちゅう》を当《あ》てもなくさまよわねばならなかったのか。それも大型宇宙船《おおがたうちゅうせん》ではなく、ちっぽけでみすぼらしい避難用《ひなんよう》ポッドに、ギュウギュウづめになって……だ」

むむ……っと、言葉《ことば》を失《うしな》う。

たしかに王《おう》の言《い》われるとおりだ。ちょっとおかしい。

「少女《しょうじょ》の話《はなし》は、それだけではなかった。彼女《かのじょ》は悲《かな》しみの色《いろ》を宿《やど》した金《きん》の瞳《ひとみ》を揺《ゆ》らしながら、わしらにこう語《かた》ったのだよ……」

王《おう》はすこしだけさびしげな目《め》で、ぼくをじっと見《み》つめたのだった。

★8 太陽《たいよう》の剣《けん》

——ビナス星《せい》と同《おな》じ太陽系《たいようけい》に属《ぞく》する赤《あか》い星《ほし》、第《だい》四惑星《わくせい》マウズ。この星《ほし》の住人《じゅうにん》は非常《ひじょう》に好戦的《こうせんてき》で、強《つよ》い征服欲《せいふくよく》を持《も》つ種族《しゅぞく》であった。

その野心《やしん》のままに科学技術《かがくぎじゅつ》を進歩《しんぽ》させ、やがて宇宙《うちゅう》へと飛《と》びだす術《すべ》を手《て》に入《い》れたマウズ星人《せいじん》は、すぐさま、もう一つの知的生命体《ちてきせいめいたい》が存在《そんざい》する惑星《わくせい》、ビナス星《せい》へ使者《ししゃ》を送《おく》った。

マウズ星人《せいじん》は友好的《ゆうこうてき》な笑《え》みを浮《う》かべながら、ビナス星《せい》へと降《お》りたち、ビナス星人《せいじん》は同《おな》じ太陽系《たいようけい》の仲間《なかま》として、彼《かれ》らを温《あたた》かく迎《むか》えいれた。

二つの異《こと》なる人類《じんるい》は相互《そうご》に友好《ゆうこう》の意《い》を示《しめ》し、おだやかな関係性《かんけいせい》をもって星間交流《せいかんこうりゅう》が開始《かいし》された。

その時点《じてん》でのマウズ星人《せいじん》の文明度《ぶんめいど》や科学力《かがくりょく》は、ビナス星《せい》のそれの足《あし》もとにもおよばない、まだ未熟《みじゅく》なものであった。ビナス星人《せいじん》のそれを成熟《せいじゅく》した大人《おとな》とすれば、マウズ星人《せいじん》はよちよち歩《ある》きを始《はじ》めた赤《あか》ん坊《ぼう》のようなレベルだったのだ。

しかし、マウズ星人《せいじん》はひたすらにずる賢《がしこ》く、したたかであった。

その心中《しんちゅう》に燃《も》えさかる、ビナス星征服《せいせいふく》の黒《くろ》い野望《やぼう》を心深《こころふか》くに隠《かく》しとどめ、表向《おもてむ》きはあくまで笑《え》みを絶《た》やさなかった。

発展途上《はってんとじょう》の星《ほし》の人間《にんげん》としてふるまい、ひたすらペコペコとこびへつらいながら、平和利用《へいわりよう》の意図《いと》をもってビナス星《せい》から提供《ていきょう》された科学技術《かがくぎじゅつ》を、すこしずつすこしずつ、ひそかに兵器《へいき》や武器《ぶき》へと転用《てんよう》していったのだった。

二星間《にせいかん》の見《み》せかけの平和《へいわ》と友好《ゆうこう》は、つかの間《ま》のものに終《お》わる。

笑顔《えがお》の陰《かげ》で虎視眈々《こしたんたん》と、牙《きば》とツメを研《と》ぎつづけていたマウズ星人《せいじん》は、ある日突然《ひとつぜん》、ビナス星《せい》の地下深《ちかふか》くに眠《ねむ》るエネルギー資源《しげん》を狙《ねら》って戦争《せんそう》をしかけた。ビナス星《せい》の技術《ぎじゅつ》をもとに開発《かいはつ》された多《た》種多様《しゅたよう》な兵器《へいき》を手《て》に、マウズ星人《せいじん》は一方的《いっぽうてき》かつ無差別《むさべつ》に攻撃《こうげき》を行《おこな》ったのだ。

高度《こうど》な科学技術《かがくぎじゅつ》を誇《ほこ》るビナス星《せい》ではあったが、残念《ざんねん》なことに戦《たたか》うための、あるいは守《まも》るために有用《ゆうよう》な武器《ぶき》や兵器《へいき》は、ほとんど有《ゆう》してはいなかった。

かくして、争《あらそ》う意志《いし》も抗《あらが》う力《ちから》もないビナス星人《せいじん》はなすすべもなく、またたくまに星《ほし》は壊滅状態《かいめつじょうたい》におちいる。

混乱《こんらん》の中《なか》、生《い》き残《のこ》った少数《しょうすう》の民《たみ》は、粗末《そまつ》でちいさな――そもそも、長期《ちょうき》の宇宙旅行《うちゅうりょこう》を想定《そうてい》すらしていない――簡易《かんい》な宇宙遊覧用《うちゅうゆうらんよう》のポッドに、最後《さいご》の望《のぞ》みを託《たく》した。マウズ星人《せいじん》の魔《ま》の手《て》から逃《のが》れ、安息《あんそく》の地《ち》を求《もと》めて、星《ほし》からの脱出《だっしゅつ》を図《はか》ることとしたのだ。

数日《すうじつ》のうちに、コールドスリープ状態《じょうたい》となったビナス星人《せいじん》を乗《の》せた数百機《すうひゃっき》のポッドが、つぎつぎに宇宙空間《うちゅうくうかん》へと放《はな》たれた。

それが、宇宙《うちゅう》の流浪人《るろうにん》となったビナス星人《せいじん》の、当《あ》てのない旅《たび》の始《はじ》まりであった……。


「——そのうちの一つが十年前《ねんまえ》、数万年《すうまんねん》の旅《たび》の果《は》てに、奇跡的《きせきてき》にベオカ星《せい》にたどりついた……というわけだ」

王《おう》は話《はな》し終《お》えると、やりきれないというように首《くび》を横《よこ》に振《ふ》った。

「『平和《へいわ》な宇宙《うちゅう》で、明《あか》るい笑顔《えがお》と明朗会計《めいろうかいけい》』を国是《こくぜ》としているわれわれとしては、非常《ひじょう》に心《こころ》の痛《いた》む話《はなし》だったよ」と、さみしげに息《いき》をつく。

ぼくは静《しず》かにうなずいてから、口《くち》を開《ひら》いた。

「しかし、いずれにせよ、そんなちいさなポッドが、およそ数万光年《すうまんこうねん》の旅《たび》を経《へ》てベオカ星《せい》にたどりついたということ、そして一人《ひとり》とは言《い》え生存者《せいぞんしゃ》がいたことは、まさに奇跡的《きせきてき》なことですね」

「うむ。それだけが、この事件唯一《じけんゆいいつ》の救《すく》いの光《ひかり》だと言《い》えるかもな」

「その少女《しょうじょ》は、その後《ご》、どうなったのですか？」

「しばらくは、わが国《くに》最先端《さいせんたん》の医療技術《いりょうぎじゅつ》を誇《ほこ》る『帝国病院《ていこくびょういん》』で療養《りょうよう》していたよ。しかし、特《とく》におおきなケガもなく、宇宙感染病《うちゅうかんせんびょう》にかかってもいなかったから、半年《はんとし》も経《た》たないうちに退院《たいいん》して、ニュージュクにある帝国直営《ていこくちょくえい》の施設《しせつ》『こども安心院《あんしんいん》』に預《あず》けられることとなった」と、王《おう》は柔和《にゅうわ》な顔《かお》に笑《え》みをたたえて言《い》った。

「身寄《みよ》りのない子《こ》どもたちを保護《ほご》する施設《しせつ》ですね」

「うむ。いかに知的《ちてき》レベルが高《たか》く賢《かしこ》いビナス星人《せいじん》とは言《い》え、当時《とうじ》その子《こ》は五歳《さい》、まだまだおさなかったからな」

「今《いま》は、どうしているのでしょうか？」

「うむ。ポップくんも知《し》ってのとおり、われらがユーシース帝国《ていこく》に予期《よき》せず立《た》ち入《い》って保護《ほご》された異星難民《いせいなんみん》は『帝国機密情報漏洩防止法《ていこくきみつじょうほうろうえいぼうしほう》』により、定《さだ》められた地区《ちく》から二度《にど》と出《で》ることができない決《き》まりとなっている。だから、彼女《かのじょ》はこのニュージュクのエリア内《ない》でずっと暮《く》らしている。成人《せいじん》してからは『帝国病院《ていこくびょういん》』で看護師《かんごし》の職《しょく》に就《つ》いたはずだ」

――ベオカ星《せい》は、帝国民《ていこくみん》の居住区《きょじゅうく》として十八の地区《ちく》に分割《ぶんかつ》されている。生粋《きっすい》の帝国民《ていこくみん》であれば、パスポートを使《つか》ってそれぞれの地区《ちく》を行《い》き来《き》したり、宇宙旅行《うちゅうりょこう》に出《で》るももどるも自由《じゆう》となっているのだが、パスポートを交付《こうふ》されていない異星人《いせいじん》、つまり今回《こんかい》のビナス星人《せいじん》の女《おんな》の子《こ》のような帰《かえ》るべき母星《ぼせい》のない宇宙難民《うちゅうなんみん》は、そうではない。

帝国《ていこく》で定《さだ》められている法律《ほうりつ》『帝国機密情報漏洩防止法《ていこくきみつじょうほうろうえいぼうしほう》』により、故意《こい》であるかどうかにかかわらず一度《いちど》でも帝国《ていこく》に足《あし》を踏《ふ》みいれてしまった難民《なんみん》は、地区間《ちくかん》の移動《いどう》がきびしく制限《せいげん》されるのだ。

まして宇宙《うちゅう》に出《で》ていくことは御法度《ごはっと》で、厳罰《げんばつ》の対象《たいしょう》とされている。だから、ビナス星《せい》唯一《ゆいいつ》の生《い》き残《のこ》りの少女《しょうじょ》も、命《いのち》が尽《つ》きるその日《ひ》までニュージュクの中《なか》だけで生《い》きていくことになるのだ。

ただ、ニュージュク内《ない》にとどまる限《かぎ》り、地区外《ちくがい》への移動《いどう》の自由以外《じゆういがい》のほとんどの権利《けんり》は、帝国民《ていこくみん》と等《ひと》しく保障《ほしょう》されている。それに、そもそもニュージュクは帝国《ていこく》の首都都市《しゅととし》であるので、ごく普通《ふつう》に生活《せいかつ》する分《ぶん》に不便《ふべん》なことは、なにもないのだけれど。


「——そうですか」と、ぼくはちいさくつぶやいた。

思《おも》いもよらぬ侵略《しんりゃく》を受《う》け、家族《かぞく》や仲間《なかま》、そして、故郷《こきょう》を失《うしな》った彼女《かのじょ》は、長《なが》く孤独《こどく》な宇宙漂流生活《うちゅうひょうりゅうせいかつ》の末《すえ》にようやく、平和《へいわ》で安《やす》らかな生活《せいかつ》を手《て》に入《い》れた……と言《い》っていいのかもしれない。

「あとはただ、そのような不幸《ふこう》な身《み》の上《うえ》の彼女《かのじょ》が、この星《ほし》で平穏《へいおん》に人生《じんせい》を全《まっと》うすることを願《ねが》うばかりですね」

ぼくの言葉《ことば》に、王《おう》はにっこり微笑《ほほえ》むと、

「ポップくんはあいかわらず、気立《きだ》てのいい、やさしい男《おとこ》だなぁ」と、言《い》った。

「え？　あ、いえ、そんなことは……」恐縮《きょうしゅく》して、首《くび》をすくめる。

「いやいや、ちいさいころからそうだったよ。ファミよりも年下《としした》なのに、いつだってファミのことをよく見《み》ていて、いろいろと気《き》を配《くば》ってくれていたじゃないか」

それは……、そうだったかな？

「ファミのやつは生《う》まれてすぐに母親《ははおや》を亡《な》くしたからな。本当《ほんとう》はとてもさびしかったと思《おも》う。でも、いつだってポップくん、おまえがいてくれて、いっしょに遊《あそ》んでくれて、アレのわがままもいっぱい受《う》け止《と》めてくれてな。ファミがあんなに明《あか》るく楽《たの》しい幼少時代《ようしょうじだい》を過《す》ごせたのは、そして、まっすぐに育《そだ》ってくれたのは、ひとえにおまえのおかげだと、わしは思《おも》っているんだよ」

そう言《い》って、王《おう》は深《ふか》く頭《あたま》をさげた。「本当《ほんとう》に、感謝《かんしゃ》している」

う……、うわ――――っ！

や、やめてください帝王《ていおう》っ！　そ、そんなこと、おそれ多《おお》すぎます。だいたいあのころのぼくは全然子《ぜんぜんこ》どもで、そんな小難《こむずか》しいことをあれこれ考《かんが》えてたわけじゃないんですからっ！

王《おう》は頭《あたま》を上《あ》げると、おおきなため息《いき》を一つついた。

「まぁ、そういうわけで、わが娘《むすめ》が行《い》こうとしている場所《ばしょ》は、好戦的《こうせんてき》で野蛮《やばん》な宇宙人《うちゅうじん》が住《す》んでいる可能性《かのうせい》がある宙域《ちゅういき》なのだ。心配《しんぱい》の種《たね》は尽《つ》きんよ」

うむむ、そのお気持《きも》ち、察《さっ》します。

「なんで、こんなことを言《い》いだすようなアクティブな娘《むすめ》に育《そだ》っちゃったのかなぁ……。ちいさなころは、夢見《ゆめみ》がちに『十三歳《さい》になったら、ステキな王子様《おうじさま》にプロポーズしてもらうの』って、目《め》をキラキラとさせていたのに」ぶつぶつ。

十三歳《さい》になったら……というのは、ベオカ星《せい》で昔《むかし》からある言《い》い伝《つた》えの一つだ。

『十三歳《さい》の誕生日《たんじょうび》にプロポーズされた女《おんな》の子《こ》は、幸《しあわ》せな一生《いっしょう》を送《おく》ることができる』ってやつ。

王《おう》のぼやきは続《つづ》く。

「あいつめ、すっかり、わしの言《い》うことを聞《き》かなくなってなぁ。つい何日《なんにち》か前《まえ》にいっしょに食事《しょくじ》をしたときも、ちょっとばかり口論《こうろん》になってしまって……」ぶつぶつ。

口論《こうろん》って、なにを言《い》いあったんですか？

「結婚《けっこん》のことだよ」

結婚《けっこん》……！

その二文字《ふたもじ》に、ぼくのむねはドキと鳴《な》った。

そうか……、そうだよね。ファミも来年《らいねん》には十三歳《さい》、成人《せいじん》して結婚《けっこん》できる年齢《ねんれい》になるわけだもの。そういう話《はなし》が出《で》てきても、全然《ぜんぜん》おかしくはないよね……。

「わしが『おまえの結婚相手《けっこんあいて》に、お似合《にあ》いの相手《あいて》を思《おも》いついた』と言《い》ったらな、あっさり『無《む》理《り》』って拒否《きょひ》されちゃってなぁ。『自分《じぶん》の相手《あいて》は自分《じぶん》で決《き》めます。って言《い》うか、もう決《き》まってます』なんて、堂々《どうどう》と言《い》いきられる始末《しまつ》で。カレ氏《し》なんていつの間《ま》に作《つく》ったのかなぁ。もう、わしの出《で》る幕《まく》なしって感《かん》じで、さびしい……」

しょぼんと力《ちから》なくうなだれて、重苦《おもくる》しい哀愁《あいしゅう》をただよわせる帝王《ていおう》。

「いや、しかし！」王《おう》はすぐに気《き》を取《と》りなおして顔《かお》をあげると、こぶしを振《ふ》り回《まわ》した。

「やはり、これだけは譲《ゆず》ることはできん。なにしろファミは帝国《ていこく》の第《だい》三王女《おうじょ》なのだからな。どこの馬《うま》の骨《ほね》ともしれん男《おとこ》を婿《むこ》にするわけにはいかんのだっ！」

鼻息荒《はないきあら》くそう言《い》いきった王《おう》は、ぼくに意味深《いみしん》な視線《しせん》を投《な》げかけてきた。

「ポップくんも、もちろんそう思《おも》うじゃろ？」と、同意《どうい》を求《もと》めてくる。

「はい」これ以外《いがい》に、返答《へんとう》しようがない。

「わしの人《ひと》を見《み》る目《め》に狂《くる》いはない。ファミの幸《しあわ》せのためにも、そして、今後《こんご》の王家《おうけ》のいっそうの繁栄《はんえい》のためにも、絶対《ぜったい》のぜったいに、わしが見《み》こんだ男《おとこ》と結婚《けっこん》させるのだあっ！」

玉座《ぎょくざ》から腰《こし》を上《あ》げ、一人《ひとり》で気勢《きせい》を上《あ》げている。「おお、そうだそうだ、今《いま》、良《よ》いことを思《おも》いついたぞ。ポップくん」

はい。

「この旅《たび》の間《あいだ》に、なんとかそこのところを、じっくりとファミに言《い》い聞《き》かせてはくれまいかな？ 王家《おうけ》の娘《むすめ》に生《う》まれついたからには、惚《ほ》れた腫《は》れたの一時《いっとき》の感情《かんじょう》で、好《す》き勝手《かって》に結婚相手《けっこんあいて》を決《き》めるなど言語道断《ごんごどうだん》、これぱっかりは、父親《ちちおや》の言《い》うことに従《したが》え……とな」

うーん、素直《すなお》に聞《き》いてくれるかなぁ。

けど、かわいい末娘《すえむすめ》の結婚相手《けっこんあいて》ですからね。王様《おうさま》がそこまで一生懸命《いっしょうけんめい》になる気持《きも》ちは、充分理解《じゅうぶんりかい》できます。

「わかりました。説得《せっとく》できるかどうかはわかりませんが、機会《きかい》を見《み》て、そのようにファミ王女《おうじょ》に進言《しんげん》してみます」

「うむうむ、よろしく頼《たの》んだぞ」

「はい」と、うなずき返《かえ》すと同時《どうじ》に、

ズキ

ほんの……、ほんのかすかに、むねの奥《おく》がうずいた。

ファミには帝王《ていおう》が決《き》めたという許嫁《いいなずけ》がいること。そして、それとは別《べつ》に、ファミ自身《じしん》にもお目《め》当《あ》てのカレ氏《し》がいるってこと……か。

王《おう》に気取《けど》られないように、ちいさなため息《いき》をもらす。

ま、わかっていたことだよ。しょせんは『身分《みぶん》が違《ちが》う』ってひと言《こと》で、全部終《ぜんぶお》わっちゃう話《はなし》なんだってことは。王家《おうけ》の娘《むすめ》には、王家《おうけ》にふさわしい相手《あいて》が必要《ひつよう》なんだ。

彼女《かのじょ》が第《だい》三王女《おうじょ》であるってことを知《し》ってしまった時点《じてん》で、あのころの……、純粋《じゅんすい》に、そして無《む》邪気《じゃき》に遊《あそ》んでいた子《こ》どものころとは、なにもかもが違《ちが》っちゃってるんだから、ね。

「――あぁ、話《はなし》がそれて、すまんな」

ぼくの沈黙《ちんもく》に気《き》づいて、王《おう》はコホンとせきばらいし、玉座《ぎょくざ》にかけなおした。

「ところでファミが使《つか》う船《ふね》は……？」

「惑星探査用宇宙船《わくせいたんさようちゅうせん》『ベンリー二十四世《せい》号《ごう》』だと聞《き》いています。武器装備《ぶきそうび》はありませんが、長距離航行用《ちょうきょりこうこうよう》ということで、

特殊合金製《とくしゅごうきんせい》の装甲《そうこう》はかなり頑丈《がんじょう》な仕様《しよう》である……と」

「そうか。で、クルーの選定《せんてい》はどうなってるんだろう？　しっかり、できているのかなぁ？」

……へ？　クルーの選定《せんてい》……って？

そういうの、王様《おうさま》が命令《めいれい》を下《くだ》して、超優秀《ちょうゆうしゅう》な選《え》りすぐりのスタッフをパパパッと集《あつ》めてくれるんじゃないんですか？

「うむ。じつは一度《いちど》、わしのほうからファミにあれこれ提案《ていあん》してみたんじゃよ。でも、速攻《そっこう》で『無理《むり》』って言《い》われた」

へ？

「ファミからあっさり却下《きゃっか》された。『もう乗組員《のりくみいん》の候補《こうほ》は決《き》めているから』ってな」

王《おう》がまた、しょんぼりと肩《かた》を落《お》とす。

あ、そ、そうなんだ。となれば、ファミが選《えら》んだクルーの顔《かお》ぶれってのが、気《き》になりますね。

「それがなぁ、ファミのやつ、教《おし》えてくれないんだよ。『秘密《ひみつ》だ』って」

うーむむ。それにしても王様《おうさま》、結婚相手《けっこんあいて》のことにせよ宇宙船《うちゅうせん》の乗組員《のりくみいん》のことにせよ、ファミに対《たい》しては、ひたすらに押《お》しが弱《よわ》すぎません？

「ま、まあ、そう痛《いた》いところをついてくれるな」

王《おう》は照《て》れくさそうに、ガリガリと頭《あたま》をかいた。「あいつのことだ。未開《みかい》エリアへの宇宙探査《うちゅうたんさ》の危険性《きけんせい》は充分《じゅうぶん》わかっておるだろうし、そんなにおかしな人選《じんせん》はしないと思《おも》っているよ」

王《おう》は、ファミへの信頼《しんらい》の想《おも》いをのせた口調《くちょう》で、そう言《い》った。

「ポップくん。いろいろと苦労《くろう》もあるだろうが、ファミのことをよろしくな」

「はい、かしこまりました」

深々《ふかぶか》と頭《あたま》をさげると、王《おう》は「うむ」とうなずき、

「これを持《も》って行《い》きなさい」と、玉座《ぎょくざ》の横《よこ》に立《た》てかけていた大剣《たいけん》を手《て》に取《と》った。

「帝国《ていこく》に伝《つた》わる三種《さんしゅ》の神器《じんぎ》のうちの一つ、聖剣《せいけん》『太陽《たいよう》の剣《けん》』だ」

「え？　い、いや、そ、そんなすごいもの、とてもとても……」

あわあわと拒否《きょひ》するぼくに、王《おう》は「いいから、持《も》って行《い》け」と、グイと剣《けん》を差《さ》しだした。

「おまえは剣術大会《けんじゅつたいかい》で準優勝《じゅんゆうしょう》の好成績《こうせいせき》をおさめたのだからな。これを持《も》つ資格《しかく》は、充分《じゅうぶん》にあるじゃろ。この剣《けん》で、ファミを守《まも》ってやってくれい」

そうまで言《い》われて、これ以上《いじょう》かたくなに断《ことわ》ることなんてできない。

意《い》を決《けっ》したぼくは、ゆっくりと玉座《ぎょくざ》へ歩《あゆ》みよった。両手《りょうて》を差《さ》しだし、うやうやしく剣《けん》をおしいただく。

見《み》た目《め》以《い》上《じょう》にずしりとした重《おも》さを、そして、名剣《めいけん》だけが持《も》つ鋭《するど》いオーラをひしと感《かん》じて、一瞬《いっしゅん》、武者震《むしゃぶる》いが全身《ぜんしん》を駆《か》け巡《めぐ》った。一人《ひとり》の剣士《けんし》として、自然《しぜん》に決意《けつい》の言葉《ことば》が口《くち》をついてでる。

「この剣《けん》にかけて、全身全霊《ぜんしんぜんれい》をもって、ファミを……第三王女《だいおうじょ》をお守《まも》りします」

「ああ。あの、じゃじゃ馬《うま》をよろしく頼《たの》んだぞ」

「はい」……と、返事《へんじ》しつつ、ぼくはあれれと、首《くび》をかしげた。

じゃじゃ馬《うま》だって？

あのー、王様《おうさま》。王様《おうさま》はファミのこと、『内気《うちき》でおしとやかで、だれにもわけへだてなくやさしくて、虫《むし》も殺《ころ》さぬほどに思《おも》いやりのある天使《てんし》のような』子《こ》どもだって、思《おも》ってるんじゃなかったんでしたっけ？

「父親《ちちおや》の目《め》を侮《あなど》っちゃいかんぞ、ポップくん」

帝王《ていおう》はニヤリと笑《わら》うと、グイとむねを反《そ》らしてみせた。「わしはだれよりも、あの娘《むすめ》のことはよくわかっておる。ほんとうに『内気《うちき》で奥《おく》ゆかしい』などと思《おも》いこんでいたら、こんな旅《たび》に出《で》ることを許《ゆる》したりするはずもないだろう」

あ、それはそうですね。

「気《き》が強《つよ》くてしっかり者《もの》、頭《あたま》の回転《かいてん》が速《はや》くて勇気《ゆうき》があって、行動力《こうどうりょく》がある。そんなファミならできる……と判断《はんだん》したからこそ、認《みと》めたんだよ」

帝王《ていおう》はそう言《い》うと、やさしい父親《ちちおや》の目《め》になって、

「あんなにたくましくなっちゃって、わし、ちょっとうれしい」と、感慨深《かんがいぶか》げにつぶやいた。

「内心《ないしん》、ぼくもビックリしてます」

素直《すなお》な感想《かんそう》を伝《つた》えると、王《おう》はますますうれしそうに表情《ひょうじょう》を崩《くず》した。そして、小声《こごえ》で、

「ポップくん、これは秘密《ひみつ》なんだが、さっき、ファミのやつがバイオリンの練習《れんしゅう》でうでを折《お》った
……という話《はなし》があっただろう？」と、言《い》った。

「はい」

「あれは、うそだ」

……やっぱり。おかしいと思《おも》った。

「じつは、ファミのヤツ、木登《きのぼ》りしてて落《お》ちたんだ」

き、木《き》から落《お》ちた……って。どんだけ、おてんばなんだよっ！

「ファミが先月《せんげつ》まで入院《にゅういん》していた、帝国病院《ていこくびょういん》の院長先生《いんちょうせんせい》から聞《き》いたんだがな。王宮《おうきゅう》の裏庭《うらにわ》にある果樹園《かじゅえん》の果物《くだもの》をもぎとろうと木《き》に登《のぼ》って、足《あし》を滑《すべ》らせたらしい」

やれやれ。おてんばのうえに、食《く》いしんぼうか。

立場的《たちばてき》には、そんな危険《きけん》なマネをしなくても、美味《おい》しいものなんていくらでも簡単《かんたん》に手《て》に入《はい》るだろうに。

ため息《いき》をつきつつ、ぼくはあらためて、尊敬《そんけい》のまなざしでリマート王《おう》を見《み》つめた。

さすが王様《おうさま》だ。娘《むすめ》にデレデレと甘《あま》くて、コロリとだまされてる……なんて思《おも》っていたけど、とんでもない。

「ふふん。わしのこの黒《くろ》い目《め》は、わが子《こ》かわいさに曇《くも》るようなことは絶対《ぜったい》にない」

王《おう》は得意《とくい》げな顔《かお》で、うんうんとうなずいていたが、すぐに、

「しかし、だからこそ心配《しんぱい》もつきんのだよ」と、不安《ふあん》に表情《ひょうじょう》を曇《くも》らせた。

「銀河《ぎんが》のあっち方面《ほうめん》には、マウズ星人《せいじん》に限《かぎ》らず、野蛮《やばん》で好戦的《こうせんてき》な宇宙人《うちゅうじん》が多《おお》いらしいとの情報《じょうほう》もチラホラと入《はい》っておってな……」

そうですね。いかにこちらが友好的《ゆうこうてき》に接《せっ》しようとも、一方的《いっぽうてき》にケンカをふっかけられる可能性《かのうせい》もあるわけですからね。ビナス星人《せいじん》に戦争《せんそう》を仕掛《しか》けた、マウズ星人《せいじん》のような輩《やから》に……。

「ま、まあ、それもあるんだが。どっちかというと、むしろファミのヤツが好奇心《こうきしん》のままに、あっちこっちの危険《きけん》な場所《ばしょ》に首《くび》をつっこんで、余計《よけい》なトラブルに巻《ま》きこまれに行《い》ったり、無用《むよう》の騒動《そうどう》を起《お》こしたりはしないかと、そっちのほうが心配《しんぱい》なんだ」

……は？　そっち？

そっちを心配《しんぱい》してるんですか？

「好奇心《こうきしん》が旺盛《おうせい》というのも、善《よ》し悪《あ》しでなぁ。とにかく、ポップくん、あいつの手綱《たづな》をしっかりと握《にぎ》って、うまくやっておくれ。面倒《めんどう》ごとや星間《せいかん》トラブルが起《お》きないようにな。変《へん》な方向《ほうこう》に突《つ》っ走《ぱし》り始《はじ》めたら、全力《ぜんりょく》で止《と》めてやってくれい。無事《ぶじ》、ベオカに帰還《きかん》した暁《あかつき》には、充分《じゅうぶん》な褒美《ほうび》をあたえるから。なっ、なっ」

帝王《ていおう》はそう言《い》いながら、ぼくにむかって拝《おが》むように両手《りょうて》を合《あ》わせてきた。

い、いやいや。褒美《ほうび》なんて、とんでもないですよ。

「もうしわけないが四日後《よっかご》の——七月八日《がつようか》の出発《しゅっぱつ》の日《ひ》、わしは見送《みおく》りができんのだ。今《いま》、昔《むかし》からの古《ふる》くさい法律《ほうりつ》を、現代事情《げんだいじじょう》に合《あ》った内容《ないよう》に変《か》える手続《てつづ》きをしているところでな。これがまたけっこう面倒《めんどう》くさい作業《さぎょう》で、議会《ぎかい》に缶《かん》づめ状態《じょうたい》になるんだ」と、げんなりした表情《ひょうじょう》になる。

「とにかくファミのことは、よろしく頼《たの》んだぞ」

ことさらに力《ちから》をこめて、王様《おうさま》はぼくをまっすぐに見《み》つめた。「航海《こうかい》の無事《ぶじ》を祈《いの》る」

「はい」

王《おう》の言葉《ことば》に負《ま》けないくらいに力強《ちからづよ》く、ぼくはおおきな声《こえ》で返《かえ》したのだった。

9 ムシィモエネルギーを探《さが》して

「――……プさん……、ポップさぁん？」

遠《とお》くから、名前《なまえ》を呼《よ》ぶ声《こえ》が耳《みみ》に届《とど》いて、あの日《ひ》の――玉座《ぎょくざ》の間《ま》に飛《と》んでいたぼくの意識《いしき》が現実《げんじつ》世界《せかい》に引《ひ》きもどされる。ハッと短《みじか》く息《いき》を呑《の》んだ拍子《ひょうし》に、手《て》にしていたお湯《ゆ》のみの底《そこ》がこたつの天《てん》板《ぱん》にあたり、ゴトッと鈍《にぶ》い音《おと》を立《た》てた。

「あのぉ……、ポップさん、だいじょうぶですかぁ？」

急須《きゅうす》片手《かたて》に、ぼくの顔《かお》をのぞきこんでいたのは、メイドロイドールのナナさんだった。

光《ひかり》のない黒一色《くろいっしょく》の人工的《じんこうてき》な瞳《ひとみ》が、ぼくをじっと見《み》すえている。

「あ、ご、ごめん。ちょっと考《かんが》えごとをしてた」

ぼくはあわてて、お湯《ゆ》のみの底《そこ》に残《のこ》っていたお茶《ちゃ》をいっきに飲《の》みほした。お茶《ちゃ》はすっかり冷《さ》めてしまっている。ずいぶん長《なが》いこと、物思《ものおも》いにふけっていたようだ。

「心《こころ》ここにあらず……って感《かん》じで、ずぅーっとぼんやりしてるんですもの。心配《しんぱい》しましたぁ」

ナナさんが首《くび》をかるくかしげて、かわいらしい微笑《ほほえ》みを投《な》げかけてくる。

「あ、ど、どうも」思《おも》わず顔《かお》が赤《あか》くなる。

「ナナさん、気《き》をつけてくださイ。ポップさんは勝手《かって》に女《おんな》の子《こ》の手《て》をにぎって、ほおずりするのが趣味《しゅみ》ですからラ」

こら、Q子《こ》！ 適当《てきとう》なことを言《い》うなってば！ ほおずりなんかしてないだろっ！

「なにか悩《なや》みごとがあるのならぁ、遠慮《えんりょ》なぁく相談《そうだん》してくださいね」

うぅ……。ナナさんは、ひたすらにやさしい。

「でも、たしかにポップさんはよく、ボンヤリと考《かんが》えごとをしていますよネ」

深刻《しんこく》そうな口《くち》ぶりで、Q子《こ》がうなる。「ポップさんは、なにか人知《ひとし》れず、深《ふか》い悩《なや》みをかかえているのかもしれませン」

Q子《こ》はそう言《い》って、心配《しんぱい》そうにぼくの顔《かお》をまじまじと見《み》あげた。

ぼんやりとしてしまうのは、退屈《たいくつ》でヒマだからなんだけどな……とは、正直《しょうじき》に言《い》えなそうな空《くう》気《き》だ。

でも。

いつもいつも口《くち》が悪《わる》いオモチャロボットだけど、なんだかんだで、ちょっとはぼくのことを心《しん》

配《ぱい》してくれてるんだな……と、ついついホロリとしたところで、Q子《こ》は、

「あ、違《ちが》ったちがッタ。深《ふか》く悩《なや》むような、繊細《せんさい》な神経《しんけい》の持《も》ち主《ぬし》じゃなかッタ。あははハ」と笑《わら》い、手《て》にしていたマグカップを傾《かたむ》けて、オリーブオイルをかぷっと飲《の》みほした。

くーっ、あいかわらずひと言多《ことおお》いヤツめ……と、ジロリにらみつけてやった瞬間《しゅんかん》。

ピピピピ、ピピピピ、ピピ……

コックピットのムシィモエネルギー反応探索装置《はんのうたんさくそうち》が、赤《あか》いランプを点滅《てんめつ》させながら、甲高《かんだか》い電《でん》子音《しおん》を発《はっ》し始《はじ》めた。

「あ、どうやらムシィモがある惑星《わくせい》が見《み》つかったようですネ。こんなに早《はや》く反応《はんのう》があるなんて、ラッキーでス」

Q子《こ》はそう言《い》いながら、マグカップ片手《かたて》に、ちょこちょこと操縦席《そうじゅうせき》へと駆《か》けていった。

やれやれ。いつだって楽《たの》しい時間《じかん》なんてのは、あっという間《ま》に終《お》わっちゃうものだ。

さ、仕事仕事《しごとしごと》。

やや未練《みれん》がましく、こたつからもそもそと這《は》いでて副操縦席《ふくそうじゅうせき》へとむかうと、ファミとナナさんもあとからついてきた。

主操縦席《メインそうじゅうせき》でムシィモセンサーのデータを確認《かくにん》しているQ子《こ》に、ファミが、

「どう？　近《ちか》そう？」と、声《こえ》をかける。

「反応《はんのう》は二時《じ》の方向《ほうこう》からですネ。惑星《わくせい》までの正確《せいかく》な距離《きょり》は、もうすこしセンサーの精度《せいど》をあげないと、はっきりしませン」

「そう。船《ふね》の航行可能日数《こうこうかのうにっすう》はどれくらいなの？」

「えート……。エネルギータンクの残量《ざんりょう》から計算《けいさん》すると、通常航行《つうじょうこうこう》は五十三日《にち》ほど可能《かのう》でス」

Q子《こ》がよどみなく答《こた》える。さすが最新鋭《さいしんえい》の人工知能《じんこうちのう》を搭載《とうさい》しているだけのことはあって、こういった計算《けいさん》やデータ管理《かんり》は迅速《じんそく》かつ完璧《かんぺき》だ。

「じゃあ、五十三日以内《にちいない》にその星《ほし》に着《つ》かないとぉ、まずいんですねぇ」と、ナナさん。

「そうだね」と、ぼくは応《おう》じた。「ムシィモエネルギーがないとシャクト航法《こうほう》が使《つか》えないし、それ以前《いぜん》に、エネルギーが空《から》っぽになっちゃったら、それこそビナス星人《せいじん》のような宇宙《うちゅう》の漂流者《ひょうりゅうしゃ》になっちゃうからね」

なんの深《ふか》い意味《いみ》も意図《いと》もなく、ぼくがそう口《くち》にした瞬間《しゅんかん》、メインフロアの空気《くうき》がいっきにこわばったのが肌《はだ》で感《かん》じられた。

……え？　な、なんだ、この異様《いよう》な雰囲気《ふんいき》は？

不穏《ふおん》な気配《けはい》にとまどうぼくのわき腹《ばら》を、Q子《こ》がつんつんとつついた。

「ねえねえ、ポップさン。ビナス星人《せいじん》って、なんのことですカ？」興味《きょうみ》シンシンの様子《ようす》で、ぼくの顔《かお》を見《み》あげる。

「あ、それはね……」

ぼくは、王様《おうさま》から聞《き》いた十年前《ねんまえ》の事件《じけん》のことを、かいつまんで話《はな》して聞《き》かせた。

「──ふーん。帝国《ていこく》に流《なが》れついたもの以外《いがい》のポッドは、どうなっちゃったんでしょうカ？」

「さぁね。残念《ざんねん》ながらそればっかりは、ずっと冷凍睡眠状態《れいとうすいみんじょうたい》で旅《たび》をしてきた少女《しょうじょ》には知《し》りえないことだからね。宇宙空間《うちゅうくうかん》を漂《ただよ》う間《あいだ》に、隕石《いんせき》と正面衝突《しょうめんしょうとつ》して粉々《こなごな》になったかもしれないし、どこかの太陽《たいよう》に引《ひ》きこまれて燃《も》えつきたかもしれない。あるいは、ブラックホールに呑《の》みこまれたという可能性《かのうせい》もあれば、いまだ当《あ》てもなく宇宙《うちゅう》の暗《くら》やみをさまよって……」

「ナナ！」

突然《とつぜん》、ファミがおおきな声《こえ》でボクの話《はなし》をさえぎった。「ほら、おやつの時間《じかん》は終《お》わったんだから、こたつの上《うえ》を早《はや》く片《かた》づけてちょうだい」

「は、はぁい」

ナナさんはあいもかわらぬ手際《てぎわ》の良《よ》さで、ケーキ皿《ざら》とお湯《ゆ》のみをささっとお盆《ぼん》の上《うえ》にのっけると、メインフロアから足早《あしばや》に出《で》ていった。

「Q子《こ》は引《ひ》きつづき、ムシィモ探索《たんさく》の作業《さぎょう》を頼《たの》むわね。なるべく早《はや》く、お願《ねが》い」

「はーい、りょーかいしましタ」

Q子《こ》は、右《みぎ》のこめかみのあたり（ボール形状《けいじょう》のロボットに、こめかみがあるのかどうか、いささか不安《ふあん》ではあるが）に右手《みぎて》をちょんとあてて、敬礼《けいれい》のポーズを取《と》って応《こた》える。

「ポップ、ちょっとこっちに来《き》て」

ファミはぼくのうでをグッとつかむと、そのままメインフロアの隅《すみ》へと引《ひ》きずっていった。

「な、なんだい？」

「ねえ。どこまで知《し》ってるの？」低《ひく》く落《お》とした声《こえ》で、ぐいと詰《つ》めよってくる。

……？　なにを？

「GX《ジーエックス》エリアに関《かん》する情報《じょうほう》よ」

「それは、さっき話《はな》した程度《ていど》だよ」

「そう。パパから聞《き》いたのね」

ファミはちいさく息《いき》を吐《は》くと、真剣《しんけん》な顔《かお》をぼくにむけた。「お願《ねが》いがあるの。そういう話《はなし》、みんなの前《まえ》では、あんまりしないでほしいのよね」

「うん？」ぼくは納得《なっとく》できずに首《くび》をかしげた。「なんで？」

「なんで……って」

「だって、ぼくらは、いよいよ未知《みち》の領域《りょういき》――帝国《ていこく》のだれも一度《いちど》も足《あし》を踏《ふ》みいれたことのない宙域《ちゅういき》に入《はい》ってきたんだよ。これからの旅《たび》は、まさに手探《てさぐ》り状態《じょうたい》になる」

「そうね」

「それなら、未知《みち》の領域《りょういき》に関《かん》する情報《じょうほう》はどんなちいさなことであっても、乗組員間《のりくみいんかん》で共有《きょうゆう》しておく必要《ひつよう》があると思《おも》うんだけど。マウズ星人《せいじん》のような、残虐非道《ざんぎゃくひどう》な異星人《いせいじん》が待《ま》ち受《う》けているかもしれないって可能性《かのうせい》もふくめてね」

「う、うん、それは、わかってる。ポップの言《い》うことが正《ただ》しいって、わかってるけど……」

正論《せいろん》をぶつけられて、ファミはあいまいにうなずいた。そして伏《ふ》し目《め》がちに、

「……で、でもね、ビナス星人《せいじん》とかマウズ星人《せいじん》のことを話題《わだい》にしたら、みんなが不安《ふあん》になったりするかもしれないじゃない。だから、その……、とにかく、わたしの言《い》うとおりにしてほしいの。えっと、う、うまく言《い》えないんだけど……その……」と、ごにょごにょと言葉《ことば》を濁《にご》し、口《くち》をとがらせてうつむいた。

このしぐさは、『言《い》いたいことがあるけれど、言《い》うことができない』ときに、よくファミが見《み》せるものだ。ちいさいころからの彼女《かのじょ》のクセである。

「……お願《ねが》い」ささやくような声《こえ》で、訴《うった》える。

なにか裏事情《うらじじょう》があるのだろうか……との疑問《ぎもん》が、ぼくの頭《あたま》の中《なか》をよぎる。しかし、今《いま》それを追《つい》及《きゅう》したところで、強情《ごうじょう》なファミのことだ、素直《すなお》に答《こた》えてくれるとは思《おも》えない。

だからこその『お願《ねが》い』なのだろうから。

「うん。わかったよ。じゃあ、これから先《さき》、ぼくが気《き》づいたことがあったら、かならず先《さき》にファミに話《はなし》を通《とお》すようにする。その情報《じょうほう》をどうするかは、船長《せんちょう》にまかせるよ」

いいさ。

ファミが真実《しんじつ》をあきらかにしてくれるその時《とき》が来《く》るまで、待《ま》つことにしよう。

ぼくがうなずくと、ファミはすこしほっぺを上気《じょうき》させ、キュッと結《むす》んでいたちいさな口《くち》もとを、ゆるめた。そして上目《うわめ》づかいで、

「……あ、ありがと」と、素《そ》っ気《け》なくお礼《れい》を言《い》った。

「じゃ、ぼくは自分《じぶん》の席《せき》にもどるよ。Q子《こ》のお手伝《てつだ》いをしなくちゃいけないからね」

「よろしくね」ファミはちいさくうなずいて、船長席《せんちょうせき》へともどっていった。

副操縦席《ふくそうじゅうせき》にもどると、主操縦席《メインそうじゅうせき》のQ子《こ》は右手《みぎて》に操縦桿《そうじゅうかん》をにぎり、左手《ひだりて》で器用《きよう》に電子《でんし》パネルを操《そう》作《さ》しながら、

「とりあえず、二時《じ》の方向《ほうこう》に針路《しんろ》を取《と》りますネー」と、あいかわらずののんき口調《くちょう》で声《こえ》をかけてきた。

「ムシィモのある星《ほし》が、早《はや》く見《み》つかるといいんだけどね」

「そうですネ。『空間《くうかん》シャクトリームC航法《シーこうほう》』でどれだけ距離《きょり》と時間《じかん》をかせいだとしても、エネルギーの探索《たんさく》にもたもたしていては、元《もと》も子《こ》もないですからネ。でも、ムシィモセンサーの反応《はんのう》はケッコー強《つよ》めでしたから、五十日《にち》もかからずに見《み》つかると思《おも》いますヨ」

Q子《こ》はそう言《い》うと、顔《かお》をあげて、

「ねえ、ポップサン。さっきのビナス星人《せいじん》のことなんですけド……」と、好奇心《こうきしん》ありありの口調《くちょう》で、話《はなし》を振《ふ》ってきた。

「なんだい？」クルーを不安《ふあん》にさせないよう、余計《よけい》なことは言《い》うな……と、釘《くぎ》を刺《さ》されたばかりだけれど、さすがに無視《むし》するわけにもいかない。

「ベオカ星《せい》に流《なが》れついた女《おんな》の子《こ》は、今《いま》、どこでどうしてるんでしょうかネ？」

「それは……」

一瞬《いっしゅん》ちゅうちょするも、まぁそんな話題《わだい》なら問題《もんだい》ないだろうと思《おも》い直《なお》す。

「ビナス星人《せいじん》は帝国病院《ていこくびょういん》で治療《ちりょう》を受《う》けて元気《げんき》になって、大人《おとな》になった今《いま》は、そこで看護師《かんごし》の仕事《しごと》に就《つ》いているらしいよ」

「そうですカ。元気《げんき》なんですネー。よかったよかッタ」Q子《こ》が、パッと声《こえ》を弾《はず》ませる。

ふふ。

ホントーにこいつってば、オモチャロボットなのに心根《こころね》がやさしいと言《い》うか、人間味《にんげんみ》があると言《い》うか。これだから憎《にく》めないんだよね。

「さ、ムシイモ探《さが》し、がんばりまショー」

Q子《こ》は気合《きあ》いをこめて操縦桿《そうじゅうかん》をにぎり直《なお》すと、二時《じ》の方向《ほうこう》にぐいと倒《たお》して、『ベンリー二十四世号《せいごう》』の針路《しんろ》を変《か》えたのだった。

――目的地《もくてきち》『ミルキーウェイ銀河《ぎんが》GX《ジーエックス》エリア』到達《とうたつ》まで
残《のこ》りおよそ六万五千光年《こうねん》

『大巨人伝説《だいきょじんでんせつ》』

1 ジュースとジャイアントまんじゅう

宇宙空間《うちゅうくうかん》に存在《そんざい》する恒星《こうせい》や惑星《わくせい》は、ある程度《ていど》のおおきさであれば、ほとんど球体《きゅうたい》もしくは球《たま》に近《ちか》い楕円体《だえんたい》の形状《けいじょう》をしているものだ。

けれど、ムシィモエネルギー反応《はんのう》を示《しめ》したその惑星《わくせい》の形状《けいじょう》は、ずいぶんと変《か》わっていた。

球状《きゅうじょう》ではない。かといって、小惑星《しょうわくせい》のようにごつごつでこぼこ、いびつなわけでもない。

薄平《うすひら》べったい円《えん》。

えーっと、たとえるなら……、そうそう、以前《いぜん》おやつに出《で》た、ナナさん特製《とくせい》のイチゴロールケーキを切《き》りとってペタンと横《よこ》にしたような、そんな不思議《ふしぎ》な形《かたち》をしていた。

ベオカ星《せい》の宇宙天体学《うちゅうてんたいがく》の常識《じょうしき》で考《かんが》えれば、こんな形状《けいじょう》の惑星《わくせい》の存在《そんざい》なんてちょっとありえないのだけれど、実際《じっさい》その星《ほし》は存在《そんざい》している。目《め》の前《まえ》の宇宙空間《うちゅうくうかん》にプカプカと浮《う》いているのだ。

ベオカ星《せい》から数千光年《すうせんこうねん》しか離《はな》れていない前人未踏《ぜんじんみとう》の宙域《ちゅういき》に、ほんの一歩足《ぽあし》を踏《ふ》みいれただけで、これだもんね。『宇宙《うちゅう》は神秘《しんぴ》に満《み》ちている』なんて使《つか》い古《ふる》された月並《つきな》みな言《い》いまわしが、ストーンと腑《ふ》に落《お》ちるってものだ。

操船《そうせん》を担当《たんとう》するQ子《こ》は『ベンリー二十四世号《せいごう》』を星《ほし》の平《たい》らな——陽《ひ》が射《さ》している面《めん》のまん中《なか》あたりに着地《ちゃくち》させた。あたり一帯《いったい》、うっそうとした森《もり》が広《ひろ》がっている。なかなか自然豊《しぜんゆた》かな惑星《わくせい》のようだ。

さておつぎは、この星《ほし》のどこにムシィモがあるのかを探査《たんさ》しなければならない。

ムシィモエネルギー反応探索装置《はんのうたんさくそうち》の精度《せいど》をぐぐっと上《あ》げて、ムシィモが眠《ねむ》る正確《せいかく》な場所《ばしょ》を探《さぐ》る作業《さぎょう》に入《はい》る。ま、このあたりはQ子《こ》におまかせってことになるのだけれど、すこしばかり時間《じかん》がかかりそう……ということで、ファミが、

「着陸《ちゃくりく》するとき、この森《もり》の外《はず》れにけっこうおおきな街並《まちな》みが、チラッと見《み》えたでしょ？　ぼんやりと待《ま》つのも退屈《たいくつ》だから、すこし散策《さんさく》してくるわ」と言《い》いだした。

「ユーシース帝国《ていこく》にとって有用《ゆうよう》な、食《た》べ物《もの》や特産品《とくさんひん》があるかもしれないもの」

ああ、それはいい考《かんが》えだ。で、その散策《さんさく》には、ぼくもついていくことになるんだよね？

「あたりまえでしょ。かよわいお姫様《ひめさま》を守《まも》るのが、ボディガードの仕事《しごと》じゃない」

ファミは軽《かる》くウィンクを返《かえ》し、スタスタとメインフロアを出《で》ていく。思《おも》いついたら即行動《そくこうどう》だ。

自分《じぶん》で自分《じぶん》をかよわいって言《い》うかな……と、心《こころ》の中《なか》でつぶやきつつ、背中《せなか》の『太陽《たいよう》の剣《けん》』をかつぎ直《なお》して、ファミの背中《せなか》を追《お》う。

「いってらっしゃイ」Q子《こ》が手《て》を振《ふ》って、お見送《みおく》りしてくれた。


ベオカ星《せい》を出発《しゅっぱつ》して、およそ一月半《ひとつきはん》ぶりにおおきく開《あ》けはなたれた、船《ふね》の出入《でい》り口《ぐち》のハッチ。

船外《せんがい》に出《で》たぼくとファミは、重力《じゅうりょく》コントロール装置《そうち》を搭載《とうさい》した二人乗《ふたりの》りのチャリボードを駆《か》って、すっきりと晴《は》れわたった青《あお》空《ぞら》の下《した》を、街《まち》までゆっくりと滑空《かっくう》。

ずーっと閉《と》じこもりきりの生活《せいかつ》だったから、その開放感《かいほうかん》と爽快感《そうかいかん》は格別《かくべつ》なものだっ

た。

船内《せんない》では絶対《ぜったい》に感《かん》じることのできない太陽《たいよう》の輝《かがや》きと暖《あたた》かさ、肌《はだ》に感《かん》じる風《かぜ》の流《なが》れ。

眼下《がんか》に広《ひろ》がるのは、森《もり》の木々《きぎ》で紡《つむ》がれた濃緑《のうりょく》のじゅうたん。その間《あいだ》を縫《ぬ》うようにして、くねくねと走《はし》る川《かわ》。水《みず》の流《なが》れゆく様《さま》、その音《おと》。

身体中《からだじゅう》の細胞《さいぼう》が、血液《けつえき》が、そして心《こころ》がざわざわとざわめきたち、生《い》きてるって実感《じっかん》できる。

感極《かんきわ》まって思《おも》わず、

「やっほー」と、叫《さけ》ぶ。ぼくの腰《こし》にうでを回《まわ》してしがみついているファミが、

「これだから子《こ》どもは……」って、ため息《いき》をついたのは、聞《き》こえないふりをした。


それは、意外《いがい》におおきなおおきな街《まち》だった。

縦横《じゅうおう》に走《はし》る石畳《いしだたみ》の道路《どうろ》、通《とお》り沿《ぞ》いに並《なら》ぶレンガや石《いし》を積《つ》み上《あ》げて造《つく》られた家々《いえいえ》。二階建《かいだ》てより高《たか》い建物《たてもの》はないので、頭上《ずじょう》に広《ひろ》がる青空《あおぞら》がおおきく、そして、近《ちか》くに見《み》える。

「心《こころ》がほっこりする光景《こうけい》ね」

ファミの言葉《ことば》に、たしかに……と、うなずく。

近代化《きんだいか》の進《すす》むベオカ星《せい》からは失《うしな》われつつある、そぼくな温《ぬく》もりが感《かん》じられる。

科学技術《かがくぎじゅつ》や文明《ぶんめい》という尺度《しゃくど》で考《かんが》えれば、この惑星《わくせい》のレベルはあきらかにベオカ星《せい》よりも数段落《すうだんお》ちるのは間違《まちが》いない。けれど、街《まち》を包《つつ》みこむおだやかでやさしい空気《くうき》に、なんともホッとさせられる。

ただ。奇妙《きみょう》なことが一つだけあった。

ぐるりと見《み》わたす視界《しかい》の中《なか》に、人《ひと》の影《かげ》がまったく入《はい》ってこないのだ。

「街《まち》の人《ひと》は、どこに行《い》っちゃったんだろう？」

「そうね……」ファミが、キョロキョロと周囲《しゅうい》をうかがう。「あっちのほうから、大勢《おおぜい》の人《ひと》の気《け》配《はい》を感《かん》じるわ。行《い》ってみましょ」

街路樹《がいろじゅ》が整然《せいぜん》と並《なら》ぶ通《とお》りに沿《そ》ってしばらく進《すす》んでいくと、街《まち》の中央《ちゅうおう》——大広場《おおひろば》に行《い》きつく。

広場《ひろば》では、市場《いちば》が開《ひら》かれていた。何十何百《なんじゅうなんびゃく》もの店《みせ》や屋台《やたい》がずらっと並《なら》んでいる。

「ふむ」

街中《まちじゅう》が閑散《かんさん》としているように思《おも》えたのは、こういうことか……と、納得《なっとく》。

おそらく街中《まちじゅう》の人《ひと》がここに集《あつ》まっているのだろうと思《おも》えるほどに、広場《ひろば》には大勢《おおぜい》の人間《にんげん》が行《い》き交《か》っていた。

けど……と、ぼくは首《くび》をかしげる。

不思議《ふしぎ》なことに、これほどの人《ひと》がいるにもかかわらず、なぜだか活気《かっき》が感《かん》じられない。なんだか異常《いじょう》に静《しず》かなのだ。

市場《いちば》ってものは、もっと熱気《ねっき》にあふれるものじゃないのかな？

商売人《しょうばいにん》の威勢《いせい》の良《よ》い声《こえ》が響《ひび》き、客《きゃく》はお目当《めあ》てのものを安《やす》く買《か》い求《もと》めようと、交渉《こうしょう》する声《こえ》に力《ちから》がこもる。そこかしこで親《した》しい者同士《ものどうし》が談笑《だんしょう》し、お得《とく》なお買《か》い物情報《ものじょうほう》を交換《こうかん》しあい、安《やす》く手《て》に入《い》れた逸品《いっぴん》を自慢《じまん》し、うらやむ会話《かいわ》で盛《も》りあがる。その中《なか》に、子《こ》どもたちの歓声《かんせい》が混《ま》じる。

そんなものだよね？

しかし、この街《まち》の市場《いちば》はそうではない。店《みせ》の主《あるじ》も客《きゃく》も、ただひたすらに元気《げんき》がない。みな一様《いちよう》に暗《くら》い顔《かお》で口数少《くちかずすく》なく、ただただ機械的《きかいてき》に売《う》っている買《か》っている……って、そんな感《かん》じなのだ。

「全然《ぜんぜん》、楽《たの》しそうじゃないわね」

ファミもその異様《いよう》に、小首《こくび》をかしげる。「市場《いちば》なんてものは、ある意味《いみ》お祭《まつ》りみたいなものなんだから、もっとこう、ワイワイガヤガヤしてるほうが好《この》みなんだけどなぁ」

そうは言《い》っても、熱気《ねっき》あふれる市場《いちば》なんてものは、ベオカ星人《せいじん》であるぼくたちの常識《じょうしき》でしかないのかもしれないよ。宇宙《うちゅう》は広《ひろ》い。いろいろな星《ほし》があり、いろんな宇宙人《うちゅうじん》がいる。その星《ほし》その星《ほし》ならではの、やり方《かた》や流儀《りゅうぎ》ってものがあるだろうからね。

「あ、ポップ、あれ美味《おい》しそう」

ファミが声《こえ》をはずませた。彼女《かのじょ》の視線《しせん》の先《さき》には、飲《の》み物《もの》を商《あきな》っている屋台《やたい》があった。

「わたし、あれ飲《の》みたい」と、ズンズンと屋台《やたい》にむかって歩《ある》いていく。

「代金《だいきん》はどうするんだよ？」

「大丈夫《だいじょうぶ》よ」

首《くび》からぶら下《さ》げている、帝国《ていこく》のロゴの入《はい》った革製《かわせい》の小銭入《こぜにい》れの中《なか》から、硬貨《こうか》をいくつか取《と》りだし、手《て》の上《うえ》でジャラジャラと鳴《な》らしてみせる。

「それはベオカで流通《りゅうつう》しているお金《かね》だろ？　この星《ほし》で通用《つうよう》するかなぁ」

「そこんところは交渉《こうしょう》よ、交渉《こうしょう》。話《はな》せばなんとかなるって。宇宙《うちゅう》は一つ、人類《じんるい》みな兄弟《きょうだい》」

ファミは、ぼくの不安《ふあん》をまったく意《い》に介《かい》することもなく、さっさと店先《みせさき》へ歩《ある》いていくと、手《て》のひらに数枚《すうまい》の硬貨《こうか》をのせて、カウンターごしに店主《てんしゅ》と交渉《こうしょう》を始《はじ》めた。

やれやれ。たくましいというか、強引《ごういん》というか。

ほんのついさっきまで存在《そんざい》すら知《し》らなかった星《ほし》に来《き》て、いっさいものおじしないあの度胸《どきょう》。

「ポップ」

ファミが笑顔《えがお》で手招《てまね》きする。「銀貨《ぎんか》一枚《まい》で、四杯分《はいぶん》オーケーだって」

交渉成立《こうしょうせいりつ》か。

すこし薄汚《うすよご》れた、緑《みどり》と白《しろ》のしましま模様《もよう》の日《ひ》よけシェードをくぐって、屋台《やたい》のカウンターをのぞきこんでみる。

注文《ちゅうもん》を受《う》けて、せっせとジュースを作《つく》る屋台《やたい》の主人《しゅじん》は、丸々《まるまる》とした体躯《たいく》の、気《き》の良《よ》さそうなおじさんだった。ただその顔《かお》に、商売人《しょうばいにん》にとって大切《たいせつ》な『笑顔《えがお》』はない。無愛想《ぶあいそう》と言《い》うよりも、とにかく疲《つか》れきっている……ってなふうだ。

「このジュースと、こっちのジュースを頼《たの》んだの」

店頭《てんとう》にかかげてあるメニュー表《ひょう》を指《ゆび》さしながら、ファミが言《い》う。「こっちは、甘《あま》い果物《くだもの》を五種《しゅ》類《るい》ミックスして作《つく》ってて、こっちはすこし甘酸《あまず》っぱくて、後味《あとあじ》がさっぱりしてるんだって」

「へぇ」

甘《あま》いものならぼくも大好物《だいこうぶつ》だ。ちょっとむねが躍《おど》る。「で、ぼくはどっち？」

「半分《はんぶん》こするに決《き》まってるでしょ」

……ま、お金《かね》を出《だ》してもらうのだから、そのあたりの采配《さいはい》に不平《ふへい》を言《い》える立場《たちば》ではない。

「はい、おまたせ」

おじさんが、紙《かみ》のカップに注《そそ》がれた二杯《はい》のドリンクを、カウンターごしに差《さ》しだす。そして、「ほら、これはおまけだよ」と出《だ》してくれたのは、ちいさなお菓子《かし》二個《こ》だった。

「これは？」

「この街《まち》の名物《めいぶつ》『ジャイアントまんじゅう』だよ」

ジャイアント？

ジャイアントって、『巨人《きょじん》』って意味《いみ》だよね。こんな、かわいらしいお菓子《かし》には似《に》つかわしくないネーミングだけど……。

「この街《まち》の名物《めいぶつ》、ジャイアントまんじゅうを知《し》らないとは、おまえさんたちは旅《たび》の人《ひと》かね？　見《み》れば、すこしかわった格好《かっこう》をしているし」

「ええ。遠《とお》くの星《ほし》から来《き》たの。わたしたち宇宙人《うちゅうじん》なのよ」

「はっはっは。それならぜひとも、あんたたちの宇宙船《うちゅうせん》に乗《の》せてもらいたいもんだ。この星《ほし》からさっさと逃《に》げだすためにね」

ファミの言葉《ことば》を冗談《じょうだん》だと思《おも》ったのだろう。ずうっとしかめっ面《つら》をしていたおじさんが、初《はじ》めて声《こえ》を出《だ》して笑《わら》った。けれど、その笑顔《えがお》はなんとも言《い》えず、せつなさを感《かん》じさせるものだった。

この星《ほし》から逃《に》げだす……って、どういう意味《いみ》なんだろう？

「このお菓子《かし》の名前《なまえ》はね、この星《ほし》の名前《なまえ》から取《と》ってるんだよ」

　ふむふむ。この星《ほし》は、ジャイアント星《せい》というのか。とは言《い》え、この惑星《わくせい》って、むねを張《は》って「でっかいよ」と自慢《じまん》できるほどおおきくはないみたいだけど、ね。

「どうしてジャイアント星《せい》って呼《よ》ばれているの？」

　ファミは質問《しつもん》しながら、ストローでジュースを一口《ひとくち》、「あ、なにこれ、美味《おい》しい」と、目《め》を丸《まる》くした。

「あはは、そうだろうそうだろう。うちの店《みせ》一番《いちばん》の売《う》れ筋商品《すじしょうひん》なんだ」

　おじさんはうれしそうに微笑《ほほえ》むと、屋台《やたい》のカウンターに両《りょう》ひじをついて、身《み》を乗《の》りだし

た。

「この惑星《わくせい》にはね、昔々《むかしむかし》、大巨人《だいきょじん》がいたという伝説《でんせつ》があるんだよ」と、星《ほし》の名《な》のいわれを話《はな》してくれる。

ああ、なるほどねぇ。じゃあ、この星《ほし》のどこかに、きっとその痕跡《こんせき》があるんだ。はるか昔《むかし》に巨人《きょじん》が生活《せいかつ》していたと思《おも》われる巨大遺跡《きょだいいせき》が出土《しゅつど》したとか、あるいは、大巨人《だいきょじん》の足跡《あしあと》や頭蓋骨《ずがいこつ》が発見《はっけん》されたとか……。

なかなかおもしろそうだ。時間《じかん》がゆるせば、観光《かんこう》に行《い》ってもいいかも。

しかし。興味《きょうみ》を示《しめ》したぼくたちに、おじさんはすこし決《き》まり悪《わる》そうな苦笑《にがわら》いを返《かえ》してきた。

「いやいや。じつは、そういうものはなんにもないんだよねぇ」

「え？　じゃあ、なにを根拠《こんきょ》に『大巨人《だいきょじん》がいた』って言《い》っているの？」

ファミがストローを口《くち》に当《あ》てたまま、首《くび》をかしげる。

「それがね、おじさんもわかんないんだよ。と言《い》うより、この街《まち》の住人《じゅうにん》みんな、その理由《りゆう》を知《し》らないんだ。ただ『巨人《きょじん》がいた』という伝説《でんせつ》だけが、昔々《むかしむかし》からなんとなぁく語《かた》り継《つ》がれている……ってだけでねぇ」

なんだか、よくわからない話《はなし》だ。

「ところがね」おじさんの顔《かお》から笑《え》みがふいと消《き》え、また暗《くら》い顔《かお》にもどる。

「今《いま》、この街《まち》は、大変《たいへん》なことになっているんだよ」

おじさんはかなり深刻《しんこく》そうな表情《ひょうじょう》で、おおきなため息《いき》をつくと、

「おまえさんがたも、特《とく》に用事《ようじ》がないのなら、日《ひ》が暮《く》れる前《まえ》にさっさと宇宙船《うちゅうせん》に乗《の》って、逃《に》げたほうがいいよ。怖《こわ》い思《おも》いをするハメになっちゃうから」と言《い》った。

……？　それって、どういう意味《いみ》？

今夜《こんや》、なにか恐《おそ》ろしいことが起《お》こるってこと？　猛烈《もうれつ》な台風《たいふう》が近《ちか》づいているとか、火山《かざん》が大噴火《だいふん》しそうだとか。

けれど、くるりと見《み》わたすかぎり、空《そら》にも大地《だいち》にもそんな恐《おそ》ろしげな兆候《ちょうこう》は感《かん》じられない。

不思議《ふしぎ》そうな顔《かお》を見《み》あわせるぼくとファミに、

「じつは、その巨人《きょじん》のせいでね……」と、おじさんが口《くち》を開《ひら》きかけたところで、
カーン……カーン……

突然《とつぜん》、広場《ひろば》に鐘《かね》の音《おと》が鳴《な》り響《ひび》いたのだった。

2 大巨人《だいきょじん》の亡霊《ぼうれい》と巨撃団《きょげきだん》

カーン……

鐘《かね》の音《おと》は全部《ぜんぶ》で三回鳴《かいな》った。静《しず》かだった市場《いちば》に、歓声《かんせい》にも似《に》た、ちいさなざわめきが走《はし》りぬけると、なにやら遠《とお》くから声《こえ》が聞《き》こえてきた。

「――みなさん、ありがたいお布施《ふせ》の時間《じかん》がきました。商売《しょうばい》をなさっている方《かた》は売《う》り上《あ》げの半額《はんがく》を、お客《きゃく》さま方《がた》は手持《ても》ちのお金《かね》の半額《はんがく》を目安《めやす》に、お布施《ふせ》をお願《ねが》いします」

「なにかしら？」

ファミがジャイアントまんじゅうをもぐもぐとほおばりながら、ぼくにたずねる。

さあねぇ……。

「行《い》ってみましょ。おじさん、残《のこ》りの二杯《はい》はまたあとでね」

有無《うむ》を言《い》わさず、ファミがぼくの手《て》をぐいと取《と》って、駆《か》けだす。

人混《ひとご》みをかき分《わ》けて進《すす》むと、黒《くろ》いローブで全身《ぜんしん》をつつみこんだ一団《いちだん》の姿《すがた》が目《め》に入《はい》ってきた。

一、二……五……、全部《ぜんぶ》で五人《にん》。
男《おとこ》たちはすっぽりと頭巾《ずきん》をかぶり、目《め》の部分《ぶぶん》だけをくりぬいた鉄《てつ》の面《めん》を顔《かお》にあてていた。二つの穴《あな》の奥《おく》で動《うご》く目玉《めだま》が、なんとも言《い》えず不気味《ぶきみ》だ。

最後方《さいこうほう》にひかえている立派《りっぱ》なあごひげをたくわえた人物《じんぶつ》だけが他《ほか》の者《もの》とは違《ちが》い、鉄仮面《てっかめん》なしの素顔《すがお》で、ローブの肩《かた》からむねにかけて、ひときわ豪華《ごうか》な装身具《そうしんぐ》をつけていた。

どうやら、彼《かれ》がこの怪《あや》しげな一団《いちだん》のリーダーのようだ。

「お布施《ふせ》を、お願《ねが》いいたします」「お願《ねが》いしします」

鉄仮面《てっかめん》の四人《にん》が口々《くちぐち》に言《い》いながら、おおきな木箱《きばこ》を抱《かか》えて、ゆっくりと市場《いちば》を練《ね》り歩《ある》きはじめる。すると、街《まち》の人《ひと》たちは我先《われさき》にと、木箱《きばこ》にお金《かね》を投《な》げいれはじめた。

「なんなの、あれ？」

ジュッ……と、音《おと》を立《た》てながらジュースを一飲《ひとの》みして、ファミが言《い》う。

「さぁ、ぼくに聞《き》かれても……」と、ジュースをストローでチューと、一口《ひとくち》。

「あ、ポップ、半分以上《はんぶんいじょう》飲《の》んじゃってるじゃない。ずるい！」ぼくのジュースの残量《ざんりょう》をチェックして、ファミが抗議《こうぎ》の声《こえ》をあげる。

あ、ご、ごめん、うっかりしてた。半分《はんぶん》こだったよね。

「もう。ほら、交換《こうかん》よ」カップをやり取《と》りする。

あれ……？　「ファミ、キミのジュース、半分《はんぶん》どころか、ほとんど残《のこ》ってないんだけど」

「しょうがないでしょ。美味《おい》しくて夢中《むちゅう》で飲《の》んじゃったんだから。ふかこーりょくってやつよ。

あ、すごい！　これも、ちょっと酸《す》っぱくて美味《おい》しいっ！」

……なんで今《いま》、ぼくだけが責《せ》められたのだろう？　理不尽《りふじん》だ。

などとやっていると、人混《ひとご》みからジュースの屋台《やたい》のおじさんが飛《と》びだしてきた。その手《て》には、
さっきファミが支払《しはら》った銀貨《ぎんか》がにぎられている。

おじさんはリーダー風《ふう》の男《おとこ》のもとへ、まっしぐらに駆《か》けよっていくと、

「教祖《きょうそ》ハナギャタ様《さま》。これをお納《おさ》めください」と、銀貨《ぎんか》を差《さ》しだし、男《おとこ》の手《て》ににぎらせた。

ハナギャタと呼《よ》ばれた男《おとこ》は、

「ああ、ドーモンさん、いつもいつもありがとうございます」と、やさしげに微笑《ほほえ》むと、

「みなさん、本日《ほんじつ》もご協力《きょうりょく》ありがとうございます。これだけのお布施《ふせ》が集《あつ》まれば、今夜《こんや》こそ、

『大巨人《だいきょじん》の亡霊《ぼうれい》』の驚異《きょうい》を打《う》ちはらうことができるでしょう」と、おおきな声《こえ》で言《い》った。

……大巨人《だいきょじん》の亡霊《ぼうれい》？　なんだそりゃ？

ぼくはファミとチラと視線《しせん》を交《か》わした。ファミはジュースの酸《す》っぱさに口《くち》をすぼめながら、軽《かる》

く肩《かた》をすくめる。

「ハナギャタ様《さま》」

ドーモンおじさんがペコペコと頭《あたま》をさげる。「これからも商売《しょうばい》にはげんで、ハナギャタ教祖様《きょうそさま》率《ひき》いる『巨人撃退教団《きょじんげきたいきょうだん》』――『巨撃団《きょげきだん》』に、せいいっぱいのお布施《ふせ》をさせていただきますので、どうかどうかよろしくお願《ねが》いします」

「うむ」

教祖《きょうそ》は満足《まんぞく》げな表情《ひょうじょう》でおおきくうなずき、やや大仰《おおぎょう》に、両《りょう》うでをおおきく広《ひろ》げた。

他《ほか》の黒装束《くろしょうぞく》の四人《にん》がそれにならって、お布施《ふせ》の集《あつ》まった木箱《きばこ》を、高々《たかだか》と頭上《ずじょう》にかかげる。

「善良《ぜんりょう》なる街《まち》のみなさま。今日《きょう》もこうして多《おお》くのお布施《ふせ》をいただきました。これでわれわれも闘《たたか》う用意《ようい》をすすめることができます。いよいよ今夜《こんや》は二度目《どめ》となる『十二歩目《じゅうにほめ》の刻《とき》』です。しかし、わたしたちは巨人《きょじん》の暴挙《ぼうきょ》を、決《けっ》して許《ゆる》しはしません。この身《み》を犠牲《ぎせい》にしてでも、巨人《きょじん》の亡霊《ぼうれい》の進《しん》撃《げき》を今度《こんど》こそ、食《く》い止《と》めてみせます」

「うおおーっ」

市場《いちば》にいる人《ひと》みなが、こぶしを振《ふ》りあげ、雄《お》たけびを口《くち》にする。

「ハナギャタ、巨撃団《きょげきだん》、ハナギャタ、巨撃団《きょげきだん》……」と、熱狂《ねっきょう》のコールを送《おく》る。

ハナギャタは静《しず》かに二度《ど》うなずき、民衆《みんしゅう》の狂《きょう》喜乱舞《きらんぶ》のさまをぐるりと見《み》まわしてから、両手《りょうて》を上下《じょうげ》に軽《かる》く振《ふ》って、みなを制《せい》した。

ハナギャタの言葉《ことば》をひと言《こと》も聞《き》きもらすまいと、人々《ひとびと》が静《しず》かになる。

「みなさん。敵《てき》は今夜《こんや》、いよいよわれわれの目《もく》前《ぜん》にまで迫《せま》ります。闘《たたか》いは熾烈《しれつ》を極《きわ》めるはずです。大変危険《たいへんきけん》ですので、前回同様《ぜんかいどうよう》、みなさんは日《ひ》が暮《く》れたらそれぞれの家《いえ》にこもり、しっかり扉《とびら》や窓《まど》に錠《じょう》をかけ、灯《あか》りを消《け》しておくようにお願《ねが》いします」

屋台《やたい》のドーモンおじさんが、ハナギャタの足《あし》もとにひざまずき、両手《りょうて》を合《あ》わせる。

「なにとぞなにとぞご無事《ぶじ》で。教祖《きょうそ》ハナギャタ様《さま》は、われわれの救《すく》いの神《かみ》なのですから」

しかし、ハナギャタは長《なが》い前髪《まえがみ》をかきあげながら静《しず》かに首《くび》を振《ふ》り、ドーモンおじさんの肩《かた》にそっと手《て》をかけた。

「それは誤解《ごかい》です。わたしはただのちっぽけな存在《そんざい》に過《す》ぎません。救世主《きゅうせいしゅ》でも英雄《えいゆう》でも、まして万能《ばんのう》の者《もの》でもありません。一つ間違《まちが》えれば、今夜《こんや》の闘《たたか》いで命《いのち》を落《お》とす可能性《かのうせい》もあるのです」

その悲壮感《ひそうかん》あふれる言葉《ことば》に反応《はんのう》して、市場《いちば》のあちらこちらから、「きゃあ」とか、「そんな」とか、「死《し》なないでハナギャタ様《さま》っ」といった悲鳴《ひめい》があがる。

「ご安心《あんしん》なさい」

ハナギャタはゆっくりと両手《りょうて》を広《ひろ》げ、天《てん》に向《む》かってむねを張《は》った。「わたしが闘《たたか》いで命《いのち》を落《お》とすことがあったとしても、そのときには、あの忌《い》まわしき大巨人《だいきょじん》の亡霊《ぼうれい》も、かならずや道連《みちづ》れにしてみせます。それだけは、しっかりと約束《やくそく》いたします。わたしの願《ねが》いは、この街《まち》で生《い》きるみなさまの安寧《あんねい》、ただそれだけなのです。命《いのち》に替《か》えても、みなさまにケガの一つも負《お》わせません。ここではっきりと宣言《せんげん》させていただきます」

力《ちから》のこもった堂々《どうどう》の宣言《せんげん》を受《う》けて、広場《ひろば》に、ふたたび狂気《きょうき》にも似《に》た熱気《ねっき》がもどる。むせかえるような熱《あつ》い空気《くうき》が、広場《ひろば》の中《なか》でうずまきはじける。

「みなさんは、お手元《てもと》に残《のこ》ったお金《かね》で美味《おい》しい食《た》べ物《もの》でも買《か》って、今日《きょう》は家族《かぞく》で団《だん》らんしてください。みなさまが笑顔《えがお》で、これまでと同《おな》じ平穏《へいおん》な日常《にちじょう》をつつがなく過《す》ごすこと、それこそがわたしたちの教団《きょうだん》が目指《めざ》す、至高《しこう》の目的《もくてき》なのですから。それでは、このへんで……」

ひとしきり演説《えんぜつ》をぶち終《お》えると、巨撃団御一行《きょげきだんごいっこう》五人《にん》は、しずしずと元来《もとき》た道《みち》をもどっていく。

「ありがとうございます、ハナギャタ様《さま》、ありがとうございます」

地面《じめん》にひざをつき、涙《なみだ》に濡《ぬ》れた瞳《ひとみ》で、街《まち》の人々《ひとびと》はその後《うし》ろ姿《すがた》を見送《みおく》る。広場《ひろば》はしばらくの間《あいだ》、嗚咽《おえつ》と感謝《かんしゃ》の言葉《ことば》であふれかえっていた。

そんな中《なか》……。

まったく状況《じょうきょう》が飲《の》みこめないぼくとファミだけは、すこしぬるくなりかけたジュースを片手《かたて》に、ただただポカーンとしていたのでした。

「ねぇねぇ、おじさん。あの人《ひと》たちって、何《なん》なの？」

目《め》をキラキラと輝《かがや》かせたファミは好奇心《こうきしん》をかくそうともせず、屋台《やたい》のカウンターに身《み》を乗《の》りだして、ジュース屋台《やたい》のドーモンおじさんにグイグイ食《く》いついていく。

その姿《すがた》は、まさに野次馬根性《やじうまこんじょう》の権化《ごんげ》、そのものだ。

とは言《い》え。

ファミがそうしなければ、きっとぼくが同《おな》じことをしていただろうと、確信《かくしん》できる。

それほどまでに、ついさっき目《め》の前《まえ》で繰《く》り広《ひろ》げられた光景《こうけい》は、強烈《きょうれつ》に異様《いよう》で、強烈《きょうれつ》に興味《きょうみ》をひくものだったからだ。退屈《たいくつ》きまわりない宇宙船《うちゅうせん》での生活《せいかつ》にうんざりあきあきしているぼくたちにとっては、かなり刺激的《しげきてき》な展開《てんかい》だったもの。

教祖《きょうそ》ハナギャタ様《さま》とじきじきに言葉《ことば》を交《か》わしあったドーモンおじさんは、興奮《こうふん》さめやらぬ面持《おもも》ちで、二杯目《はいめ》のジュースを作《つく》りながら語《かた》ってくれた。

この街《まち》で起《お》きている事件《じけん》——進撃《しんげき》してくる『大巨人《だいきょじん》の亡霊《ぼうれい》』の話《はなし》を……ね。


——三か月《げつ》ほど前《まえ》のこと。

この平《ひら》べったい円盤状《えんばんじょう》の惑星《わくせい》に、ちいさな隕石《いんせき》が一つ落《お》ちてきた。隕石《いんせき》は、この街《まち》からすこし離《はな》れた森《もり》の中《なか》に落下《らっか》して、おおきなすり鉢状《ばちじょう》のクレーターを作《つく》った。

街《まち》の有力者《ゆうりょくしゃ》たちはさっそく、隕石《いんせき》の調査《ちょうさ》のための調査団《ちょうさだん》を送《おく》りこむことを決《き》める。

調査団《ちょうさだん》のメンバーは全部《ぜんぶ》で六人《にん》。そのリーダーを任《まか》されたのが、ハナギャタであった。


「えっ？　その人《ひと》って、さっきの怪《あや》しげな教団《きょうだん》のいかがわしい教祖様《きょうそさま》のこと？」

ファミの率直《そっちょく》な言葉《ことば》に、

「いかがわしいとは失礼《しつれい》な。ハナギャタ様《さま》はわしたちの救世主《きゅうせいしゅ》だぞ」と、ドーモンおじさんがムッとした顔《かお》を返《かえ》す。


――それはなんの前触《まえぶ》れもなく、突然始《とつぜんはじ》まった。

隕石《いんせき》の落下《らっか》から三日目《みっかめ》の夜遅《よるおそ》く、街《まち》が寝静《ねしず》まったころに、

ドーン……


おおきな地鳴《じな》りとともに、大地《だいち》が揺《ゆ》れたのだった。

空気《くうき》が震《ふる》え、森《もり》の木々《きぎ》が震《ふる》え、家《いえ》が震《ふる》えた。ぐっすりと眠《ねむ》りこけていた大人《おとな》も子《こ》どもも、なにごとかと、みないっせいに飛《と》びおきた。

しかし、その夜《よる》はそれ以上《いじょう》なにも起《お》こらずじまいであったので、人々《ひとびと》はそろってむねをなで下《お》ろし、ふたたび眠《ねむ》りについたのだった。

しかし。その三日後《みっかご》の夜《よる》に、また、地震《じしん》が発生《はっせい》した。


ドーン……ドーン……

今度《こんど》は二回《かい》だった。

さらに、そのまた三日後《みっかご》。

ドーン……ドーン……ドーン……

三回《かい》。正体不明《しょうたいふめい》の地響《じひび》きに街《まち》の人々《ひとびと》はおののき、日々不安《ひびふあん》をつのらせていく。たがいに顔《かお》をつきあわせ、これはいったいどうしたものかとヒソヒソ語《かた》りあっていた。

そこにさっそうと現《あらわ》れたのが、ハナギャタ率《ひき》いる『巨人撃退教団《きょじんげきたいきょうだん》』であった。

隕石調査団《いんせきちょうさだん》からの華麗《かれい》なる転身《てんしん》。

ハナギャタは教団《きょうだん》の教祖《きょうそ》となり、他《ほか》の調査団員《ちょうさだんいん》五名《めい》もそのまま教団員《きょうだんいん》となったのだった。

……へ？　ちょ、ちょっと待《ま》って。

今《いま》、話《はなし》がなんだか、ぴょーんと飛《と》んだような気《き》がするんだけど。

ハナギャタ様《さま》とやらは、どうして隕石調査団《いんせきちょうさだん》のリーダーから、いきなり教団《きょうだん》の教祖《きょうそ》になっちゃったわけ？

「ハナギャタ様《さま》は、街《まち》の人々《ひとびと》を前《まえ》にこう言《い》われた。『落下《らっか》してきた隕石《いんせき》は天上《てんじょう》に住《す》む神《かみ》からの使《つか》いであった。わたしは調査《ちょうさ》の最中《さいちゅう》に、その隕石《いんせき》から世界終末《せかいしゅうまつ》の啓示《けいじ》を受《う》けた』と。そして、『近《ちか》しい未来《みらい》にやがて訪《おとず》れるであろう、終局《しゅうきょく》の破滅《はめつ》を防《ふせ》ぐために、教団《きょうだん》を設立《せつりつ》した』とな」

ふ、ふーん……。

「ハナギャタ様《さま》は、隕石《いんせき》を教団《きょうだん》の御神体《ごしんたい》とし、教団《きょうだん》の者以外《ものいがい》、クレーター内部《ないぶ》へ立《た》ち入《い》ることを禁《きん》じられた。そして、クレーターの底《そこ》に教団《きょうだん》の本拠地《ほんきょち》となる建物《たてもの》を建《た》てると、そこにこもって、破局《はきょく》を回避《かいひ》するための調査研究《ちょうさけんきゅう》に、日々《ひび》あけくれられたのだ」

「……意味《いみ》がわかんない」ファミが、小声《こごえ》でポツリとつぶやく。

うん。まったく同意見《どういけん》です。

「ほい、ジュースお待《ま》たせ。こっちはすこしトロリとした食感《しょっかん》のある甘《あま》いジュースで、こっちはすこし苦《にが》みのある野菜《やさい》と甘《あま》い果物《くだもの》を混《ま》ぜたヤツだ」

「うわぁ、どっちも美味《おい》しそう」

ファミが歓声《かんせい》をあげる。「うーん、かなり悩《なや》むけど、わたしこっちね」

どうぞどうぞ、スポンサー様《さま》のお好《す》きなように。

――三回目《かいめ》の地響《じひび》きから三日後《みっかご》の夜《よる》。また、地震《じしん》が発生《はっせい》した。

大地《だいち》が揺《ゆ》れた数《かず》は四回《かい》。地震《じしん》は三日《みっか》おきにくり返《かえ》され、そのたびに一回《かい》ずつ、地響《じひび》きの数《かず》を増《ふ》やしていく。

その翌朝《よくあさ》はやく。クレーター内《ない》の建物《たてもの》に引《ひ》きこもっていたハナギャタが、四人《にん》の教団員《きょうだんいん》を率《ひき》いて街《まち》の広場《ひろば》に姿《すがた》を現《あらわ》した。彼《かれ》は、多《おお》くの街《まち》の人間《にんげん》の前《まえ》で、こう言《い》った。

「この大地《だいち》に眠《ねむ》っていた大巨人《だいきょじん》の亡霊《ぼうれい》、その呪《のろ》いが、目覚《めざ》めつつある」と。

そして、三日《みっか》おきに増《ふ》えていく地響《じひび》きについて、

「この惑星《わくせい》——ジャイアント星《せい》には古《ふる》くから、巨人《きょじん》が住《す》んでいたとの伝説《でんせつ》があるのは、みなさんご存《ぞん》じのことと思《おも》う。あの地鳴《じな》りは、その大巨人《だいきょじん》の亡霊《ぼうれい》の足音《あしおと》である」と言《い》った。

聴衆《ちょうしゅう》はいっせいにどよめいた。

「地《ち》の奥深《おくふか》くで、静《しず》かに眠《ねむ》っていた大巨人《だいきょじん》の亡霊《ぼうれい》……、われわれの目《め》には見《み》ることのできない巨人《きょじん》の幽霊《ゆうれい》が目覚《めざ》め、さまよい歩《ある》く足音《あしおと》、それがあの地鳴《じな》りの正体《しょうたい》だ。そして、恐《おそ》ろしいことにそれは一歩《いっぽ》一歩《いっぽ》、確実《かくじつ》にわれわれのもとへと近《ちか》づきつつある」

とつじょとして降《ふ》ってわいた想像《そうぞう》を絶《ぜっ》する恐《おそ》ろしい話《ばなし》に、おびえ青《あお》ざめる街《まち》の人々《ひとびと》。

その恐怖心《きょうふしん》をさらにあおるかのように、ハナギャタは強《つよ》く声《こえ》を張《は》りあげた。

「巨人《きょじん》が大地《だいち》を踏《ふ》みならすあの地響《じひび》き、二日後《ふつかご》の夜《よる》には五回《かい》、さらにその三日後《みっかご》には六回《かい》、鳴《な》り響《ひび》くことになる。大巨人《だいきょじん》の亡霊《ぼうれい》はジリジリとこの街《まち》に迫《せま》りつつある。そして、破局《はきょく》の悲劇《ひげき》は……」

ハナギャタは言葉《ことば》を切《き》って、憐《あわ》れみの目《め》で人々《ひとびと》の顔《かお》をぐるりと見《み》まわす。

「破局《はきょく》の悲劇《ひげき》は、『十三歩目《ぽめ》を数《かぞ》えたその夜《よる》』に訪《おとず》れる。その夜《よる》、亡霊《ぼうれい》である巨人《きょじん》はついに実体《じったい》化《か》し、その恐《おそ》ろしい姿《すがた》をわれわれの前《まえ》に現《あらわ》して、無情《むじょう》にも襲《おそ》いかかってくる。そうなれば、もはや打《う》つ手《て》はない。家《いえ》は壊《こわ》され、畑《はたけ》の作物《さくもつ》は踏《ふ》みにじられ、人間《にんげん》はみな一人残《ひとりのこ》らず巨人《きょじん》に喰《く》われてしまうであろう」

絶望《ぜつぼう》の予言《よげん》に、広場《ひろば》のあちこちで悲鳴《ひめい》が飛《と》び交《か》う。失神《しっしん》する者《もの》も現《あらわ》れた。

「逃《に》げよう」と、だれかが言《い》った。「どこか遠《とお》くへ行《い》くんだ」

「それは、ムダです」

ハナギャタは静《しず》かに首《くび》を振《ふ》った。「もはやこの星《ほし》の人類《じんるい》に逃《に》げ場《ば》はない。大巨人《だいきょじん》の亡霊《ぼうれい》はこの星《ほし》そのものを破壊《はかい》しつくす。どこへ行《い》こうとも、どこまで逃《に》げようとも、巨人《きょじん》の魔《ま》の手《て》からは逃《のが》れるすべはない。いずれ捕《と》らえられ、すべての人間《にんげん》が喰《く》われてしまうことになるのです」

「あ……あぁ、そ、それじゃあ、わしらはどうすればいいのだ？」

一人《ひとり》の老人《ろうじん》が、ハナギャタの足《あし》もとににじりよって、訴《うった》えた。

「ご安心《あんしん》なさい。わたしたち『巨撃団《きょげきだん》』が、巨人《きょじん》の進撃《しんげき》を食《く》いとめてみせます」

これまでの険《けわ》しい表情《ひょうじょう》とは一転《いってん》、ハナギャタはやさしい笑《え》みを浮《う》かべると、自信満々《じしんまんまん》の口調《くちょう》で断言《だんげん》した。

「神《かみ》の使《つか》いである隕石《いんせき》は、大巨人《だいきょじん》の亡霊《ぼうれい》の復活《ふっかつ》をわれわれに伝《つた》えると同時《どうじ》に、巨人《きょじん》を退《しりぞ》かせる方法《ほうほう》をも教《おし》え示《しめ》してくれました。わたしたちはその教《おし》えに従《したが》い、命《いのち》をかけて大巨人《だいきょじん》の亡霊《ぼうれい》と闘《たたか》う覚悟《かくご》を決《き》めております。そのために教団《きょうだん》を設立《せつりつ》し、こうして今日《きょう》、みなさまにその決意《けつい》を伝《つた》えに来《き》たのです」

ハナギャタは、むねを張《は》り両手《りょうて》をおおきく広《ひろ》げて、強《つよ》く強《つよ》く言《い》いはなった。「すべてのことは、わたしにおまかせください」

「ほんとうに、だいじょうぶなのですか?」

すがるような女性《じょせい》の声《こえ》に、ハナギャタはおおきくうなずいてみせた。

「もちろん、闘《たたか》いは簡単《かんたん》には終《お》わりません。いえ、むしろ苦戦苦闘《くせんくとう》の連続《れんぞく》となるでしょう。しかし、要《よう》は、あやつめに『十三歩目《ぼめ》』を踏《ふ》ませねば良《よ》いのです。十三歩目《ぼめ》を数《かぞ》える前《まえ》に、全身全霊《ぜんしんぜんれい》をもって挑《いど》み、撃退《げきたい》すれば良《よ》いのです」

力強《ちからづよ》い言葉《ことば》に、人々《ひとびと》の顔《かお》にすこしだけ安堵《あんど》の色《いろ》が浮《う》かぶ。

「ただ……」ハナギャタは、声《こえ》のトーンをすこし落《お》とし、もうしわけなさそうな顔《かお》になった。

「残念《ざんねん》なことに、われわれの教団《きょうだん》は昨日今日《きのうきょう》に設立《せつりつ》されたばかりであり、いまだ何《なん》の準備《じゅんび》もできていません。そして、大変《たいへん》お恥《は》ずかしい話《はなし》なのですが、大巨人《だいきょじん》の亡霊《ぼうれい》と闘《たたか》うための資金《しきん》も不足《ふそく》しているありさまです。そこで、みなさまにお願《ねが》いがあるのです」

ハナギャタが、パチンと右手《みぎて》の指《ゆび》を鳴《な》らした。

それを合図《あいず》に、ハナギャタの背後《はいご》にひかえていた、黒《くろ》のローブと鉄仮面《てつかめん》の教団員《きょうだんいん》四人《にん》が、それぞれにおおきな木箱《きばこ》をかかえて、群衆《ぐんしゅう》の前《まえ》に歩《あゆ》みでた。

「ついては、みなさまに、お布施《ふせ》をお願《ねが》いしたいのです。ご協力《きょうりょく》、よろしくお願《ねが》いいたします」

ハナギャタは、深々《ふかぶか》と頭《あたま》をさげたのであった。


うあー。

お金《かね》の話《はなし》がからんできて、いきなり、うさんくさくなっちゃったよ。

チラとファミと視線《しせん》を交《か》わす。ファミは、その澄《す》んだ茶色《ちゃいろ》の瞳《ひとみ》に、ややゲンナリとした色《いろ》を浮《う》かべつつ、ストローでジュースを一口《ひとくち》、ジュオッ……と、音《おと》を立《た》てて飲《の》んだのだった。

「――オレは払《はら》うぞ。命《いのち》が助《たす》かるなら、全財産《ぜんざいさん》なげうってもいい」

一人《ひとり》の男《おとこ》が叫《さけ》ぶ。その悲痛《ひつう》な想《おも》いをのせた声《こえ》を皮切《かわき》りに、他《ほか》の人々《ひとびと》も口々《くちぐち》に、

「私《わたし》も払《はら》う」「オラもだ」「家《いえ》に帰《かえ》って有《あ》り金《がね》かき集《あつ》めてくる」と言《い》いはなつ。

広場《ひろば》が、ちょっとしたパニック状態《じょうたい》におちいる。しかし、

「お待《ま》ちください」

興奮《こうふん》する人々《ひとびと》を制《せい》したのは、険《けわ》しい表情《ひょうじょう》のハナギャタ、その人《ひと》だった。

「誤解《ごかい》なさってはいけません。わたしは、お金《かね》のためにやっているのではありません。みなさまを守《まも》りたいという、ただ純粋《じゅんすい》な想《おも》いだけで動《うご》いているのです。大巨人《だいきょじん》の亡霊《ぼうれい》と闘《たたか》い、その進撃《しんげき》を食《く》い止《と》めるための準備《じゅんび》に必要《ひつよう》な最低限《さいていげん》のお金《かね》だけを、寄付《きふ》していただきたい……と、お願《ねが》いしているだけなのです。全財産《ぜんざいさん》をはたく必要《ひつよう》など、まったくございません」諭《さと》すようにやさしく、そして毅然《きぜん》と言《い》いきる。

「それでは、どれくらいの寄付《きふ》をすればよろしいのでしょうか？」

一人《ひとり》の婦人《ふじん》がたずねると、ハナギャタはニコリと笑《え》みを浮《う》かべてみせた。

「そうですね。さしあたって、みなさんが今《いま》お持《も》ちのお金《かね》、その半分《はんぶん》で結構《けっこう》です。それで、なんとかしてみせます。ただ、もしそれで不足《ふそく》するようであれば、また追加《ついか》でお布施《ふせ》をお願《ねが》いすることになるかもしれませんが」

「ああ、いいともいいとも」

老人《ろうじん》が何度《なんど》もうなずきながら、財布《さいふ》からお金《かね》を半分《はんぶん》取《と》りだして木箱《きばこ》に入《い》れる。

みながそれに続《つづ》き、みるみるうちに木箱《きばこ》はいっぱいになっていく。

「ありがとうございます。これで、われわれも亡霊《ぼうれい》と闘《たたか》う準備《じゅんび》を進《すす》めることができます。みなさま、しばらくの間《あいだ》は恐《おそ》ろしい思《おも》いをさせてしまいますが、しばしご辛抱《しんぼう》を。わたしがかならずや、みなさまの安全《あんぜん》をお守《まも》りいたしますので」

むねをドンと叩《たた》いて、ハナギャタは堂々《どうどう》と断言《だんげん》したのだった。

「ふーん。それで、結局《けっきょく》、大巨人《だいきょじん》の幽霊《ゆうれい》とやらはどうなったのかしら？」

カップにさしてあるストローをクルクルとまわしながら、ファミがたずねる。

「ハナギャタ様《さま》のお言葉《ことば》どおり、三日《みっか》おきに足音《あしおと》は続《つづ》いたよ」

ドーモンおじさんはうんざりした表情《ひょうじょう》で、頭《あたま》をかかえた。「そして、三日《みっか》おきに足音《あしおと》は、一歩《ぽ》ずつ増《ふ》えていった。わしらは姿《すがた》の見《み》えない巨人《きょじん》の影《かげ》に震《ふる》えながら、眠《ねむ》れぬ夜《よる》を過《す》ごした。そして、ついに十一歩目《ぽめ》を数《かぞ》えた夜《よる》の翌日《よくじつ》、ハナギャタ様《さま》がこの広場《ひろば》に姿《すがた》をお見《み》せになったんだ」

「──みなさん、昨夜《ゆうべ》は『十一歩目《ぽめ》の刻《とき》』でした。みなさまが感《かん》じている恐怖《きょうふ》、絶望《ぜつぼう》、そして着々《ちゃくちゃく》と破滅《はめつ》へと向《む》かっていく現実《げんじつ》に対《たい》する無力感《むりょくかん》は、痛《いた》いほどにわたしの心《こころ》に届《とど》いています」

ハナギャタはむねのあたりのローブをぐっとわしづかみして、苦悶《くもん》の表情《ひょうじょう》を浮《う》かべてみせた。

聴衆《ちょうしゅう》もそろって、沈痛《ちんつう》な面持《おもも》ちになる。

「しかし、ご安心《あんしん》ください。準備《じゅんび》は整《ととの》いました。最初《さいしょ》のお布施《ふせ》をいただいてから、数十日《すうじゅうにち》。その間《かん》さらに二回《かい》のお布施《ふせ》を重《かさ》ねましたが、その資金《しきん》を元手《もとで》に、大巨人《だいきょじん》の亡霊《ぼうれい》に対《たい》する対策《たいさく》はなんとか完成《かんせい》させました。ご協力《きょうりょく》に、心《こころ》より感謝《かんしゃ》申《もう》しあげます」

ハナギャタが頭《あたま》をさげる。「二日後《ふつかご》の『十二歩目《じゅうにほめ》の刻《とき》』の夜《よる》、わたしたち『巨撃団《きょげきだん》』は、いよいよ大巨人《だいきょじん》の亡霊《ぼうれい》に闘《たたか》いを挑《いど》みます。わたしどもの命《いのち》をかけ、決《けっ》して……、決《けっ》してあやつめに十三歩目《ぼめ》を踏《ふ》ませはしません」

力強《ちからづよ》い言葉《ことば》に、民衆《みんしゅう》の顔《かお》には希望《きぼう》の光《ひかり》が灯《とも》った。

ふむふむ。結局《けっきょく》、お布施《ふせ》は都合《つごう》三回《かい》、行《おこな》われたってわけか。

「だいぶお金《かね》が集《あつ》まったんじゃない？」ファミが、こそっとぼくに耳打《みみう》ちしてくる。

おじさんはやや興奮《こうふん》気味《ぎみ》に顔《かお》を赤《あか》らめ、とてもうれしそうな顔《かお》で、そのときの状況《じょうきょう》を語《かた》る。

「『十二歩目《じゅうにほめ》の刻《とき》』の夜《よる》、わしらは家《いえ》にこもり、鍵《かぎ》を掛《か》け、灯《あか》りを消《け》してそのときを待《ま》った。もちろん眠《ねむ》るなんてできない。ハナギャタ様《さま》が闘《たたか》いに負《ま》けた瞬間《しゅんかん》、わしらはおしまいなのだからな。内心《ないしん》ビクビクしつつ、壁《かべ》に耳《みみ》をあてて外《そと》の様子《ようす》を必死《ひっし》で探《さぐ》り、運命《うんめい》のときを待《ま》った」

――日《ひ》もとっぷりと暮《く》れた真夜中《まよなか》、ついにそのときがきた。いつもと同《おな》じ時刻《じこく》に、ドーン……と、足音《あしおと》が響《ひび》きわたった。地面《じめん》が揺《ゆ》れ、家《いえ》はガタガタときしんだ。

ドーン……ドーン……と、二歩目《ほめ》三歩目《ぼめ》を数《かぞ》えたころ、広場《ひろば》から呪文《じゅもん》が聞《き》こえ始《はじ》めた。教祖《きょうそ》ハナギャタや教団員《きょうだんいん》たちの声《こえ》が混《ま》じりあい、じょじょにおおきくなっていく。

ドーン……ドーン……ドーン……

ああ、六歩目《ぽめ》。『巨撃団《きょげきだん》』の面々《めんめん》が唱《とな》える呪文《じゅもん》も、力強《ちからづよ》く大合唱《だいがっしょう》のようになっていく。

ドーン……ドーン……ドーン……ドーン……


とうとう、十歩目《ぼめ》。地響《じひび》きが止《と》まる気配《けはい》はない。

足音《あしおと》の数《かず》が増《ま》すごとに、呪文《じゅもん》の声《こえ》も絶叫《ぜっきょう》に近《ちか》くなる。そして、

ドーン……ドーン……


十二歩目《じゅうにほめ》の足音《あしおと》が数《かぞ》えられたそのせつな。

「うわあーっ」「ああーっ」「ぐあーっ」

いくつもの悲鳴《ひめい》が広場《ひろば》から聞《き》こえてきた。

それは『巨撃団《きょげきだん》』の、まさに断末魔《だんまつま》の叫《さけ》びのように響《ひび》きわたったのであった。


「それで、それでっ！　ハナギャタさんたちはどうなったのっ？　巨人《きょじん》にやられちゃったの？　食《た》べられちゃったの？　踏《ふ》みつぶされちゃったの？」

ファミが濃《こ》い茶色《ちゃいろ》の瞳《ひとみ》をギラギラさせ、ドーモンおじさんのうでをグイグイと引《ひ》っぱって、話《はなし》の続《つづ》きを催促《さいそく》する。あまりの興奮《こうふん》っぷりに、おじさんが目《め》を白黒《しろくろ》させる。

やれやれ、すっかり楽《たの》しんじゃってるよ。つつーか、ハナギャタたちだったら、ついさっき、元気《げんき》ピンピンでお布施集《ふせあつ》めしている姿《すがた》を見《み》たばっかりだろ。

ぼくはカップを傾《かたむ》けて、ゴクリとジュースを一口《ひとくち》飲《の》んだ。野菜《やさい》のほろ苦《にが》さが口《くち》の中《なか》に広《ひろ》がって、その後《あと》に果物《くだもの》の甘《あま》い余韻《よいん》が残《のこ》る。

うーむ、こいつもすごく美味《おい》しい。

「わしらは、いても立《た》ってもいられなくなってな、家《いえ》を飛《と》びだした」

ドーモンおじさんはすこし遠《とお》い目《め》をして、話《はなし》を続《つづ》けた。「広場《ひろば》のまん中《なか》で、ハナギャタ様《さま》と四人《にん》の教団員《きょうだんいん》は重《かさ》なりあうように倒《たお》れていた。水《みず》を口《くち》に含《ふく》ませると、ハナギャタ様《さま》はうっすらとまぶたをあげた。そして、力《ちから》のないうつろな瞳《ひとみ》を揺《ゆ》らしながら、弱々《よわよわ》しく言《い》ったよ」


「――……すみません……。大巨人《だいきょじん》の亡霊《ぼうれい》を……討《う》ち果《は》たすことは……できません……でした」

最悪《さいあく》の告白《こくはく》に、人々《ひとびと》の間《あいだ》を絶望《ぜつぼう》のどよめきが走《はし》りぬけた。

「じゃ、じゃあ、いよいよ三日後《みっかご》には十三歩目《ぼめ》を数《かぞ》えた大巨人《だいきょじん》が姿《すがた》を現《あらわ》して、わしらを一人残《ひとりのこ》らず……」たがいに青《あお》ざめた顔《かお》を見《み》あわせる。

「いえ……、その心配《しんぱい》は、ありません……」

ハナギャタは苦痛《くつう》に顔《かお》をゆがめながら、必死《ひっし》で言葉《ことば》をしぼりだした。「打《う》ち倒《たお》すことは……できませんでしたが、『十三歩目《ぼめ》の刻《とき》』が来《く》ることだけは……なんとか、阻止《そし》できました。わたしたちは……大巨人《だいきょじん》を……おおきく、退《しりぞ》かせることができたのです」

街《まち》の人々《ひとびと》は、ハナギャタの言葉《ことば》の意味《いみ》を理解《りかい》できずに、首《くび》をかしげる。

「……しかし、あやつめが、これであきらめるはずはありません。三日後《みっかご》にはふたたび、『一歩《いっぽ》目《め》の刻《とき》』をむかえることになる……でしょう」

そこまで言《い》って、ハナギャタは右手《みぎて》で口《くち》もとをおおうと、「ゴホッ」と咳《せ》きこんだ。

「咳《せき》に混《ま》じって、まっ赤《か》な血《ち》しぶきが舞《ま》った。それはまさに激闘《げきとう》の証《あか》し、そのものだった」

ドーモンおじさんがつぶやくように言《い》った。「しかし、ハナギャタ様《さま》は口《くち》もとの血《ち》を手《て》の甲《こう》でぬぐい、よろめきながらも気丈《きじょう》に立《た》ちあがると、ふたたびやってくる三十九日後《にちご》の『十三歩《ぽ》目《め》の刻《とき》』までに、さらなる対策《たいさく》を練《ね》り、大巨人《だいきょじん》の亡霊《ぼうれい》を打倒《だとう》すると宣言《せんげん》なさったのだ」

「で、その三日後《みっかご》には、『一歩目《いっぽめ》の刻《とき》』が訪《おとず》れたってわけね」

ファミの言葉《ことば》に、おじさんは力《ちから》なくうなずいた。

「そして、その死闘《しとう》の夜《よる》から数《かぞ》えて、今日《きょう》が三十六日目《にちめ》。いよいよ二度目《どめ》となる『十二歩目《じゅうにほめ》の刻《とき》』がやってくるのだ。が、しかし！」

おじさんは、こぶしを威勢《いせい》よく振《ふ》りまわした。

「しかし今夜《こんや》こそ、ハナギャタ様《さま》は、あのいまわしき大巨人《だいきょじん》の亡霊《ぼうれい》を打《う》ち倒《たお》してくれるぞう。そのために、わしは稼《かせ》ぎのほとんどをハナギャタ様《さま》にお布施《ふせ》してきたんだ。他《ほか》のヤツらもみんな同《おな》じだ。ぜいたくをせずに、飲《の》まず食《く》わずでハナギャタ様《さま》に協力《きょうりょく》しているのだ」

鼻息荒《はないきあら》くそう言《い》いきったおじさんは、人《ひと》の良《よ》さそうな笑《え》みを浮《う》かべながら、

「どうだい、ジュースのおかわりはいらないか？　つぎは一割引《わりびき》にしてあげるぞ」と、屋台《やたい》のカウンターからおおきく身《み》を乗《の》りだした。

いえ、もういいです。二杯目《はいめ》のジュースがまだ残《のこ》ってるし、それに、いくら美味《おい》しいとは言《い》っても、さすがにお腹《なか》がタポタポになっちゃうよ。

「ああっ！」

ふいに、ファミがおおきな声《こえ》を上《あ》げて、ほっぺをふくらませた。

「ちょっと、ポップ！」と、ぼくのわき腹《ばら》をツンツンと、つつく。

は、はい。なんでしょうか？

「また、半分以上《はんぶんいじょう》飲《の》んでるじゃない！　ずるい！」

いやいや、今回《こんかい》は半分《はんぶん》こするなんて約束《やくそく》、してないし。

それに、そう言《い》いつつ、ファミのカップなんて、半分《はんぶん》どころか、ほとんど空《から》っぽじゃないか！

「おじさんの話《はなし》に夢中《むちゅう》で、いつの間《ま》にかなくなってたのよ。飲《の》んだ覚《おぼ》えはないんだけど。ほら、とにかく交換交換《こうかんこうかん》」

……り、理不尽《りふじん》だ。

三杯目《ばいめ》のジュースを値切《ねぎ》って、ちゃっかり三割引《わりびき》で買《か》ったファミは、他《ほか》の店《みせ》も見《み》てまわるわよ……と宣言《せんげん》して、スタスタと歩《ある》きだした。

ついさっきまで、まったく活気《かっき》というものが感《かん》じられなかった市場《いちば》は、ハナギャタが姿《すがた》を見《み》せて、みんなを鼓舞《こぶ》したことで、ちょっぴりにぎわいを取《と》りもどしていた。

「ポップはどう思《おも》う？　さっきの話《はなし》」

口《くち》にくわえたストローの先《さき》をぴょこぴょこと揺《ゆ》らしながら、ファミがたずねる。

行儀《ぎょうぎ》が悪《わる》いよ、ファミ。

「うーん……。巨撃団《きょげきだん》のみなさんは、立《た》ち位置的《いちてき》には『正義《せいぎ》の味方《みかた》』……ってことではあるんだろうけど、なんだかんだで、けっこうなお金《かね》を集《あつ》めているようだからねぇ」

「そうね。問題《もんだい》は、そのお金《かね》をなにに使《つか》っているのか……よね。さっきの話《はなし》を聞《き》くかぎり、大巨人《だいきょじん》の亡霊《ぼうれい》との闘《たたか》いだって、呪文《じゅもん》を唱《とな》えているだけだもの。高価《こうか》な武器《ぶき》や特別《とくべつ》なアイテムを使《つか》ったわけでもなさそうだし。お金《かね》がかかっているような感《かん》じじゃないわよねぇ……」

「ま、総《そう》じて、うさんくさい話《はなし》に思《おも》えるな……ってのが、ぼくの感想《かんそう》」

正直《しょうじき》な気持《きも》ちを伝《つた》えると、ファミも得《え》たりというようにうなずいた。

「でも、三日《みっか》おきに、大巨人《だいきょじん》の足音《あしおと》がするっていうのは、動《うご》かしようのない事実《じじつ》なのよね？」

「それはそうだろうね。街《まち》の人《ひと》たちが全員《ぜんいん》そろって錯覚《さっかく》するなんてことは、ありえない」

「ねぇ、ポップ。その地響《じひび》きって、ハナギャタたちが作《つく》った人工的《じんこうてき》な装置《そうち》によって引《ひ》き起《お》こされているって可能性《かのうせい》はないのかしら？」

え？　人工的《じんこうてき》な地震《じしん》だって？

そんなトンデモ仮説《かせつ》、想像《そうぞう》すらしなかったよ。でも……。

「う、うーん。それはないと、思《おも》うな。ベオカ星《せい》にくらべても、科学文明《かがくぶんめい》があまり進《すす》んでいないこの星《ほし》で、大地《だいち》を揺《ゆ》らすような機械《きかい》が作《つく》れるとは思《おも》えない」

「そっか……、だよねぇ……」

ファミはそうつぶやくと、ストローを口《くち》にくわえて、ジュッとジュースを一飲《ひとの》み。

それにしてもよく飲《の》むね。たしかに、どれもこれも後《あと》を引《ひ》く美味《おい》しさではあるけど。

「ねっねっ」

すこしの間《あいだ》、むずかしい顔《かお》で考《かんが》えごとをしていたファミが、ふいにうれしそうな表情《ひょうじょう》で、ぼくの顔《かお》をのぞきこんだ。「今夜《こんや》が二回目《かいめ》の『十二歩目《じゅうにほめ》の刻《とき》』だ……って、言《い》ってたわよね？」

「うん」

「ポップってば、もしかして今夜《こんや》、大巨人《だいきょじん》の亡霊《ぼうれい》とハナギャタたち巨撃団《きょげきだん》との熾烈極《しれつきわ》まる闘《たたか》いを、見学《けんがく》したい……って思《おも》ってるんじゃない？」

ううん。思《おも》ってません。

「そうよね。じゃあさじゃあさ、ひょっとして今夜《こんや》、こっそりこの広場《ひろば》に忍《しの》びこんでみようかなー……って、考《かんが》えてるわけ？」

いや、これっぽっちも考《かんが》えてません。

「もう、しょうがないなぁ。でも、ポップがどうしてもそうしたいと言《い》うのなら、わたしもつきあってあげてもいいわ」

あのー……。頼《たの》んでませんけど。

「よし、決定《けってい》っ！　なんにせよ、自分《じぶん》の目《め》で見《み》て、自分《じぶん》の身体《からだ》で感《かん》じてみないとねっ！」

……その決定事項《けっていじこう》に、ぼくの意見《いけん》は、いっさい反映《はんえい》されていないんですが……。

リマート王《おう》の言葉《ことば》をふと思《おも》いだす。

『ファミのヤツが好奇心《こうきしん》のままに、あっちこっちの危険《きけん》な場所《ばしょ》に首《くび》をつっこんで、余計《よけい》なトラブルに巻《ま》きこまれに行《い》ったり、無用《むよう》の騒動《そうどう》を起《お》こしたりはしないかと、そっちのほうが心配《しんぱい》』

やれやれ……と、ため息《いき》が出《で》る。王様《おうさま》の心配《しんぱい》が、ズバリ的中《てきちゅう》しちゃってるよ。

子《こ》を見《み》る親《おや》の目《め》のたしかなこと！

ま、とは言《い》え。どうにもこうにもこの事件《じけん》、いろいろと納得《なっとく》しがたいのは、ぼくも同《おな》じ。

街《まち》の人々《ひとびと》の安心安全《あんしんあんぜん》のために、正義感《せいぎかん》と使命感《しめいかん》を持《も》ったハナギャタが、善良《ぜんりょう》な民衆《みんしゅう》の熱《あつ》い支持《しじ》と資金援助《しきんえんじょ》を受《う》けて、悪《あく》にたちむかう……なんて構図《こうず》なら、どこの星《ほし》にでも一つや二つありそうな、文句《もんく》のつけようのない英雄物語《えいゆうものがたり》ではあるのだけれど、ね。

「いずれにしても、その『大巨人の足音《だいきょじんのあしおと》』とやらを自分自身《じぶんじしん》で体験《たいけん》してみないことには、あれこれ空想《くうそう》だけで議論《ぎろん》していてもしょうがないって点《てん》には、同意《どうい》するよ」

「さすが、ポップ。話《はなし》がわかるわね」

ファミはくったくのない笑《え》みを浮《う》かべると、ぼくの右《みぎ》うでにキュッと両《りょう》うでをからめて、ものすごくうれしそうに、下《した》からぼくの顔《かお》をのぞきこんできた。

「退屈《たいくつ》な宇宙船内《うちゅうせんない》での生活《せいかつ》に、うんざりしてたのよね。やっぱり、こういう刺激《しげき》って、楽《たの》しく生《い》きるためには必要《ひつよう》で大切《たいせつ》なことだもの。よおし、やるよーっ！　えいえいおー」

ファミは右《みぎ》うでをぶるんぶるんと回《まわ》しながら、気勢《きせい》を上《あ》げたのだった。

今夜《こんや》の出動《しゅつどう》（？）に備《そな》えて、ぼくらはいったん『ベンリー二十四世号《せいごう》』にもどることにした。

チャリボードでひとっ飛《と》び、あっという間《ま》に、船《ふね》へとたどりつく。

「——ムシィモエネルギー探索《たんさく》の状況《じょうきょう》はどう？」

もそもそとこたつに足《あし》をつっこみながらファミがたずねると、Q子《こ》が操縦席《そうじゅうせき》からちょこんと飛《と》

び降《お》りて敬礼《けいれい》、

「ここから数百《すうひゃっ》キロ北北東《ほくほくとう》の地点《ちてん》に反応《はんのう》がありましタ。でも、正確《せいかく》な位置《いち》をつかむには、もうすこし時間《じかん》がかかりそうでス」と、報告《ほうこく》をあげる。

性格《せいかく》に多少難《たしょうなん》はあるけれど、なんだかんだで仕事《しごと》は的確《てきかく》かつ迅速《じんそく》にこなしてくれるから、実際《じっさい》のところ、頼《たの》もしい存在《そんざい》だ。

「うん、ありがとう、おつかれさま。引《ひ》きつづき頼《たの》むわね」

ファミはやさしくねぎらうと、ナナさんが出《だ》してくれた温《あたた》かいお茶《ちゃ》をゴクと飲《の》んで、

「あと、その作業《さぎょう》とは別《べつ》に、Q子《こ》にやってほしい仕事《しごと》があるのよ」と、つけくわえた。

「何《なん》ですカ？」

ファミが、さっき市場《いちば》で見聞《みき》きしたことをおおまかに、話《はな》して聞《き》かせる。「……と、いうわけで、今夜《こんや》、十二回《かい》、地鳴《じな》りが発生《はっせい》するはずなの。そのデータを取《と》っておいてほしいのよ」

地震《じしん》のデータを取《と》るだって？　それに、なんの意味《いみ》があるんだい？

「うん」

ファミは意味深《いみしん》な表情《ひょうじょう》で、ちいさくうなずいた。「ちょっといろいろと引《ひ》っかかるのよね」

なにが？

「だから、いろいろよ。変《へん》な形《かたち》の惑星《わくせい》。大巨人《だいきょじん》がいたという痕跡《こんせき》はいっさいないのに、長《なが》く語《かた》り伝《つた》えられている大巨人伝説《だいきょじんでんせつ》、突然始《とつぜんはじ》まった三日《みっか》おきの地響《じひび》き。そして……」

そして？

「隕石調査団《いんせきちょうさだん》のリーダーから教団《きょうだん》の教祖《きょうそ》へと唐突《とうとつ》に転身《てんしん》した、ハナギャタ。数回《すうかい》にわたる多額《たがく》のお布施《ふせ》。それらすべてが語《かた》るものは……」

？？？　まったくピンと来《こ》ないんだけど。

「わたしも全然《ぜんぜん》ピンとは来《き》てないわよ。ただ、のどの奥《おく》に刺《さ》さった魚《さかな》の小骨《こぼね》みたく、どうにもすっきりしないってだけ。それよりも、今夜《こんや》は長《なが》い夜《よる》になりそうだから、夜更《よふ》かしに備《そな》えて今《いま》からちょっと一眠《ひとねむ》りしておきましょ」

ファミはお湯《ゆ》のみのお茶《ちゃ》を一気《いっき》に飲《の》み干《ほ》すと、畳《たたみ》の上《うえ》にごろりと横《よこ》になった。こたつ布団《ぶとん》を肩《かた》まで引《ひ》き上《あ》げ、二つに折《お》った座布団《ざぶとん》をまくら代《が》わりにして、目《め》を閉《と》じる。

こたつで寝《ね》るのは身体《からだ》に良《よ》くないよ……と、ぼくが口《くち》に出《だ》す間《ま》もなく、ファミはちいさな寝息《ねいき》を立《た》て始《はじ》めていた。

4 激闘《げきとう》！ 巨撃団《きょげきだん》VS《ブイエス》巨人《きょじん》の亡霊《ぼうれい》

――夜《よる》も、かなり更《ふ》けてきた。

ぼくとファミは広場《ひろば》の端《はし》、建物《たてもの》の陰《かげ》で身《み》を寄《よ》せあってそのときを待《ま》っていた。

仰《あお》ぎ見《み》る夜空《よぞら》には、月《つき》が一つだけ。ベオカ星《せい》のそれと比《くら》べるとすこしちいさく、その青白《あおじろ》い明《あ》かりは、いささかたよりないように感《かん》じられる。

さて、人《ひと》っ子《こ》一人《ひとり》いない街《まち》の広場《ひろば》は、シンと静《しず》まりかえっている。どの家《いえ》の扉《とびら》も窓《まど》も、固《かた》く閉《と》ざされていた。かすかな灯《あか》りの漏《も》れも、目《め》につくことはない。

しかしながら今夜《こんや》は、この街《まち》の人々《ひとびと》の命運《めいうん》を左右《さゆう》する決戦《けっせん》の日《ひ》なのだ。だれもみな、ベッドに入《はい》ってぐっすり安眠《あんみん》なんて、できるわけない。

まんじりともせず、家族《かぞく》で身《み》を寄《よ》せあって、懸命《けんめい》にお祈《いの》りでも捧《ささ》げているに違《ちが》いないよね。

「……来《き》たわ」

ぴたりとぼくに身体《からだ》を寄《よ》せていたファミがすこし前《まえ》のめりになって、つぶやいた。

月明《つきあ》かりの薄闇《うすやみ》に目《め》をこらすと、広場《ひろば》にむかってまっすぐ延《の》びている街路《がいろ》の先《さき》に、かすかな灯《ともし》火《び》がいくつか、ゆらゆらと揺《ゆ》れているのが見《み》てとれた。

赤《あか》い灯《ひ》は隊列《たいれつ》をなして、ゆっくり整然《せいぜん》と広場《ひろば》へ近《ちか》づいてくる。

「まるで人魂《ひとだま》ね」

ファミの言葉《ことば》に、思《おも》わずビクと身《み》をすくめる。

ふと、子《こ》どものころに読《よ》んだ人魂《ひとだま》オバケの怪談話《かいだんばなし》を思《おも》いだしてしまったのだ。

「なぁに？　怖《こわ》いの、ポップ？」

ファミがぼくの心中《しんちゅう》を鋭《するど》く察《さっ》して、すかさずからかい口調《くちょう》でつっこんでくる。「だいじょうぶよ、あれはたいまつの火《ひ》だから」

そんなこと、わかってるよ。だいたい怖《こわ》がってなんかいないし……と、ジロリにらみかえす。

しかし、ファミはぼくの抗議《こうぎ》の視線《しせん》をさらっと受《う》けながすと、

「ポップはちいさなころから、オバケとか幽霊《ゆうれい》が苦手《にがて》だったものねぇ」と、笑《わら》った。

……む。それは……、まぁ、たしかにそうだったけど……。

「そういうテレビや映画《えいが》を見《み》たり本《ほん》を読《よ》んだりすると、すぐに『ファミ～……』って弱々《よわよわ》しい声《こえ》で、わたしの背中《せなか》にかくれていたわよね」

……そ、それは……、そうでしたけど……。

ちいさなころは、ファミだってケッコーな泣《な》き虫《むし》だった。けど、なぜか怪談《かいだん》とかオバケ話《ばなし》にだけは、めっぽう強《つよ》かったんだよね。

「まっ、失礼《しつれい》ね。泣《な》き虫《むし》だなんて、そんな昔《むかし》の話《はなし》、持《も》ちださないでよ」

ファミが、プゥッとほっぺをふくらませる。

昔《むかし》の話《はなし》を先《さき》に出《だ》してきたのは、そっちだろ……と、ぼくも下《した》くちびるを突《つ》きだしたところで、

「しょうがないわねぇ、ほら」

ファミがスッと手《て》を伸《の》ばして、ぼくの手《て》を取《と》った。

「ふふ、なつかしー。ポップがオバケにビビっているときは、お姉《ねえ》さんのわたしがいつだってこうやってしてあげてたわよねー」と、手《て》にキュッと力《ちから》をこめてくる。

むむっ。また子《こ》どもあつかいして！　……でも。たしかにそうだった。

リマート王《おう》は、「ポップくんはファミの一つ年下《としした》なのに、いつだってファミのことをよく見《み》ていて、いろいろと気《き》を配《くば》ってくれていた」なんて言《い》ってくれたけど、でも、その逆《ぎゃく》のパターン……、つまりファミがぼくを守《まも》って、励《はげ》まして勇気《ゆうき》づけてくれたことだって、いっぱいあったんだよね。

ぼくが不安《ふあん》や恐怖《きょうふ》を感《かん》じているときは、お姉《ねえ》さん風《かぜ》をピューピュー吹《ふ》かせながら、いつだって

こんなふうにぼくの手《て》をキュッとにぎりしめてくれたもの。ただそれだけで、あのころのぼくはいつも元気《げんき》いっぱいになれたんだよね。

ファミの手《て》のひらのやさしい温《ぬく》もりを感《かん》じながら、くっと手指《てゆび》に力《ちから》をこめかえす。

そうこうしているうちに、炎《ほのお》の列《れつ》は広場《ひろば》の中央《ちゅうおう》へとさしかかってきた。

すこし距離《きょり》はあるけれど、たいまつの灯《あか》りに照《て》らされて、巨撃団《きょげきだん》メンバーの姿《すがた》が、はっきりと確認《かくにん》できる。

えーっと、……一、二……三、……五。

五人《にん》いる。昼間《ひるま》、街《まち》の広場《ひろば》に現《あらわ》れた人数《にんずう》とぴたり同《おな》じだ。ハナギャタ一味《いちみ》は総勢《そうぜい》六人《にん》てことだから、一人《ひとり》は教団本部《きょうだんほんぶ》でお留守番《るすばん》ってことになるのだろう。

けど、この星《ほし》の命運《めいうん》をかけた決戦《けっせん》に、どうして全員《ぜんいん》で挑《いど》まないのだろう？　生死《せいし》がかかるこの状況《じょうきょう》で、もったいぶって戦力《せんりょく》や人手《ひとで》を温存《おんぞん》する意味《いみ》はあるのだろうか？

ぼくたちが息《いき》を殺《ころ》して見《み》まもる中《なか》、五人《にん》は広場《ひろば》の中央《ちゅうおう》で向《む》かい合《あ》わせに円《えん》になった。

昼間見《ひるまみ》たのと同《おな》じいでたち——黒《くろ》いローブをすっぽりとはおり、頭《あたま》に頭巾《ずきん》をかぶっている。教《きょう》祖《そ》ハナギャタだけが素顔《すがお》のままで、あとの四人《にん》は顔《かお》に鉄仮面《てっかめん》だ。

ゆらゆらと揺《ゆ》れる炎《ほのお》に照《て》らしだされているためだろう、鉄仮面《てっかめん》に開《あ》けられた二つの穴《あな》からギョロとかいま見《み》えるまなこが、昼間見《ひるまみ》たものとは比《くら》べものにならないほどに恐《おそ》ろしい雰囲気《ふんいき》をかもしだしている。

やがて、五人《にん》はなにやらブツブツと呪文《じゅもん》らしきものを唱《とな》え始《はじ》めた。

その声《こえ》は、すこしずつすこしずつおおきくなっていき、そして……。

ドーン……

何《なん》の前《まえ》ぶれもなく、いきなり来《き》たっ！　大地《だいち》が揺《ゆ》れた！

想像《そうぞう》していたよりも、おおきな揺《ゆ》れだった。

物陰《ものかげ》でしゃがみこんでいたぼくとファミは、二人《ふたり》そろって地《じ》べたにしりもちをつく。

「いたっ」「いてっ」

思《おも》わず二人《ふたり》して悲鳴《ひめい》をあげてしまったけれど、幸《さいわ》いなことに、地響《じひび》きの余韻《よいん》と呪文《じゅもん》の声《こえ》にかき消《け》されて、ハナギャタたちの耳《みみ》には届《とど》かなかったようだ。

ドーン……

すこし時間《じかん》をおいてから、二回目《かいめ》。そして、
ドーン……ドーン……

正確《せいかく》なリズムで地響《じひび》きが続《つづ》いていく。

「ねぇポップ。これが足音《あしおと》だってことは、巨人《きょじん》が歩《ある》いているってことなのよね？」

円陣《えんじん》を組《く》んで呪文《じゅもん》を唱《とな》えつづける巨撃団《きょげきだん》の面々《めんめん》から視線《しせん》を切《き》らさずに、ファミが言《い》った。「でも、どっちから近《ちか》づいてきてる？　ポップ、わかる？」

言《い》われて、ぼくはさっとあたりを見《み》まわし、気配《けはい》を探《さぐ》ってみた。

ドーン……ドーン……ドーン……

わからない。この足音《あしおと》が、どっちの方角《ほうがく》から響《ひび》いてきているのか、さっぱりわからない。

ドーン……ドーン……

「リズムが良《よ》すぎる……」ファミがポツリとつぶやいた。

地響《じひび》きが回数《かいすう》を重《かさ》ねるごとに、巨撃団《きょげきだん》の面々《めんめん》が唱《とな》える呪文《じゅもん》の言葉《ことば》も、さらに強《つよ》く激《はげ》しくなっていく。

ドーン……ドーン……

十一回目《かいめ》が数《かぞ》えられ、呪文《じゅもん》の声《こえ》が絶叫《ぜっきょう》レベルにまで高《たか》まっていった、そのとき。

「ぎゃーっ！」教団《きょうだん》の二人《ふたり》が悲鳴《ひめい》をあげて、ドウッと地面《じめん》に倒《たお》れこんだ。

「え？　なに？　どうしたの？」

巨撃団《きょげきだん》の様子《ようす》をじっと観察《かんさつ》していたファミが、ちいさく驚《おどろ》きの声《こえ》を上《あ》げる。

　でも、ぼくにもなにがなんだかわからない。巨人《きょじん》の亡霊《ぼうれい》の姿《すがた》はどこにも見《み》えないし、攻撃《こうげき》を受《う》けたようにも見《み》えなかった。

　仲間《なかま》が倒《たお》れても、ハナギャタはいっさい構《かま》うことなく、必死《ひっし》の形相《ぎょうそう》で呪文《じゅもん》を唱《とな》えつづける。


　ドーン……


　とうとう、地響《じひび》きが十二回目《かいめ》を数《かぞ》えたその瞬《しゅん》間《かん》、

「うおぉおーっ！」ハナギャタが悲鳴《ひめい》をあげた。天《てん》にむかって右手《みぎて》を伸《の》ばし、苦《くる》しげに身《み》もだえして、バタと地面《じめん》に突《つ》っ伏《ぷ》す。

「え？　なんで？」

　ファミがつぶやくのとほぼ同時《どうじ》に、教団員《きょうだんいん》の残《のこ》りの二人《ふたり》も、身体《からだ》の力《ちから》がぬけたかのようにバタバタと崩《くず》れ落《お》ちた。

……そしてそれっきり、揺《ゆ》れは止《と》まった。『十二歩目《じゅうにほめ》の刻《とき》』は、しっかり十二回《かい》の地鳴《じな》りを数《かぞ》えて、終息《しゅうそく》した。

後《あと》はただ、シンとした静寂《せいじゃく》の中《なか》、地面《じめん》に投《な》げだされたたいまつの炎《ほのお》がメラメラパチパチと、地《じ》べたに伏《ふ》している五人《にん》の姿《すがた》を照《て》らしだすだけだ。

「終《お》わったみたいね」

ふぅ……と、ファミが息《いき》をつく。「想像《そうぞう》していたよりも、激《はげ》しかったわね」

「うん。こうなると、人工的《じんこうてき》に作《つく》りだした地震《じしん》ってセンは、やっぱりありえない」

「そうね。でも……」眉間《みけん》にしわを寄《よ》せたファミが、うで組《ぐ》みして、うむむ……とうめく。

「なにか引《ひ》っかかるの？」

「うん。大巨人《だいきょじん》の幽霊《ゆうれい》って、ずいぶんとリズム良《よ》くって言《い》うか、規則正《きそくただ》しい歩調《ほちょう》で歩《ある》くんだなーと、思《おも》って。それに、街《まち》に近《ちか》づいてくる足音《あしおと》って言《い》うよりは、同《おな》じ場所《ばしょ》で足踏《あしぶ》みをしているって感《かん》じで……」と、首《くび》をかしげる。

あ、それはぼくもすこし変《へん》だって思《おも》ったよ。足音《あしおと》は同《おな》じリズム同《おな》じおおきさ、そして、同《おな》じ場《ば》所《しょ》から響《ひび》いてきたようだったもの。

「ハナギャタ様《さま》っ！」「ハナギャタ様《さま》ああっ！」「教祖様《きょうそさま》！」

静《しず》まりかえっていた広場《ひろば》に、とつじょとして悲痛《ひつう》な叫《さけ》び声《ごえ》が交錯《こうさく》した。

ことのなりゆきをこっそりと見《み》まもっていたのであろう、街《まち》の人々《ひとびと》は事態《じたい》が落《お》ち着《つ》いたことを確認《かくにん》し、我先《われさき》にと家《いえ》から飛《と》びだしてきたのだ。

みなまっしぐらに、地面《じめん》にうずくまるハナギャタたちのもとに駆《か》けより、抱《だ》き起《お》こす。たちどころに広場《ひろば》には人《ひと》があふれ、騒《さわ》がしくなっていく。

「ほら、わたしたちも行《い》くわよ、ポップ」

ファミがぼくの手《て》をぐいと引《ひ》いて人《ひと》だかりへと駆《か》けだす。ぼくは足《あし》をもつれさせながら、引《ひ》きずられるようにして後《あと》に続《つづ》いた。

教団《きょうだん》の五人《にん》は、そろって疲《つか》れきった様子《ようす》だった。

精根使《せいこんつか》いはたしたという感《かん》じで、表情《ひょうじょう》はうつろ。呼吸《こきゅう》は浅《あさ》く荒《あら》く、その瞳《ひとみ》はゆらゆらと力《ちから》なく虚空《こくう》をさまよい、視線《しせん》が定《さだ》まらない。

気付《きつ》けの水《みず》を口《くち》に含《ふく》ませてもらい、ようやくハナギャタが正気《しょうき》を取《と》りもどす。人《ひと》の肩《かた》を借《か》りてヨロヨロと立《た》ちあがり、たいまつの炎《ほのお》を頭上高《ずじょうたか》くかかげ、せいいっぱいの力《ちから》をこめた声《こえ》をはりあげた。

「みなさん……」

集《あつ》まった人々《ひとびと》は、固唾《かたず》を呑《の》んで、ハナギャタの言葉《ことば》を待《ま》つ。

「ご協力《きょうりょく》、ありがとうございました。巨人《きょじん》は……、大巨人《だいきょじん》の亡霊《ぼうれい》は……、わたしたちが、ついに撃退《げきたい》いたしました」

一瞬《いっしゅん》、シンと静《しず》まりかえった後《あと》、うおーっ……という、歓喜《かんき》の雄《お》たけびが広場《ひろば》を包《つつ》み、夜《よる》の冷《つめ》たい空気《くうき》を震《ふる》わせた。

「え……？」と、顔《かお》を見《み》あわせるぼくとファミ。

い、いったい、いつ撃退《げきたい》したって言《い》うんだろう？　巨人《きょじん》の亡霊《ぼうれい》とやらに攻撃《こうげき》を加《くわ》えた様子《ようす》なんて、全然《ぜんぜん》なかったのに。呪文《じゅもん》を唱《とな》えて、悲鳴《ひめい》をあげて、ぶっ倒《たお》れただけ……だったよね。

「これで、しばらくの間《あいだ》はだいじょうぶです。わたしたちの生活《せいかつ》が、街《まち》が、命《いのち》が、巨人《きょじん》の脅威《きょうい》にさらされることはありません」

ハナギャタが勝利宣言《しょうりせんげん》する。しかし、その顔《かお》に勝者《しょうしゃ》の笑《え》みはない。ハナギャタは「ただ……」と、無念《むねん》の思《おも》いをこめた表情《ひょうじょう》で、演説《えんぜつ》を続《つづ》けた。

「みなさん。残念《ざんねん》なことに、わたしたちはまだまだ力不足《ちからぶそく》でした。今回《こんかい》の闘《たたか》いでは、大巨人《だいきょじん》の亡《ぼう》霊《れい》を完全《かんぜん》に消《け》し去《さ》ることは、かないませんでした。ですから、この平和《へいわ》はまさにつかの間《ま》のものであります。いずれまた、巨人《きょじん》が悪意《あくい》を持《も》ってこの地上《ちじょう》に復活《ふっかつ》し、われわれの生活《せいかつ》を脅《おびや》かすときがやって来《く》るはずです」

「えっ？」「なんだって？」「そんなぁ……」

失望《しつぼう》のどよめきが、広場《ひろば》を埋《う》め尽《つ》くした群衆《ぐんしゅう》の間《あいだ》に、波《なみ》のように広《ひろ》がっていく。

喜《よろこ》びにわいていた人々《ひとびと》の顔《かお》に、ふたたび不安《ふあん》の色《いろ》が浮《う》かび、たがいに顔《かお》を見《み》あわせて困惑《こんわく》の視《し》線《せん》を交《か》わしあう。

「みなさん、ご心配《しんぱい》には及《およ》びません。つぎに大巨人《だいきょじん》の亡霊《ぼうれい》が復活《ふっかつ》するのが一か月後《げつご》となるのか、あるいは半年後《はんとしご》となるか、はたまた一年後《ねんご》になるのかはわかりませんが、しかし、そのときに備《そな》えて、わたしたち教団《きょうだん》はさらに対策《たいさく》を練《ね》り、心身《しんしん》を鍛練《たんれん》し、呪術《じゅじゅつ》の腕《うで》を磨《みが》きます。つぎこそ、つぎこそはかならずや、われらの憎《にく》き敵《てき》、大巨人《だいきょじん》の亡霊《ぼうれい》を葬《ほうむ》っておみせします」

ハナギャタは力強《ちからづよ》くそう宣言《せんげん》すると、フラッと身体《からだ》をよろめかせ、地面《じめん》に片《かた》ひざをついた。

口《くち》もとに右手《みぎて》を当《あ》てて「ゴホッ」とおおきく咳《せ》きこむ。

指《ゆび》の間《あいだ》から鮮血《せんけつ》がこぼれ落《お》ち、ポタポタと地面《じめん》の石畳《いしだたみ》を赤《あか》く染《そ》めあげた。

そのとき。

「だいじょうぶですか、ハナギャタ様《さま》っ！」

人混《ひとご》みをかき分《わ》けて、ハナギャタにまっ先《さき》に駆《か》けよったのは、ファミだった。

ファミは、ハナギャタの背中《せなか》をさすりながら、ポシェットから取《と》りだした純白《じゅんぱく》のハンカチを、彼《かれ》の口《くち》もとに静《しず》かにあてがった。

「ハナギャタ様《さま》、ご無理《むり》をなさってはいけませんわ」と、血《ち》をやさしくぬぐいとる。

ハナギャタはチラリとファミの顔《かお》を見《み》て、いぶかしげに眉《まゆ》をひそめた。

「あなたは……、このあたりでは、お見《み》かけしない顔《かお》ですね」

「ええ、わたくしは旅《たび》の者《もの》です。エチーゴ街《まち》の縮緬問屋《ちりめんどんや》の隠居《いんきょ》でございます」

んなわけ、あるかーい……と、心《こころ》の中《なか》でつっこんでおく。

「わたくし、ハナギャタ様《さま》の、街《まち》の人々《ひとびと》を守《まも》る勇気《ゆうき》に感動《かんどう》いたしましたわ」

ファミが感極《かんきわ》まったかのように、おおきく身体《からだ》を震《ふる》わせた。いささか芝居《しばい》がかっているような気《き》がしないでもない。

「お嬢《じょう》さん、ありがとうございます」

ハナギャタは弱々《よわよわ》しくお礼《れい》の言葉《ことば》を口《くち》にして、力《ちから》なく息《いき》をついた。「みなさん、大巨人《だいきょじん》とのあまりに激《はげ》しい死闘《しとう》にわたしも、わたしの忠実《ちゅうじつ》な弟子《でし》である教団員《きょうだんいん》の四人《にん》も、ご覧《らん》のとおり体力《たいりょく》も気力《きりょく》も限界《げんかい》です。もうしわけないのですが、今夜《こんや》はもう、わたしたちを休《やす》ませてはもらえないでしょうか？」

「それなら、オレの家《いえ》に来《き》ておくれ」「いや、オランとこに」「ぜひぜひ、私《わたし》の家《いえ》に……」

親切《しんせつ》な人々《ひとびと》が、口々《くちぐち》に誘《さそ》いをかける。しかし、ハナギャタは首《くび》を横《よこ》に振《ふ》ると、

「お気《き》づかいありがとうございます。しかし、みなさまにご迷惑《めいわく》をおかけするわけにはいきません。教団《きょうだん》の建物《たてもの》まで帰《かえ》ります」と告《つ》げた。

そして、ファミの肩《かた》を借《か》りてなんとか立《た》ちあがると、心配《しんぱい》そうに見《み》つめる人々《ひとびと》の顔《かお》をゆっくりと見《み》まわしながら、

「みなさん、もう一度《いちど》ハッキリと申《もう》し上《あ》げておきます。まず、三日後《みっかご》の夜《よる》に終局《しゅうきょく》の刻《とき》……『十三歩目《ぽめ》の刻《とき》』をむかえることは、絶対《ぜったい》にありません。そして前回《ぜんかい》のように、ふたたび『一歩目《いっぽめ》の刻《とき》』からくり返《かえ》されることもありません。われわれの力《ちから》により、大巨人《だいきょじん》の亡霊《ぼうれい》は一時封印《いちじふういん》され、しばらく現《あらわ》れることはないのです。ですから、みなさま、今夜《こんや》は安心《あんしん》してお眠《ねむ》りください。そしてまた明日《あした》から、楽《たの》しく元気《げんき》にお仕事《しごと》に励《はげ》んでください。いずれ来《く》るであろう大巨人《だいきょじん》の亡霊《ぼうれい》との最終決戦《さいしゅうけっせん》のため、またお布施《ふせ》をお願《ねが》いすることになるとは思《おも》いますので、よろしくおねがいします」と、深々《ふかぶか》と頭《あたま》をさげた。

人々《ひとびと》はそろって、

「ありがとうございます」「一生懸命稼《いっしょうけんめいかせ》いで、お布施《ふせ》する金《かね》をいっぱい貯《た》めておきます」と、感《かん》

謝《しゃ》と誓《ちか》いの言葉《ことば》を口《くち》にした。

満足《まんぞく》げに二度《ど》三度《ど》とうなずいたハナギャタは、「ほら、行《い》くぞ」と、教団員《きょうだんいん》たちに声《こえ》をかけた。

それぞれに街《まち》の人《ひと》から看護《かんご》を受《う》けていた四人《にん》が、フラフラと力《ちから》なく立《た》ちあがる。

たがいに肩《かた》を貸《か》し借《か》りし、ささえあいながら、歓声《かんせい》と感謝《かんしゃ》の声《こえ》を背《せ》に受《う》け、五人《にん》の勇者《ゆうしゃ》たちはヨタヨタと広場《ひろば》を去《さ》っていった。

救世主一行《きゅうせいしゅいっこう》の姿《すがた》が闇《やみ》に溶《と》けて見《み》えなくなると、熱気《ねっき》に満《み》ちていた人々《ひとびと》の輪《わ》も次第《しだい》に解《と》けていく。

「さすが、ハナギャタ様《さま》だな」「やっぱり頼《たよ》りになる」

「信《しん》じて良《よ》かったよ」「これでしばらくは安心《あんしん》して眠《ねむ》れるな」

希望《きぼう》に満《み》ちた笑《え》みを浮《う》かべながら、街《まち》の人《ひと》たちはそれぞれの家《いえ》へと帰《かえ》っていき、広場《ひろば》には、ぼくとファミだけがポツンと残《のこ》された。

激《はげ》しい十二回《かい》の地響《じひび》きが、そして、ハナギャタの戦勝報告《せんしょうほうこく》に盛《も》りあがった喧噪《けんそう》が、まるで夢幻《ゆめまぼろし》であったかのように、月明《つきあ》かりの静寂《せいじゃく》があたりを包《つつ》みこんでいる。

みなが心《こころ》から待《ま》ち望《のぞ》んだ、平和《へいわ》で静《しず》かな夜《よる》の訪《おとず》れ……ってわけだね。

「さ、ポップ。わたしたちもベンリー二十四世号《せいごう》に帰《かえ》りましょ。Q子《こ》に頼《たの》んでおいた地鳴《じな》りのデータを確認《かくにん》しなくちゃならないから。そのデータの内容《ないよう》いかんでは、また忙《いそが》しくなるわよ」

ファミはそう言《い》うと、ハナギャタの口《くち》の血《ち》をぬぐったハンカチを、ぼくの目《め》の前《まえ》でピラピラと振《ふ》ってみせた。

「これも、分析《ぶんせき》してもらわないといけないし」

へ？　分析《ぶんせき》？　その血《ち》のりを？　なんで？

「念《ねん》のためよ、念《ねん》のため。さ、長《なが》い夜《よる》はまだまだ続《つづ》くわよぉ！」

まったく答《こた》えになっていない答《こた》えを返《かえ》して、ファミは鼻息《はないき》をフンフン言《い》わせながら、右《みぎ》のこぶしを天《てん》に向《む》かって高々《たかだか》と突《つ》きあげたのだった。

5 ヤマザキ・ヒビノ　ノーマルモード

「――いやー、すごい地震《じしん》でしたネ。沈着冷静《ちんちゃくれいせい》かつクールビューティーをうりにしているアタシも、さすがに冷《ひ》や汗《あせ》かきましたヨ」

ベンリー二十四世号《せいごう》にもどると、顔《かお》を青《あお》ざめさせたQ子《こ》が、額《ひたい》をぬぐっていた。

オモチャロボットが冷《ひ》や汗《あせ》かくのかよっ……と、そして、どの角度《かくど》から見《み》ればクールビューティーになるんだよっ……と、心《こころ》の中《なか》でつっこんでおく。

「おかえりなさぁい。これ、どうぞぉ」

メイドロイドールのナナさんが、冷《ひ》えたタオルを手《て》わたしてくれる。

「ありがと。ところでQ子《こ》、地震《じしん》のデータは取《と》れた？」手《て》をふきながら、ファミがたずねる。

「はい、このとーりでス」

Q子《こ》が差《さ》しだしたペーパーには、細《こま》かい山《やま》と谷《たに》の折《お》れ線《せん》グラフ、そして、数字《すうじ》や単位記号《たんいきごう》がみっちりと書《か》きこまれてあった。

チラとのぞきこむも、ぼくにはまったく理解不能《りかいふのう》のしろものだ。もともとちいさな数字《すうじ》の羅列《られつ》にめまいを感《かん》じるタイプで、あまり長《なが》いこと眺《なが》めていると、ちょっとばかり頭痛《ずつう》がしてくる。

「あと、気《き》になることが一つ、ありましタ」と、Q子《こ》がもう一枚《まい》、ペーパーを取《と》りだす。

「なに？」

「その十二回《かい》の地鳴《じな》りとは別《べつ》に、この星《ほし》はずーっと揺《ゆ》れていますネ」

え？　そうなの？　今《いま》も？

「はイ。普通《ふつう》の人間《にんげん》には感知《かんち》できないレベルで、一定《いってい》のリズムでくりかえす、かすかな震動《しんどう》が記《き》録《ろく》されてまス。それが、こっちのデータでス」

ぼくは、自分《じぶん》の足《あし》もとに視線《しせん》を落《お》として、足《あし》の裏《うら》に神経《しんけい》を集中《しゅうちゅう》させてみた。

しかし、なにも感《かん》じるものはない。外《そと》を出歩《であ》いたときだって、そんなものにはまったく気《き》づかなかった。それほどまでに、微細《びさい》な揺《ゆ》れだということなのだろう。

「ふむふむ……、なるほどねぇ……」ファミは二枚《まい》のペーパーにざっと目《め》を通《とお》しながら、したり顔《がお》で何度《なんど》もうなずいた。

「ファミ、これを見《み》て、なにかわかるのかい？」

「は？　わかるわけないでしょ」

片眉《かたまゆ》をさげて、あっさり否定《ひてい》。「わたし、こういう細《こま》かい数字《すうじ》とかグラフは苦手《にがて》なのよ。頭《あたま》が痛《いた》くなる」と、口《くち》をへの字《じ》に曲《ま》げる。

ぼくと同《おな》じこと言《い》ってら。じゃあ、どうすんのさ、これ。

「この船《ふね》のクルーで、こういう系《けい》をまかせるのに最適《さいてき》な人物《じんぶつ》が一人《ひとり》、いるでしょ」

ファミはにっこりと笑《わら》うと、「ナナ。ヤマザキをここに連《つ》れてきてちょうだい」と、指示《しじ》した。

ああ、二重《にじゅう》……いや、三重人格《さんじゅうじんかく》かつ頭脳明晰《ずのうめいせき》な天才少女《てんさいしょうじょ》の出番《でばん》か。

「はぁい、かしこまりましたぁ」

笑顔《えがお》で請《う》けあったナナさんは、軽《かろ》やかな足《あし》どりでメインフロアを出《で》て、すぐにもどってきた。

「お連《つ》れしましたぁ」

「なにか……ふぁあ……ごようですかぁ……？」

ぶかぶかパジャマ姿《すがた》のヤマザキが、おおきなあくびをしながら、ナナさんに手《て》を引《ひ》かれて姿《すがた》を現《あらわ》す。ナイトキャップを頭《あたま》にかぶり、アイマスクを目《め》に当《あ》てたままだ。

こんな真夜中《まよなか》に、いきなりたたき起《お》こされて災難《さいなん》だね……と、ちょっぴり同情《どうじょう》。

「ちょっと、これを見《み》てほしいの」

ファミが手招《てまね》きする。「さっき、地震《じしん》があったでしょ。これは、その記録《きろく》なんだけど……」

「ふへ？　地震《じしん》？」

ヤマザキがポカンとして言《い》う。「地震《じしん》があったんですかぁ？」

「ありましたヨー。けっこうなおおきさの地震《じしん》が、十二回《かい》モ。怖《こわ》かったですヨー」Ｑ子《こ》が、声《こえ》を震《ふる》わす。

「そうなんですか。寝《ね》てたから気《き》づきまふぇんでした……むにゃ」

ええっ！　あの大地《だいち》の揺《ゆ》れに気《き》づかずに寝《ね》ていられるなんて、ヤマザキってかなり太《ふと》い神経《しんけい》の持《も》ち主《ぬし》なんだね。

ヤマザキはもう一度《いちど》「ふぁぁ」と大《おお》あくびをかますと、アイマスクをおでこにあげて、ファミから二枚《まい》のペーパーを受《う》けとった。

あ、ヤマザキ、メガネをかけてないぞ。これ、ファミが言《い》うところの『三重人格《さんじゅうじんかく》のうちの基本《きほん》モード』で、このときのヤマザキは『おとなしくて素直《すなお》な良《よ》い子《こ》』ってことだったけど……。

ぼくが興味《きょうみ》シンシンで見《み》つめる中《なか》、ヤマザキは、空《あ》いた左手《ひだりて》で、「えっ……と、メガネメガネ……」と、胸《むな》もとを探《さぐ》った。「あれ、メガネがない……、あ、そうかぁ、白衣《はくい》じゃないから……」

「お部屋《へや》まで行《い》って、取《と》ってきましょうかぁ？」

ナナさんが言《い》うと、ヤマザキは軽《かる》く手《て》を振《ふ》って、

「あ、いいですいいです。こうすれば、なんとか見《み》えますから」と、ペーパーを、顔《かお》に貼《は》りつけんばかりにペタと近《ちか》づけた。

「ふむ……ふむ……むにゃ……」とつぶやきながら、まるで顔《かお》をふくかのように、二枚《まい》の紙《かみ》を左《さ》右上下《ゆうじょうげ》にせわしなく動《うご》かす。

……ほんとうに、目《め》が悪《わる》いんだなぁ。

けれど、青《あお》メガネの『超《ちょう》ジーニアスモード』のキリキリカリカリとした彼女《かのじょ》からは想像《そうぞう》もつかないほどに、メガネをかけていないヤマザキはおっとりおだやかで、まだあどけない十歳《さい》の少女《しょうじょ》そのもののオーラをまとっている。

ほんとにメガネ一つで人格《じんかく》が変《か》わっちゃうんだ。となれば、赤《あか》メガネをかけたときの三つ目《め》の人格《じんかく》ってのがどんなものなのか、がぜん気《き》になってくるんだけど……。

ひとしきり地震《じしん》のデータに目《め》を通《とお》していたヤマザキは、ようやく紙《かみ》を顔《かお》から引《ひ》きはがすと、フアミに返《かえ》しながら言《い》った。

「ふあぁ……これってぇ、※※の※※なんじゃ……むにゃ……ないんですか？」

……へ？　今《いま》、なんて言《い》った？

あくびまじりのむにゃむにゃ口調《くちょう》だったので、よく聞《き》きとれなかった。

「データのぉ、むにゃ……、グラフの波形《はけい》が一定《いってい》のリズムで、かつ同《おな》じおおきさで……」

ヤマザキがペーパーの数値《すうち》やグラフから導《みちび》きだされる仮説《かせつ》を、よどみなく説明《せつめい》していく。

「ああ、やっぱりねぇ」と、ファミは合点《がてん》がいったように何度《なんど》もうなずいた。「なんだかおかしいと思《おも》ったのよね。そうかそうかぁ」

「それは、ビックリですねぇ」「なるほどなるほどでス。言《い》われてみれば、そうですネ」

ナナさんとQ子《こ》もそろって、感嘆《かんたん》の声《こえ》をあげる。置《お》いてけぼりにされているのは、どうやらぼくだけのようだ。

「じゃあ、ヤマザキ、つぎはこれをお願《ねが》い」

ファミは赤《あか》いシミのついたハンカチを差《さ》しだした。「この赤《あか》い液体《えきたい》の正体《しょうたい》を調《しら》べてほしいの」

え？　それって、ハナギャタが口《くち》から吐《は》いた血《ち》だろ？

「ふぁい、わかりましたぁ。部屋《へや》にもどって機械《きかい》にかけたら、すぐにわかると思《おも》いまふ……」

血《ち》のりのついたハンカチを気味悪《きみわる》がったりするようなそぶりを微塵《みじん》も見《み》せず、ヤマザキはねむそうな目《め》をシパシパさせながら、ハンカチを受《う》けとった。

「頼《たの》むわね。それが終《お》わったら、ヤマザキはもう寝《ね》ていいから」

「はぁい、おやふみ……ふぁあ……なさぁい」ヤマザキが、ねぼけまなこをこすりこすり言《い》う。

「ナナ、ついていってあげて。で、検査《けんさ》の結果《けっか》が出《で》たら、すぐに持《も》ってきてちょうだい」

テキパキと指示《しじ》を下《くだ》すファミ。

「はぁい、了解《りょうかい》しましたぁ。行《い》きましょ、ヤマザキさん」

ナナさんは明《あか》るく応《おう》じて、ヤマザキの手《て》を引《ひ》きながらメインフロアを出《で》ていった。

「ど、どういうことだい、ファミ。ヤマザキはさっき、なんて言《い》ったの？」

「ふふ、あのね……」

ファミはぼくの耳《みみ》もとに口《くち》を近《ちか》づけると、予想《よそう》もしていなかった言葉《ことば》をささやいた。

……え？　う、うそだろ？　そんなことって、ありうるの？

驚《おどろ》きのあまり言葉《ことば》を失《うしな》うぼくを見《み》て、ファミがふふんと短《みじか》く笑《わら》う。

「あるのよ、現実《げんじつ》に。だってこの星《ほし》がそうなんだから。宇宙《うちゅう》は広《ひろ》く、神秘《しんぴ》に満《み》ちているってことよ」

そ、それはそうだけどさ……。

ぼくはもう一度《いちど》、自分《じぶん》の足《あし》もとを見下《みお》ろして、深々《ふかぶか》とため息《いき》をついた。

宇宙《うちゅう》って……、すごい。

「——分析結果《ぶんせきけっか》、出《で》ましたぁ」ナナさんがちいさなメモを手《て》に、小走《こばし》りでもどってきた。

みないっせいに、ナナさんの手《て》もとをのぞきこむ。

「やっぱりね」ファミは予想《よそう》が的中《てきちゅう》して、すっかり得意顔《とくいがお》だ。

「さぁポップ、出《で》かけるわよっ」

え？　今《いま》から……って。正真正銘《しょうしんしょうめい》の真夜中《まよなか》なんですけど……。いったい、どこに？

「もちろん」ファミは右手《みぎて》の人《ひと》さし指《ゆび》を、天《てん》に向《む》けて、びっと突《つ》きたてた。

「悪人《あくにん》どもの巣窟《そうくつ》、巨撃団《きょげきだん》のアジトよっ！」

悪人《あくにん》ども……か。

たしかにそのとおりだ。大地《だいち》が揺《ゆ》れる理由《りゆう》、そして、ハンカチの血《ち》のりの正体《しょうたい》。この二つの事実《じじつ》から導《みちび》かれる結論《けつろん》は、ハナギャタたちを『悪《あく》』だと、断定《だんてい》している。

「でもさ……」たぶんムダだろうなーと思《おも》いつつ、いちおう進言《しんげん》。

「これはこの星《ほし》の住民《じゅうみん》たちの問題《もんだい》であって、ベオカの人間《にんげん》であるぼくたちが、口《くち》をはさんでいいのかな？」

リマート王《おう》から『やっかいごとや余計《よけい》なトラブルに、首《くび》をつっこませないように』と、頼《たの》まれている身《み》としては、ひと言《こと》、釘《くぎ》を刺《さ》しておかねばならない。

王様《おうさま》。ぼく、いちおう言《い》いましたからね。あとで日記《にっき》にもちゃんと書《か》いておくことにしよう。

「あら？」

やや腰《こし》の引《ひ》けた正論《せいろん》をぶつぼくに、ファミが冷《ひ》ややかな視線《しせん》を投《な》げかけてくる。

「ふーん、ポップって、五年間《ねんかん》も会《あ》わないうちに、ずいぶん冷《つめ》たくなっちゃったのね」と、ツンとそっぽをむく。

「あっ、そう。じゃあポップは、あの街《まち》のみなさんが、これからもず――――っと、巨撃団《きょげきだん》の連中《れんちゅう》にだまされ続《つづ》けて、汗水垂《あせみずた》らして稼《かせ》いだお金《かね》を巻《ま》きあげられても、いいっていうわけ？　悪行三昧《あくぎょうざんまい》の事実《じじつ》を知《し》っておきながら見《み》ないふり知《し》らないふりして、あのジュース屋台《やたい》のドーモンおじさんたちを見捨《みす》てるってわけ？　へー、それで平気《へいき》なの？　へぇえ」

いえ、平気《へいき》ではありません（きっぱり）。

「ふーんだ、行《い》きたくないなら別《べつ》にいいわよ、わたし一人《ひとり》で行《い》ってくるから。わたし、ずる賢《がしこ》いヤツらにだまされている人《ひと》たちを放《ほう》って、この星《ほし》を出《で》て行《い》くなんてこと、できないもん」

ま、こうなることはわかってたけどね……。

そうなると、ぼくには選択肢《せんたくし》なんてない。なんと言《い》っても、ファミのボディガードを仰《おお》せつかっている身《み》だし、なにより『せーやくしょ』をにぎられている立場《たちば》なのだからね。

それに。ぼくとしても、やっぱりハナギャタたちのやり口《くち》は気《き》に入《い》らない。何《なに》も知《し》らない街《まち》の人《ひと》たちの恐怖心《きょうふしん》をあおって、金儲《かねもう》けするなんてこと、許《ゆる》されるわけがないもの。

……ってなワケで王様《おうさま》、この件《けん》だけは、目《め》をつぶって許《ゆる》してください。

「わかったよ。行《い》こう、ファミ」

深夜《しんや》だからって、遠慮《えんりょ》する必要《ひつよう》はない。きっとあいつらは今《いま》ごろ、教団《きょうだん》のアジトで楽《たの》しく酒盛《さかも》りでもやっているはずなんだから。アポなし突撃《とつげき》、上等《じょうとう》だよね。

「ふふ、さすがポップ、話《はなし》がわかるわね」

ファミはちいさく笑《わら》うと、ドレスのそでをぐいとまくり上《あ》げた。

「よぉし、そうと決《き》まれば即行動《そくこうどう》！　おぅおぅおぅ、御用《ごよう》だ御用《ごよう》だぁ。てやんでぃ、べらんめぃ、悪党《あくとう》どもぉ。首《くび》を洗《あら》って待《ま》ってろい！」

なぜかべらんめぇ口調《くちょう》になって、鼻息荒《はないきあら》くノシノシとメインフロアを出《で》ていくファミ。

ぼくたち二人《ふたり》が会《あ》えなかった空白《くうはく》の五年間《ねんかん》、キミがテレビの時代劇《じだいげき》を好《この》んで見《み》ていたってことだけは、よくわかったよ。畳《たたみ》やこたつを愛《あい》しているのも、それの影響《えいきょう》なのだろうね、きっと。

ぽっかりと空《あ》いた二人《ふたり》の数年間《すうねんかん》、そのピースが一つ埋《う》まったような気《き》がして、ぼくはちいさくほくそ笑《え》むと、ファミのちいさな背中《せなか》を追《お》って駆《か》けだしたのだった。

６ ファミ、猪突猛進《ちょとつもうしん》！

チャリボードを駆《か》って、月明《つきあ》かりの下《した》をひとっ飛《と》び。

夜《よる》の空気《くうき》を切《き》り裂《さ》きながら、目指《めざ》すは教祖《きょうそ》ハナギャタ率《ひき》いる教団《きょうだん》『巨撃団《きょげきだん》』のアジト――すなわち、二か月半前《げつはんまえ》に落下《らっか》した隕石《いんせき》が作《つく》りあげた、クレーターのある場所《ばしょ》だ。

ベンリー二十四世号《せいごう》から飛《と》びだしてほどなく、森《もり》の中《なか》にポッカリと口《くち》を開《あ》けた巨大《きょだい》な穴《あな》を、眼《がん》下《か》におさめる。直径《ちょっけい》一キロメートルほど。とんでもないおおきさだ。

クレーターの周囲《しゅうい》には、鉄条網《てつじょうもう》の柵《さく》がぐるりと厳重《げんじゅう》に張《は》りめぐらされ、『危険《きけん》！　立入禁止《たちいりきんし》』『警告《けいこく》！　絶対入《ぜったいはい》るな』などと書《か》かれた看板《かんばん》が、あちこちに立《た》てられている。

「ポップ、ほら、あそこ」

ぼくの背中《せなか》にぴたりとはりついているファミが、声《こえ》を上《あ》げた。

巨大《きょだい》なすり鉢状《ばちじょう》の穴《あな》の奥底《おくそこ》――地表《ちひょう》からの深《ふか》さは、数百《すうひゃく》メートルほどであろうか――に、ちいさな建物《たてもの》が見《み》えた。遠目《とおめ》に、建物《たてもの》の窓《まど》から灯《あか》りがもれているのが見《み》てとれる。

「あそこが、教団《きょうだん》の本拠地《ほんきょち》ってことか」

「さぁ、行《い》くわよ」

建物《たてもの》からすこし離《はな》れた、ゆるやかに傾斜《けいしゃ》している場所《ばしょ》に、静《しず》かにチャリボードを下降《かこう》させる。

獲物《えもの》にしのびよるネコ科《か》の動物《どうぶつ》のごとく。息《いき》と足音《あしおと》を殺《ころ》して、そーっとそーっと建物《たてもの》へと近《ちか》づいていく。

「詐欺《さぎ》を働《はたら》いて金《かね》をかき集《あつ》めている教団《きょうだん》のアジトにしては、粗末《そまつ》な建物《たてもの》だね」

「そうね」と、ファミがちいさくうなずき返《かえ》す。

「突貫工事《とっかんこうじ》で、とにかく急《いそ》いで作《つく》りあげました……って感《かん》じよね。問題《もんだい》は『どうしてこんな場所《ばしょ》に、アジトを構《かま》えなくっちゃいけなかったのか』ってことなんだけど……」

「それは、ご本尊《ほんぞん》の隕石《いんせき》を祀《まつ》るため、だろ？」

「うーん、それはそうなのかもしれないけど、大巨人《だいきょじん》の亡霊《ぼうれい》との闘《たたか》いは街《まち》の広場《ひろば》でやるわけでしょ？　それなら、街《まち》から離《はな》れたこんな不便《ふべん》な場所《ばしょ》を、わざわざ活動拠点《かつどうきょてん》にしなくてもいいんじゃないかしら？　ここには、ほこらでも建《た》てておけばいいんだしさ」

う、うーん。

ぼくは、すり鉢状《ばちじょう》になっているクレーターの斜面《しゃめん》に沿《そ》って、ぐるっと視線《しせん》を巡《めぐ》らせてみた。

巨撃団《きょげきだん》のメンバーが使《つか》うのだろう、板《いた》きれで作《つく》られた簡易《かんい》な階段《かいだん》が目《め》に入《はい》る。

言《い》われてみれば、街《まち》に出入《でい》りするたびに、あの急《きゅう》な階段《かいだん》を数百《すうひゃく》メートル上《のぼ》り下《お》りしなければならないんだからね。大変《たいへん》と言《い》えば大変《たいへん》だ。

どうしても隕石《いんせき》の近《ちか》くがいい……と言《い》うのなら、せめてクレーターの縁《ふち》に、アジトを建《た》てれば良《よ》かったんじゃないのかな？

「なにか、理由《りゆう》があるのよ」ファミがちいさくつぶやく。

「このおおきな穴《あな》の底《そこ》に、教団《きょうだん》の建物《たてもの》を置《お》かねばならなかった理由《りゆう》がね」

闇《やみ》に紛《まぎ》れながら、頭《あたま》を低《ひく》くして、さささささっ……と、小走《こばし》りで建物《たてもの》に駆《か》けより、忍者《にんじゃ》のごとく、ピタと壁《かべ》に背中《せなか》をくっつけて中《なか》の様子《ようす》をうかがう。

かなり安《やす》っぽい見《み》た目《め》そのものに、壁《かべ》もかなり薄《うす》いようだ。耳《みみ》をそばだてるまでもなく、建物《たてもの》の中《なか》から、にぎやかな笑《わら》い声《ごえ》がはっきりともれ聞《き》こえてくる。

そーっ……と、灯《あか》りがもれる窓《まど》に首《くび》を伸《の》ばす。

窓《まど》にはカーテンが掛《か》けられているけれど、このカーテンもまた建物《たてもの》のボロっぷりにふさわしい粗末《そまつ》なものなので、あちこちにある破《やぶ》れ目《め》から、建物《たてもの》の中《なか》の様子《ようす》をのぞき見《み》ることができた。

部屋《へや》の中《なか》に、教祖《きょうそ》ハナギャタと五人《にん》の教団員《きょうだんいん》の姿《すがた》を確認《かくにん》。

彼《かれ》らは、さまざまなごちそうが並《なら》べられたテーブルを囲《かこ》んで、酒宴《しゅえん》のまっ最中《さいちゅう》だった。

それぞれ杯《さかずき》を手《て》に、楽《たの》しげに酒《さけ》を酌《く》み交《か》わしあっている。すっかり酒《さけ》が回《まわ》っているようで、みな一様《いちよう》に顔《かお》を赤《あか》らめ、肩《かた》を組《く》んで談笑《だんしょう》していた。

やれやれ。

これが、ほんのついさっき、世界《せかい》を守《まも》るという正義感《せいぎかん》と義務感《ぎむかん》をもって、大巨人《だいきょじん》の亡霊《ぼうれい》と死闘《しとう》し、血《ち》ヘドを吐《は》き倒《たお》れこむほどに疲労困憊《ひろうこんぱい》していた男《おとこ》たちの図《ず》なのかね？

「ポップ」

ファミがぼくの耳《みみ》もとに口《くち》を近《ちか》づけて、そっとささやく。「いいこと。わかっているとは思《おも》うけど、たとえハナギャタ一味《いちみ》の悪《わる》だくみのすべてが明《あき》らかになったとしても、カッとなって飛《と》びだしていったりしちゃダメだからね」

落《お》ち着《つ》いた口調《くちょう》で、強《つよ》く念押《ねんお》ししてくる。

「わかってるよ。なにせ相手《あいて》は大《だい》の大人《おとな》だし、しかも六人《にん》もいるんだからね。後先考《あとさきかんが》えずにつっこんでいくのは危険《きけん》だってことは理解《りかい》しているよ」

「いいわ。とにかく落《お》ち着《つ》いて、沈着冷静《ちんちゃくれいせい》に行動《こうどう》しましょ」

ファミの言葉《ことば》に、ぼくは右手《みぎて》の指《ゆび》でOK《オーケー》サインを作《つく》ってみせた。

「――おい、酒《さけ》を飲《の》んで、いい気持《きも》ちになるのはいいが……」

杯《さかずき》を手《て》にしたハナギャタが、ふと思《おも》いついたように、一番《いちばん》やせこけた教団員《きょうだんいん》の一人《ひとり》に声《こえ》をかけた。「忘《わす》れないように、スイッチをオフにしておけよ」

「ううおーい、ぅわかぁってまぁす」

やせ男《おとこ》が、なみなみと酒《さけ》の入《はい》った杯《さかずき》を頭上《ずじょう》にかかげて、応《おう》じる。

「明日《あした》の朝《あしゃ》ぁ、一番《いちばん》に……うぃ、……切《き》って、おきまさぁ……」

けっこうな量《りょう》の酒《さけ》を飲《の》んだのだろう、まったくろれつが回《まわ》っていない。へべれけってやつだ。

「しかしまぁ、なにもかもうまくいきましたねぇ」

ハナギャタの横《よこ》に座《すわ》っている小太《こぶと》りの男《おとこ》が、酒《さか》びんを片手《かたて》に「きししし」と、こびたような笑《わら》い声《ごえ》をあげた。

ハナギャタは杯《さかずき》の酒《さけ》をぐいとあおると、

「オレたちが出《で》かけている間《あいだ》は、だれもこのアジトに近《ちか》づけなかっただろうな」と、問《と》いかける。

「ええ、ええ、もちろんですとも。アリの子一匹《こいっぴき》、近《ちか》よらせはしておりません。ご安心《あんしん》ください」と、小太《こぶと》り男《おとこ》はペコペコしながら、お酌《しゃく》した。

ふむ、なるほど。つまり、この小太《こぶと》りの男《おとこ》が留守番要員《るすばんよういん》ってことだ。たしかにこいつの姿《すがた》は、昼間《ひるま》のお布施《ふせ》のときも、さっきの巨人《きょじん》との闘《たたか》いのときも見《み》かけなかったよね。

「きしししし。それにしても、呪文《じゅもん》を唱《とな》えて、疲《つか》れたふりをするだけの簡単《かんたん》な仕事《しごと》で、これほどの金《かね》を集《あつ》められるとなれば、まっとうに働《はたら》くのがイヤになりますねぇ」

「頭《あたま》と伝説《でんせつ》は使《つか》いよう……ってやつだ。ほんのすこし知恵《ちえ》を巡《めぐ》らせれば、あくせくしなくとも、こうして……」

ハナギャタはそこで言葉《ことば》を切《き》って、杯《さかずき》をぐいと傾《かたむ》け、酒《さけ》をいっきに飲《の》みほした。

プハーッと息《いき》を吐《は》いて、ニタリと笑《わら》う。「美味《おい》しい思《おも》いをしながら生《い》きられるってことよ」

「さすが、ハナギャタさん。頭《あたま》のキレがすばらしい」

別《べつ》の男《おとこ》が揉《も》み手《で》をしながら、ヘコヘコと頭《あたま》をさげる。「で、次《つぎ》はいつごろ、やりますか?」

「そうだなぁ……。今回集《こんかいあつ》めた金《かね》は、どれくらいもちそうなんだ?」

「三年間《ねんかん》は、らくに遊《あそ》べそうですな」

「ふむ。しかし、冬《ふゆ》が来《く》る前《まえ》に、このアジトも、もうすこし立派《りっぱ》なモノに建《た》て替《か》えたいしなぁ」

「まったくまったく。このままのボロ家《や》では、真冬《まふゆ》に凍《こご》え死《し》んでしまいますわなぁ」

小太《こぶと》りの男《おとこ》は部屋《へや》の中《なか》をクルリと見《み》まわした。

その視線《しせん》が一瞬《いっしゅん》、ぼくたちがのぞきこんでいるカーテンのすき間《ま》にむけられる。目《め》が合《あ》ったような気《き》がして、ぼくはあわてて窓《まど》の下《した》に頭《あたま》を低《ひく》くした。

「どうです、ハナギャタさん。おつぎは半年後《はんとしご》——商売人《しょうばいにん》の金《かね》のかき入《い》れ時《どき》である年《とし》の暮《く》れに一《ひと》騒動《そうどう》、起《お》こすってのは？」小太《こぶと》り男《おとこ》の、小《こ》ずる賢《がしこ》そうな声《こえ》が耳《みみ》に届《とど》く。

ほっ……。どうやら気《き》づかれなかったようだ……と、むねをなで下《お》ろす。

そこそこ酔《よ》っぱらっているから、注意力《ちゅういりょく》も散漫《さんまん》なのだろう。

「ああ、なるほどなるほど。それはいい考《かんが》えかもなぁ」

ハナギャタはあごをさすりながら、ニタニタと笑《え》みを浮《う》かべた。「庶民《しょみん》どもは、新《あたら》しい年《とし》を平《へい》穏《おん》に迎《むか》えたいと願《ねが》うだろうから、お布施《ふせ》もこれまで以上《いじょう》に、たんまりと出《だ》してくるだろうよ」

「ほんとうに、あのまぬけどもは、だまされているとも知《し》らずにご苦労《くろう》なことで。いやはや、愚《おろ》かであるということは、じつにかわいそうなことですなぁ」

小太《こぶと》りの男《おとこ》が、ハナギャタの杯《さかずき》に酒《さけ》を注《つ》ぎながら「きしし……」と、いやらしく笑《わら》う。

「まぁ、そう言《い》うな。どんなにまぬけでも、オレたちの大切《たいせつ》な金《かね》づるなんだ。ずっと元気《げんき》で商売《しょうばい》に励《はげ》んでいてもらわないといかんのだからな。うあっはっはっは……」

おおきく口《くち》を開《あ》けて高笑《たかわら》いするハナギャタ。

うわー。

テレビの中《なか》でしか見《み》たことのないような、典型的悪党《てんけいてきあくとう》キャラのふるまいと会話《かいわ》に、ぼくはげんなりして、短《みじか》く息《いき》を吐《は》く。

さてと……。もはや、ハナギャタたち教団《きょうだん》がやっていること、そのすべては完璧《かんぺき》に『悪意《あくい》のある詐欺《さぎ》』だと判明《はんめい》した。ならばつぎは、これからどうすべきか……ってことになる。

この様子《ようす》を写真《しゃしん》や映像《えいぞう》に記録《きろく》して、街《まち》の人々《ひとびと》に真実《しんじつ》を暴露《ばくろ》してやるか？

はたまた、街《まち》の人《ひと》たちをここに連《つ》れてきて、いっしょにハナギャタたちを問《と》いつめてやるか？

「ファミ、どうする？」ぼくは、隣《となり》にいる（はずの）ファミに、小声《こごえ》で問《と》いかけた。

しかし。ウンともスンとも、答《こた》えは返《かえ》ってこない。

「ファミ？」チラと横《よこ》に目《め》をやるも、なぜかそこにファミの姿《すがた》はない。

あれ？　ファミ、どこに行《い》ったのかな？

……と、キョロキョロとあたりを見《み》まわしたぼくは、衝撃的《しょうげきてき》な光景《こうけい》を目《め》にして思《おも》わずピョンと跳《と》びあがってしまった。

ファミは、いつのまにか建物《たてもの》の扉《とびら》の前《まえ》にいた。そして、その右手《みぎて》はすでに、扉《とびら》の取《と》っ手《て》にかけられていた。

え、ええっ！　ま、まさかっ？

「うぁ、ちょ、ちょっと……まっ……」
とてもとても残念《ざんねん》なことに、ぼくの必死《ひっし》の思《おも》いが彼女《かのじょ》に届《とど》くことはなかった。

バン！

ファミはこれっぽっちもためらうことなく、力《ちから》まかせに扉《とびら》を開《あ》けはなった。それはボロい扉《とびら》が、外《はず》れてしまうのではないかと心配《しんぱい》になるほどの勢《いきお》いだった。

クレーターの中《なか》に、おおきな音《おと》が響《ひび》きわたり、当然《とうぜん》のことながら、虚《きょ》をつかれた六人《にん》の悪党《あくとう》どもは固《かた》まった。にぎやかだった酒宴《しゅえん》の場《ば》がシンと静《しず》まりかえり、ポカンとなった六人《にん》の視線《しせん》が、とつじょとして現《あらわ》れたあきらかに場違《ばちが》いすぎるドレス姿《すがた》の女《おんな》の子《こ》に集中《しゅうちゅう》する。

あぁ……、手遅《ておく》れだ……。

ぼくは右手《みぎて》で顔《かお》を覆《おお》って、夜空《よぞら》を仰《あお》いだ。

「おぅおぅ、あんたたち。話《はなし》を聞《き》いてりゃ、さんざん好《す》き勝手《かって》、善良《ぜんりょう》な街《まち》のみなさんのことを小《こ》バカにしてくれちゃって！　あんたらの悪事《あくじ》、お天道様《てんとうさま》が見逃《みのが》しても、ベオカ星第三王女《せいだいおうじょ》のわたしは、許《ゆる》しゃしないよっ！」

あ……、あーあ、すっごく怒《おこ》っている。

やや巻《ま》き舌《じた》のべらんめぇ調《ちょう》なのは、やっぱりテレビ時代劇《じだいげき》の影響《えいきょう》なのだろう。

「ネタは挙《あ》がってんだ、神妙《しんみょう》にしろい」

ドン！

床《ゆか》をぶち破《やぶ》るかのような勢《いきお》いで、右足《みぎあし》を一歩踏《ぽふ》みだす。

はぁ……と、ぼくは、がっくり肩《かた》を落《お》とした。

ファミぃぃぃ……。正義感《せいぎかん》が強《つよ》いのは結構《けっこう》なことだけど、怒《いか》りの導火線《どうかせん》が短《みじか》すぎだよ。後先考《あとさきかんが》えずに突《つ》っ走《ぱし》りすぎだって。なにが「とにかく落《お》ち着《つ》いて、沈着冷静《ちんちゃくれいせい》に行動《こうどう》しましょ」だよ。自《じ》分《ぶん》がまっ先《さき》に、キレてるじゃないか。

「なんだぁ、このガキは？　さっき広場《ひろば》にいたやつだよなぁ」

ハナギャタと教団員《きょうだんいん》たちが呆気《あっけ》にとられて、困惑気味《こんわくぎみ》の顔《かお》を見《み》あわせる。

ま、当然《とうぜん》の反応《はんのう》だ。

こんな夜中《よなか》も夜中《よなか》の時間《じかん》、街《まち》から遠《とお》く離《はな》れたへんぴな場所《ばしょ》に、かわいらしいお姫様《ひめさま》ふうの女《おんな》の子《こ》がいきなり現《あらわ》れたら、だれだって自分《じぶん》の目《め》と頭《あたま》を疑《うたが》いたくなるってもんだよね。

「お嬢《じょう》ちゃん、旅《たび》の者《もの》だって言《い》ってたよね。ママとはぐれて、迷子《まいご》になっちゃったのかな？」

やせた男《おとこ》が、すこし小《こ》バカにしたような口調《くちょう》で言《い》うと、ドッと笑《わら》い声《ごえ》があがった。

「ち、違《ちが》うわよ」

歯《は》をむきだしにして、ファミが食《く》ってかかる。「わたし、あなたたちの悪事《あくじ》を暴《あば》きに来《き》たの。って言《い》うか、もう全部《ぜんぶ》わかっちゃってるんだからっ！」

むねをぐいと張《は》って、言《い》いはなつファミ。

「ほう、かわいい正義《せいぎ》の味方《みかた》ちゃんは、なにをわかっているというのかね？」

ハナギャタが杯《さかずき》をテーブルの上《うえ》に、カンと音《おと》を立《た》てて置《お》いた。「酒《さけ》の場《ば》の余興《よきょう》としてはおもしろい。話《はな》してみろ」

「ええ、いいわ」

向《む》こうっ気《き》の強《つよ》さをかくしもせず、ファミはキッとハナギャタ一味《いちみ》を一《ひと》にらみして、口《くち》を開《ひら》いた。「まずは、この星《ほし》のそもそもの成《な》り立《た》ちから、お話《はな》ししましょうか」

「ほう、壮大《そうだい》なテーマだな。こんな小汚《こぎたな》い場所《ばしょ》で拝聴《はいちょう》するには、もったいないくらい高尚《こうしょう》な話題《わだい》だ」ハナギャタが、ふんと鼻《はな》で笑《わら》う。

「この星《ほし》って、普通《ふつう》の惑星《わくせい》とは違《ちが》う形《かたち》、平坦《へいたん》な円形《えんけい》をしているわよね？　わたし、初《はじ》めは『うすく切《き》ったイチゴロールケーキみたいだな』って思《おも》ったんだけど、本当《ほんとう》はそうじゃないのよね。じつは、この形《かたち》って……」

ファミはもったいつけるように、そこで一呼吸置《ひとこきゅうお》いた。「『時計《とけい》』の形《かたち》なのよ。壁《かべ》に掛《か》ける丸《まる》い掛《か》け時計《どけい》」

そう。『十二歩目《じゅうにほめ》の刻《とき》』の地震《じしん》データを見《み》たヤマザキは、こう言《い》ったのだった。

「これは『時計《とけい》の時報《じほう》』ではないか」……と。

一定《いってい》の時間《じかん》おきに時報《じほう》が鳴《な》る機能《きのう》がついた時計《とけい》──一時《じ》になったら「ボーン」と一回《かい》、二時《じ》になったら「ボーン、ボーン」と二回《かい》、六時《じ》には六回《かい》、十二時《じ》には十二回《かい》の音《おと》が出《で》るってやつ。

たしかにその前提《ぜんてい》で考《かんが》えれば、すべての事象《じしょう》がぴたりと説明《せつめい》できるんだよね。

「この広《ひろ》い宇宙《うちゅう》のどこかに、きっと巨人族《きょじんぞく》が住《す》む星《ほし》があるのね。その巨大《きょだい》な宇宙人《うちゅうじん》が使《つか》っていた掛《か》け時計《どけい》が、なんらかの理由《りゆう》で宇宙《うちゅう》へと放《はな》たれ、気《き》の遠《とお》くなるような時間《じかん》と距離《きょり》を旅《たび》し続《つづ》けた。やがて時計《とけい》はその動《うご》きを止《と》める。そして長《なが》い長《なが》い旅《たび》の果《は》て、宇宙空間《うちゅうくうかん》に漂《ただよ》うホコリやちり、隕石《いんせき》や小惑星《しょうわくせい》の欠片《かけら》などが付着《ふちゃく》していき、時計《とけい》の表面《ひょうめん》を覆《おお》いつくした。そこに大気《たいき》が、水《みず》が、そして緑《みどり》や生命《せいめい》が育《はぐく》まれて、今《いま》に至《いた》る……ってわけなのよ」

理路整然《りろせいぜん》と語《かた》るファミ。

話《はなし》が進《すす》むにつれて、初《はじ》めはニヤニヤと小《こ》バカにしたような目《め》でファミを見《み》ていたハナギャタたちの顔《かお》から笑《え》みが消《き》えて、どんどん険《けわ》しい表情《ひょうじょう》へと変《か》わっていく。せっかくの酔《よ》いも、覚《さ》めつつあるようだ。

じょじょに殺気立《さっきだ》っていく空気《くうき》を気《き》にも留《と》めず、ファミは得意《とくい》げに話《はなし》を続《つづ》ける。

「機能《きのう》が停止《ていし》していた時計《とけい》をふたたび目覚《めざ》めさせたのは、二か月半前《げつはんまえ》にこの星《ほし》に落《お》ちてきたという隕石《いんせき》ね。その落下《らっか》の衝撃《しょうげき》で、止《と》まっていた時計《とけい》の針《はり》が、ふたたび回《まわ》り始《はじ》めたのよ」

そういうことそういうこと。

そしてここで一番重要《いちばんじゅうよう》なポイントは、巨人《きょじん》の掛《か》け時計《どけい》が『時報《じほう》をお知《し》らせする設定《せってい》に、セットされていた』ってこと……なんだよね。

だから、三日《みっか》おきに（大巨人《だいきょじん》の時計《とけい》の視点《してん》で言《い》えば、一時間《じかん》おきに）、大地《だいち》を揺《ゆ》るがすおおきな地響《じひび》きが起《お》こったってわけだ。

一回《かい》だけ、地面《じめん》が揺《ゆ》れる。これが一時《じ》の時報《じほう》。

三日後《みっかご》、同《おな》じ時間《じかん》に二回《かい》の地震《じしん》。そしてその三日後《みっかご》には三回《かい》。これが、二時《じ》と三時《じ》の時報《じほう》。

当然《とうぜん》、同《おな》じリズム同《おな》じ間隔《かんかく》で、そして、一回《かい》ずつその回数《かいすう》を増《ふ》やしながら、時報《じほう》は打《う》ち鳴《な》らされ続《つづ》ける。

そして、十二時《じ》で最後《さいご》。大地《だいち》が揺《ゆ》れる数《かず》は、きっちり十二回《かい》まで。もちろん、その後《あと》に十三回《かい》の地震《じしん》が起《お》きることはない。

なぜなら、十二時《じ》のつぎは、一時《じ》なのだから。

ちなみに。Q子《こ》が「人間《にんげん》に感知《かんち》できないレベルの揺《ゆ》れが、一定《いってい》のリズムでくりかえされていル」って言《い》っていたけど、それも、この星《ほし》の中核《ちゅうかく》をなすものが時計《とけい》だって言《い》うのなら、あたりまえの話《はなし》。

秒針《びょうしん》がカチコチカッチン、カチコチカッチンって、絶《た》え間《ま》なく動《うご》いているわけだからね。

ぼくらの想像《そうぞう》を絶《ぜっ》するほどの、長《なが》くておおきな秒針《びょうしん》が、だ。

「どう？　ここまでのところで、なにか反論《はんろん》はありまして？」

ファミが、人《ひと》さし指《ゆび》をビシッとハナギャタに突《つ》きつける。

「ふ、ふむ……。なるほど。空想話《くうそうばなし》としては、なかなかおもしろい」

ハナギャタは、すこし顔《かお》をこわばらせつつも、口《くち》もとにひきつった笑《え》みを浮《う》かべてみせた。

「しかし、お嬢《じょう》ちゃん。今夜《こんや》、十二回《かい》の地震《じしん》があったのはおぼえているよね。おまえさんの話《はなし》が正《ただ》しいとすれば、今日《きょう》の三日後《みっかご》にはふたたび、一時《じ》の時報《じほう》が一回《かい》——つまり地震《じしん》が一回起《かいお》きることになるな」

「もちろん、そういうことになるわね」

「しかしだ」

ハナギャタはおもむろに立《た》ちあがると、広場《ひろば》でやっていたようにおおきく両手《りょうて》を広《ひろ》げて、やや大仰《おおぎょう》な口《くち》ぶりで言《い》いはなった。

「しかし、わたしは断言《だんげん》する。三日後《みっかご》にもう地震《じしん》は起《お》こらないと。なぜなら今夜《こんや》、わたしたち巨《きょ》撃団《げきだん》が全身全霊《ぜんしんぜんれい》をこめて、大巨人《だいきょじん》の霊《れい》を鎮《しず》めたからだ。わたしたちの祈《いの》りが、大巨人《だいきょじん》の亡霊《ぼうれい》を封《ふう》じこめたから……」

「違《ちが》うわね」

ファミが、言葉《ことば》をかぶせて反論《はんろん》する。「地鳴《じな》りが起《お》こらないのは、あなたたちが『スイッチ』を切《き》るからよ」

「……スイッチ？」

ハナギャタが一瞬息《いっしゅんいき》を呑《の》んだ。「ス、スイッチとは、なんのことだ？」

「どんな時計《とけい》にでもついているでしょ？　時報《じほう》を知《し》らせる機能《きのう》のオンオフを切《き》り替《か》えるスイッチが。さっき、あなたがそう言《い》っていたじゃない。そっちのやせたおじさんに『ちゃんと切《き》っておけよ』ってね」

ハナギャタとやせっぽちの男《おとこ》の顔《かお》から、サッと血《ち》の気《け》が引《ひ》いた。

「き、聞《き》かれていたのか……」と、二人《ふたり》そろってうめくようにつぶやき、目《め》を泳《およ》がせる。

しかし、それもほんの一瞬《いっしゅん》のこと、ハナギャタはすぐに開《ひら》き直《なお》ったように、

「なにを言《い》っているのか、さっぱりわからんな。『スイッチを切《き》れ』などと、わたしは一度《いちど》たりとも口《くち》にしてはいないし、その覚《おぼ》えもない。おい、みんな、わたしはそんなことを言《い》ったか？　だれかそれを聞《き》いたか？」と、問《と》うた。

もちろん、教団《きょうだん》の五人《にん》はそろって、ふるふると首《くび》を横《よこ》に振《ふ》る。ま、当然《とうぜん》の展開《てんかい》だ。

ハナギャタは「くっく」と、短《みじか》く笑《わら》った。

「お嬢《じょう》ちゃん、残念《ざんねん》ながらスイッチ云々《うんぬん》とやらは、おまえの空耳《そらみみ》のようだな。まぁ、どうしても気《き》になると言《い》うのなら、明日《あした》、太陽《たいよう》が昇《のぼ》ってから、その『スイッチ』とやらを探《さが》して、このあたりをくまなくかけずり回《まわ》ってみるがいいさ」

コケにしたような口調《くちょう》のハナギャタが、見下《みくだ》したような目《め》で、勝《か》ち誇《ほこ》ったように言《い》いはなつ。

「まあ、そんなものは、この星《ほし》のどこにもありはしないがな」

しかし、ファミは微塵《みじん》もひるまない。

「かけずり回《まわ》るなんて必要《ひつよう》はないわ。だってわたしにはもう、スイッチのありかの見当《けんとう》がついているもの。絶対《ぜったい》の自信《じしん》があるんだから」

ハナギャタの小《こ》バカにしたような視線《しせん》をはねかえして、はっきりと言《い》いはなった。

「な、なんだと？　どこにあるというのだ？」

「ここよっ！」

ファミは威勢《いせい》のよい声《こえ》とともに、右足《みぎあし》をぐいと持《も》ちあげる。

ダン！

そのまま勢《いきお》いよく踏《ふ》みおろし、床板《ゆかいた》を鳴《な》らした。

「スイッチがあるのは、わたしたちの足《あし》もと。つまり、この建物《たてもの》の下《した》よっ！」

ファミ。元気《げんき》があるのはいいことだけど、そのボロい床板《ゆかいた》を踏《ふ》みぬかないように、気《き》をつけてね。見《み》ているこっちがヒヤヒヤしちゃうよ。

7 ボディガードの初仕事《はつしごと》

部屋《へや》の中《なか》が水《みず》を打《う》ったようにシンとなり、怖《こわ》いくらいの沈黙《ちんもく》がおとずれた。

どうやらファミの推理《すいり》はぴたり的中《てきちゅう》していたようで、もはやハナギャタたちに返《かえ》す言葉《ことば》は見《み》つからないようだった。

つまり、ことの真相《しんそう》を簡単《かんたん》にまとめれば、こういうこと。


——一つの隕石《いんせき》がジャイアント星《せい》に落《お》ちてきた。

隕石落下《いんせきらっか》の衝撃《しょうげき》で、この惑星《わくせい》の核《かく》となっている、機能《きのう》を停止《ていし》していた巨大《きょだい》な時報機能付《じほうきのうつ》き掛《か》け時計《どけい》が、再起動《さいきどう》してしまう。

隕石《いんせき》の調査《ちょうさ》のために派遣《はけん》されたハナギャタ率《ひき》いる一団《いちだん》は、すり鉢状《ばちじょう》のクレーターの一番底《いちばんそこ》で、奇妙《きみょう》なものを発見《はっけん》する。それは、オンの状態《じょうたい》になっている、時報機能《じほうきのう》のおおきなスイッチだった。

が、当然《とうぜん》のこと、初《はじ》めのうちはそれがなんなのか、だれにもわからなかった。

——三日後《みっかご》、地震《じしん》が起《お》きる。揺《ゆ》れは一回《かい》。

さらに三日後《みっかご》、今度《こんど》は二回《かい》、大地《だいち》が震《ふる》えた。

クレーター内《ない》の調査《ちょうさ》を進《すす》めていたハナギャタ一味《いちみ》は、ここにいたってついに、この星《ほし》のそもそもの成《な》り立《た》ち——すなわち、この惑星自体《わくせいじたい》が、巨大《きょだい》な時報機能《じほうきのう》付き掛《か》け時計《どけい》を核《かく》にしてできていること——に気《き》づく。

しかし、彼《かれ》らはその世紀《せいき》の発見《はっけん》を秘密《ひみつ》にし、あろうことかそれを利用《りよう》して、街《まち》の人《ひと》たちからお金《かね》を巻《ま》き上《あ》げる悪《わる》だくみを思《おも》いついた。

この星《ほし》に古《ふる》くから伝《つた》わる巨人伝説《きょじんでんせつ》をもとに『大巨人《だいきょじん》の亡霊《ぼうれい》』の存在《そんざい》をでっちあげ、「破滅《はめつ》をもたらす」として喧伝《けんでん》し、街《まち》の人々《ひとびと》の不安《ふあん》をあおったのだ。

そして、自《みずか》ら闘《たたか》う呪術師《じゅじゅつし》を名乗《なの》り、『巨人撃退教団《きょじんげきたいきょうだん》』略《りゃく》して『巨撃団《きょげきだん》』を立《た》ちあげたのだ。


「このすり鉢状《ばちじょう》のクレーターの穴《あな》のまわりに鉄条網《てつじょうもう》を張《は》りめぐらせて立《た》ち入《い》り禁止《きんし》とし、この穴《あな》の底《そこ》に、とってつけたような急《きゅう》ごしらえの建物《たてもの》を建《た》てたのは、そして、かならずそこの小太《こぶと》りのおじさんを留守番役《るすばんやく》としてここに残《のこ》したのは、スイッチの存在《そんざい》を他《ほか》の人《ひと》の目《め》から隠《かく》すため……、教団以外《きょうだんいがい》の人間《にんげん》に、スイッチのことを知《し》られたくなかったからでしょ！」

ファミがビシッと言《い》いはなつ。

悪党《あくとう》どもはその迫力《はくりょく》に呑《の》まれたかのように、ただ「むぐ……」と、うめくのみ。

「あなたたちは『十三歩目《ぽめ》を数《かぞ》えたら、世界《せかい》が破滅《はめつ》する』とふれまわって、さんざん街《まち》の人々《ひとびと》の恐怖心《きょうふしん》をあおり、その不安《ふあん》な気持《きも》ちにかこつけて、たっぷりとお布施《ふせ》をせしめた。そして『十二《じゅうに》歩目《ほめ》の刻《とき》』、つまり十二時《じ》の時報《じほう》が鳴《な》る夜《よる》に、存在《そんざい》しない大巨人《だいきょじん》の亡霊《ぼうれい》と闘《たたか》うふりをして、『十三歩目《ぽめ》を阻止《そし》した』と、うそぶいていたってわけよね？」

ハナギャタの顔《かお》はもう、まっ赤《か》っかだった。こめかみに何本《なんぼん》もあおすじを浮《う》かべて、血走《ちばし》った目《め》でギョロリとファミをにらみつけている。

歯《は》ぎしりの音《おと》が、ぼくがのぞきこんでいる窓《まど》のガラスごしに聞《き》こえてきそうなほどだ。

完璧《かんぺき》に怒《おこ》らせちゃってるんだけど、だいじょうぶかな?

「でも、同《おな》じことを何回《なんかい》もくり返《かえ》しちゃ、ウソっぽくなっちゃうし、街《まち》の人《ひと》たちも次第《しだい》に慣《な》れてきちゃうわよね。だから、大巨人《だいきょじん》の亡霊《ぼうれい》との闘《たたか》い第《だい》二ラウンド目《め》を終《お》えたところで、巨撃団《きょげきだん》の活《かつ》動《どう》はいったん小休止《しょうきゅうし》。時計《とけい》の時報《じほう》のスイッチをオフにして、つぎの破滅《はめつ》の刻《とき》まで、すこし間《ま》を置《お》くことにしたんでしょ？」

「ぐくぅ……」ハナギャタが、ちいさくうなった。

「もう観念《かんねん》なさい。あんたがさっき口《くち》から吐《は》いた血《ち》も、偽物《にせもの》だってわかってるんだから。赤《あか》い塗《と》料《りょう》を入《い》れたちいさな袋《ふくろ》を口《くち》の中《なか》にしこみ、タイミングを見計《みはか》らって噛《か》み破《やぶ》って、血《ち》ヘドを吐《は》いたように見《み》せかけたのよねっ！」

言《い》いたいことを全部《ぜんぶ》言《い》いおわったファミは、腰《こし》に両手《りょうて》を当《あ》て、得意満面《とくいまんめん》でふんぞり返《かえ》った。

「ふふ、完璧《かんぺき》な推理《すいり》に、すっかり恐《おそ》れいったでしょ？　観念《かんねん》なさいっ！」

さて。テレビや映画《えいが》の時代劇《じだいげき》なら、ここでクライマックスの音楽《おんがく》が流《なが》れて、印籠《いんろう》とか桜吹雪《さくらふぶき》の入《い》れ墨《ずみ》なんかのご威光《いこう》で、悪人《あくにん》どもが「ははーっ」とひれ伏《ふ》すところだ。

しかし。とっても悲《かな》しいことに、印籠《いんろう》も桜吹雪《さくらふぶき》も持《も》たない者《もの》に、現実《げんじつ》はきびしかった。

「ぐむむ、そこまで、ばれていたとは」

くやしげに顔《かお》をゆがめたハナギャタはしかし、すぐに開《ひら》き直《なお》ったかのように表情《ひょうじょう》をゆるませ、

「ふん」と、鼻息《はないき》を一吹《ひとふ》きさせた。

そして、一味《いちみ》の中《なか》で一番《いちばん》おおきなガッチリとした体格《たいかく》の男《おとこ》に目《め》くばせする。

合図《あいず》を受《う》けた大男《おおおとこ》は、のっそりとした動作《どうさ》で立《た》ちあがると、

「お嬢《じょう》ちゃん、長々《ながなが》とご高説《こうせつ》、おつかれさんだったな。で、これからどうするってんだぁ？」

指《ゆび》をポキポキと鳴《な》らしてすごみながら、ゆっくりとファミに迫《せま》る。

「あれ？　えっと……か、観念《かんねん》しなさいっ！　観念《かんねん》するなら今《いま》よっ！　……観念《かんねん》……してもいい……わよ……。し、しないの……ね？」

大《だい》の大人《おとな》六人《にんあいて》相手に、十二歳《さい》の女《おんな》の子《こ》が一人《ひとり》。

ようやく、自分《じぶん》が置《お》かれている立場《たちば》を理解《りかい》したのだろう、ファミはしどろもどろになりつつ、ジリジリと後《あと》ずさりした。

やれやれ。ホントーに後先《あとさき》をまったく考《かんが》えていないんだね。リマート王《おう》の心配《しんぱい》が、こんなところではやくも現実《げんじつ》のものになろうとは……。

テレビや映画《えいが》の時代劇《じだいげき》だってさ、追《お》いつめられた悪役《あくやく》は、みんながみんな素直《すなお》にひれ伏《ふ》すばかりじゃない。時《とき》として開《ひら》き直《なお》り、悪《わる》あがきの暴力《ぼうりょく》に訴《うった》えてくるパターンだってあるだろうに。

ぼくは、おおきなため息《いき》を一つ残《のこ》して、窓辺《まどべ》から離《はな》れた。

「さてさて……っと」両手《りょうて》をプラプラと振《ふ》って、軽《かる》く準備体操《じゅんびたいそう》。

やんちゃでおてんばで無鉄砲《むてっぽう》で……、そして、正義感《せいぎかん》の塊《かたまり》のようなお姫様《ひめさま》のボディガードの初仕事《はつしごと》と参《まい》りますか。

「よろしく頼《たの》むよ、相棒《あいぼう》」背中《せなか》にかついだ太陽《たいよう》の剣《けん》に一声《ひとこえ》かけて、ゆっくりとファミのもとへ。

「ふっふっふ、お嬢《じょう》ちゃんよぉ。そこまでオレたちの秘密《ひみつ》を知《し》られては、無傷《むきず》で帰《かえ》すわけにはいかないなぁ」

「どんだけ痛《いた》めつければ、その生意気《なまいき》な口《くち》が静《しず》かになるかな」

「ふへへへ。たっぷりとかわいがってあげるよ」

思《おも》わず「プッ」と、吹《ふ》きだしそうになるセリフだ。

古今東西《ここんとうざい》、いつの時代《じだい》もどこの惑星《わくせい》でも、ゲスな悪人《あくにん》が口《くち》にする言葉《ことば》って、このレベルだね。

ぼくは苦笑《にがわら》いしながら、ジリジリと迫《せま》りくる男《おとこ》たちとファミの間《あいだ》に、すっと割《わ》って入《はい》り、えせ教団《きょうだん》の男《おとこ》どもを、キッとにらみつけてやった。

いきなり登場人物《とうじょうじんぶつ》が一人《ひとり》増《ふ》えて、またまた場《ば》がキョトンとなる。

「な、なんだ、てめぇは？」「もう一人《ひとり》、ガキがかくれていやがったのか」

あーあー、ひたすらセリフに品《ひん》がない。

「ポ、ポップはね、わたしのボディガードなのよ。あんたたちなんて、コテンパンなんだからねっ！　だ、だから、今《いま》のうちにあきらめて、観念《かんねん》しなさいっ！」

ぼくの背中《せなか》ごしに、ファミが強気《つよき》で言《い》いはなつ。しかし、

「へ？　ボディガード？」男《おとこ》たちは、ポカンとした顔《かお》をたがいに見《み》あわせた。

しばしの沈黙《ちんもく》。そして……大爆笑《だいばくしょう》！

ほったて小屋《こや》の薄《うす》っぺらい屋根《やね》が、吹《ふ》き飛《と》んでいきやしないかと心配《しんぱい》になるほどの勢《いきお》いで、ハナギャタたちが笑《わら》い転《ころ》げる。

「うひゃひゃひゃ、ボ、ボディ……ガード……って、ひゃーははは」

「がははは、そんなちびガキが、ボディガードって……、ははひひ」

「わははははは、どう見《み》ても、ドレスのお嬢《じょう》ちゃんのほうが強《つよ》そうじゃねぇか、うひひひひ」

「バ、バカにしないでよね」

顔《かお》をまっ赤《か》にしたファミが、お腹《なか》を抱《かか》えて笑《わら》う男《おとこ》たちをにらみつける。「ポップは、とっても強《つよ》い剣士《けんし》なんだからっ」

「あーあー、はぁひぃ……。で、そのお強《つよ》ーい剣士《けんし》、ポップちゃんの腕前《うでまえ》はどれほどのモノなのかなぁ。おじちゃんたちに教《おし》えてちょーだい」

一番《いちばん》おおきな身体《からだ》の男《おとこ》が、苦《くる》しげに身《み》をよじりながら、猫《ねこ》なで声《ごえ》を出《だ》す。

「はん、聞《き》いて驚《おどろ》かないでよ。ポップはね、ベオカ星《せい》の『帝国剣術大《ていこくけんじゅったい》……」

ファミがぼくの背中《せなか》をグイグイと押《お》しながら、鼻息荒《はないきあら》くつっかかっていく。

もはや、ぼくが間《あいだ》に立《た》ってなきゃ、男《おとこ》に飛《と》びかかって胸《むな》ぐらをつかんで、ぐいぐいブンブン振《ふ》りまわし、ちぎっては投《な》げちぎっては投《な》げしそうな勢《いきお》いだ。

これ、ひょっとして、ぼくが出張《でば》ってこなくても、ファミ一人《ひとり》で勝《か》てたんじゃないのかな。

「ファミ、そんなこと言《い》わなくていいよ。そういうのって自慢《じまん》するもんじゃないし……」

「ポップは黙《だま》ってなさい！」

ファミが、ぼくの耳《みみ》もとで一喝《いっかつ》する。

「……はい。ごめんなさい」

キーンとなった右耳《みぎみみ》をおさえつつ、なんでぼくが怒鳴《どな》られなくちゃならないのか、その理不尽《りふじん》さに、ちょっぴりしょぼくれる。

「いいこと、あんたたち、よぉく聞《き》きなさいよ。ポップはね、ベオカ星《せい》で一番権威《いちばんけんい》のある『帝国《ていこく》剣術大会《けんじゅつたいかい》』、その十二歳以下《さいいか》の『少年部門《しょうねんぶもん》』で、この前《まえ》、準優勝《じゅんゆうしょう》した腕前《うでまえ》なんですからねっ！」

声高《こわだか》に言《い》いはなつ。「さあ、どうするの？　謝《あやま》るのなら、もう今《いま》しかないわよ！」

けれども。

「だあーはっはははっはっはっはっは」ふたたび、ハナギャタたちの大爆笑《だいばくしょう》が始《はじ》まった。テーブルをこぶしでドンドンと叩《たた》いて笑《わら》いもだえる者《もの》、床《ゆか》の上《うえ》に転《ころ》がって、ひぃひぃと苦《くる》しげに足《あし》をバタバタさせる者《もの》。

「だははは、な、なんだ、ベオカセーって？　どこの田舎村《いなかむら》の名前《なまえ》だぁ？」

「うあはははっ、ぼ、ぼくちゃんは、その田舎村《いなかむら》のちびっ子剣士部門《こけんしぶもん》で第《だい》二位《い》だってか？　ひょっとして、参加者《さんかしゃ》は二人《ふたり》だけだったりして。あははは、怖《こわ》い怖《こわ》い」

「ひひゃははは、子《こ》どものチャンバラごっこを自慢《じまん》されてもなぁ……」

「しかも、背中《せなか》にかついだ身体《からだ》に見《み》あわない大剣《たいけん》を見《み》ろよ。あれ、おおきすぎて剣《けん》に振《ふ》りまわされちまうのがオチだろ？　それとも、そいつの刀身《とうしん》は段《だん》ボール紙《がみ》でできてんのかなぁ？」

「いやははは、こんなに笑《わら》えるとは……。大仕事《おおしごと》の後《あと》の宴会《えんかい》の演《だ》しものとしては、最高《さいこう》だぁ」

「はは。おいおい、もうそろそろやめてやれ」

ハナギャタが、目《め》に浮《う》かんだ涙《なみだ》を指《ゆび》でぬぐいながら言《い》った。「ほっぺをふくらませたお嬢《じょう》ちゃんが、悔《くや》しさのあまり涙目《なみだめ》になっているじゃないか」

「な、涙目《なみだめ》になんか、なってません！」

キーッと歯《は》をむきだしにして、ファミが噛《か》みつかんばかりの勢《いきお》いで言《い》いかえす。

「……とは言《い》え、だ」ふいに、ハナギャタがすっと真顔《まがお》になって、低《ひく》い声《こえ》を出《だ》した。

「どちらにせよ、この二人《ふたり》、ここから帰《かえ》すわけにはいかんな。あまりに、われらの秘密《ひみつ》を知《し》りすぎたようだ」

「どうしましょうか、ハナギャタさん」

「そうだな……」

ハナギャタはあごをさすりながらしばし思案《しあん》すると、ニヤリと怪《あや》しげな笑《え》みを浮《う》かべて、ぶっそうなセリフを口《くち》にした。

「今回《こんかい》のお布施《ふせ》で、このアジトを建《た》てなおすつもりだったからな。ちょうどいい、こいつら捕《つか》まえてふんじばって、土《つち》の中《なか》に埋《う》めちまおう。その上《うえ》に新《あたら》しい建物《たてもの》を作《つく》れば、死体《したい》は絶対《ぜったい》に見《み》つからないって寸法《すんぽう》だ」

「さすがハナギャタさん、完全犯罪《かんぜんはんざい》ってヤツですな。いいアイデアです。きしししし」

終始《しゅうし》ごますりに徹《てっ》している小太《こぶと》りの男《おとこ》が、すかさず愛想《あいそ》を返《かえ》す。

「よし、おまえたち、その二人《ふたり》を絶対逃《ぜったいに》がすなよ」

「おう！」

命令一下《めいれいいっか》、五人《にん》の男《おとこ》たちはいっせいに立《た》ちあがり、ぼくらにゆっくりと迫《せま》りはじめた。

「あ、わわ、ポ、ポップ、ど、どうするの？」

ファミが後《うし》ろから、ぼくの服《ふく》をちょいちょいと引《ひ》っぱる。

自分《じぶん》でここまであおっておいて、今《いま》さら「どうするの？」って相談《そうだん》されてもなぁ……。

まず、逃《に》げる……って選択《せんたく》はありえない。

ここはおおきなクレーターの底《そこ》なのだ。あの斜面《しゃめん》を駆《か》け上《あ》がるのは、かなり大変《たいへん》そうだもの。

なにより、ファミはドレス姿《すがた》だ。速《はや》く走《はし》ることはできない。

頼《たの》みのチャリボードも、すこし離《はな》れたところに置《お》いてあるから、大人《おとな》の足《あし》で追《お》いかけられたら、そこにたどりつくまでに、すぐに捕《つか》まってしまうだろうし、ね。

「やるしかない……だろ」

ぼくは覚悟《かくご》を決《き》め、両足《りょうあし》を前後《ぜんご》に開《ひら》き軽《かる》くひざを折《お》って、背中《せなか》の大剣《たいけん》の柄《つか》に手《て》を伸《の》ばした。

ゆっくりと臨戦態勢《りんせんたいせい》をとりつつ、近《ちか》づいてくる五人《にん》を値踏《ねぶ》みする。

身体《からだ》がおおきくて力《ちから》がありそうなのが一人《ひとり》。こいつが一番手強《いちばんてごわ》そう。あとはやせ形《がた》が二人《ふたり》、中《ちゅう》肉中背《にくちゅうぜい》が一人《ひとり》、小太《こぶと》りが一人《ひとり》……か。みな、そこそこ背丈《せたけ》があって、十一歳《さい》で小柄《こがら》なぼくからは、ぐっと見《み》あげなければならないほどだ。

ただ、幸《さいわ》いなことに、どの男《おとこ》も本格的《ほんかくてき》な格闘技《かくとうぎ》の経験《けいけん》はなさそうだった。構《かま》えが素人《しろうと》っぽい。なにより、だれ一人《ひとり》として武器《ぶき》を手《て》にしていないこと、そして酒《さけ》に酔《よ》っている……ってのが、こちらにとって有利《ゆうり》な点《てん》だ。

部屋《へや》の一番奥《いちばんおく》のイスに、足《あし》を組《く》んでふんぞり返《かえ》っているハナギャタの姿《すがた》を、チラリと視界《しかい》におさめる。

ハナギャタは余裕《よゆう》の表情《ひょうじょう》で、杯片手《さかずきかたて》にぼくたちのことを見下《みくだ》したような目《め》で眺《なが》めている。すかした笑《え》みが気《き》に障《さわ》って、ちょっとばかりヤル気《き》が出《で》る。

ぼくは一息《ひといき》「ふっ」と吐《は》くと、

「ファミ、すこし離《はな》れてて」と、背中《せなか》のファミを左手《ひだりて》でぐいと押《お》しやって、数歩下《すうほさ》がらせた。

太陽《たいよう》の剣《けん》の柄《つか》にかけた右手《みぎて》にぐっと力《ちから》をこめ、さらに深《ふか》く腰《こし》を落《お》とす。

一番先頭《いちばんせんとう》に立《た》っている大男《おおおとこ》が、

「ほらほら、ぼくちゃん、刃物《はもの》で指《ゆび》を切《き》ったりしちゃ大変《たいへん》でちゅよぉ。いたいいたいでちゅー。気《き》をつけて、かかってくるんでちゅよぉ～」と、赤《あか》ちゃん言葉《ことば》を口《くち》にしながら、近《ちか》づいてくる。

完全《かんぜん》になめてかかっている。警戒心《けいかいしん》は、まったく感《かん》じられない。

ぼくは両足《りょうあし》をさらに前後《ぜんご》に開《ひら》いて、頭《あたま》をぐっと低《ひく》くした。「いち、にー……の」と、心《こころ》の中《なか》で数《かぞ》えながら、呼吸《こきゅう》を整《ととの》える。

よし、いくよっ！

「さん！」床《ゆか》を蹴《け》る音《おと》は、ほとんど立《た》てなかった。

スキだらけの大男《おおおとこ》の右《みぎ》わきめがけて、いっきにつっこむ。

一瞬《いっしゅん》。

それは、まばたきをするヒマもないほどの間《あいだ》に、終《お》わった。

「え？」と、ファミが一声発《ひとこえはっ》した瞬間《しゅんかん》にはもう、ぼくは、背中《せなか》の鞘《さや》から抜《ぬ》いた太陽《たいよう》の剣《けん》の切《き》っ先《さき》を、ハナギャタののど元《もと》に突《つ》きつけていた。

「動《うご》かないでね。動《うご》くと、そのきれいに整《ととの》えられたあごひげが、そり落《お》とされちゃうよ」

ハナギャタはすこしの間《あいだ》、なにが起《お》こったのか理解《りかい》できずにあ然《ぜん》としていた。しかし、すぐに自《みずか》らの置《お》かれた状況《じょうきょう》を理解《りかい》して、一切《いっさい》の抵抗《ていこう》もなく、そろそろと両手《りょうて》をあげた。

「う、うむ、うむ……」顔《かお》をこわばらせ、こきざみに何度《なんど》もうなずく。

右手《みぎて》をおおきく震《ふる》わせて、持《も》っていた酒《さけ》の杯《さかずき》をポロリと取《と》り落《お》とす。杯《さかずき》は、カンと音《おと》を立《た》て

て転《ころ》がり、中《なか》の酒《さけ》がぶちまけられて木《き》の床《ゆか》を濡《ぬ》らした。

と、同時《どうじ》に。

「……うむぅぁ……」

一番先頭《いちばんせんとう》にいた大男《おおおとこ》が、短《みじか》いうめき声《ごえ》をあげて、ファミの目《め》の前《まえ》でグラリとよろめき、そのままドウと床《ゆか》に崩《くず》れ落《お》ちた。そしてそれが合図《あいず》であったかのように、他《ほか》の四人《にん》の男《おとこ》たちも、白目《しろめ》をむいて、つぎつぎと床《ゆか》の上《うえ》にくずおれていく。

あっという間《ま》もなく、五人《にん》そろってだらしなく伸《の》びてしまった。

「え……、なに……、なに……？」

ファミが、ポカンとした顔《かお》で立《た》ちつくす。

「……ポ、ポップ……、今《いま》のって、なんなの……？　ポップが飛《と》びだしたと思《おも》ったら、光《ひかり》が……、剣《けん》に反射《はんしゃ》した光《ひかり》が……、閃光《せんこう》が走《はし》って、いつの間《ま》にか、ポップはそこにいて、……それで……、それで、男《おとこ》の人《ひと》たちが倒《たお》れちゃって……、え？　え？　どういうこと、これっ？」

目《め》の前《まえ》で起《お》きたことが信《しん》じられないのだろう、一人《ひとり》でドギマギやっている。

「ファミの大好《だいす》きな時代劇風《じだいげきふう》に言《い》わせてもらえれば、『安心《あんしん》せい、峰打《みねう》ちじゃ』ってやつだよ。剣《けん》の峰《みね》の部分《ぶぶん》を強《つよ》く打《う》ちつけて、気絶《きぜつ》させただけ。死《し》んじゃいないから、安心《あんしん》して」

「……い、いや、そうじゃなくって……、えっと、すごいスピードで、わたし、全然見《ぜんぜんみ》えなくて……、それでいて、こんなに正確《せいかく》に……確実《かくじつ》に……」

ファミが驚《おどろ》きの目《め》で、ぼくを見《み》つめる。「それで準優勝《じゅんゆうしょう》だなんて……。『帝国剣術大会《ていこくけんじゅつたいかい》』の『少《しょう》年部門《ねんぶもん》』って、こんなにレベルが高《たか》かったの？」

「そんなことはないよ」

ぼくはチラリとハナギャタの顔《かお》を見《み》て、動《うご》くなよ……と、あらためて目《め》で威嚇《いかく》した。

すっかりおびえた様子《ようす》のハナギャタは、顔中《かおじゅう》からたらたらと脂汗《あぶらあせ》を垂《た》らしながら、まっ青《さお》な顔《かお》を上下《じょうげ》に二回《かい》、振《ふ》る。

「ファミ、キミは一つだけ、勘違《かんちが》いをしているんだよね」

「勘違《かんちが》い……？　わたしが？」

「うん。じつはぼく『帝国剣術大会《ていこくけんじゅつたいかい》』『少年部門《しょうねんぶもん》（十二歳以下《さいいか》）』の準優勝者《じゅんゆうしょうしゃ》じゃないんだ」

「え？　ど、どういうこと……なの？」

「ぼくは、『帝国剣術大会《ていこくけんじゅつたいかい》』『成人部門《せいじんぶもん》（十三歳以上《さいいじょう》）』の準優勝者《じゅんゆうしょうしゃ》なんだよ」

言葉《ことば》の意味《いみ》をすぐに飲《の》みこめなかったのか、ファミは眉間《みけん》にしわを寄《よ》せて、けげんそうな視線《しせん》を宙《ちゅう》に泳《およ》がせた。

「……え、で、でも、成人部門《せいじんぶもん》は十三歳以上《さいいじょう》じゃないと、出場資格《しゅつじょうしかく》はないはず……」

「ううん、一つだけ特例《とくれい》というか、特別枠《とくべつわく》がある。一年前《ねんまえ》の少年部門《しょうねんぶもん》での優勝者《ゆうしょうしゃ》は、十三歳《さい》になっていなくても、出場《しゅつじょう》できるんだよ」

「え？　ええっ！」

ファミが驚嘆《きょうたん》の悲鳴《ひめい》をあげる。「ってことは、ポップは去年《きょねん》、少年部門《しょうねんぶもん》で優勝《ゆうしょう》したってこと……なの？　じゅ、十歳《さい》で？」

「うん。それで今年《ことし》は、成人部門《せいじんぶもん》に出場《しゅつじょう》させてもらったんだ。ひぃひぃ言《い》いながら、ようやくの決勝進出《けっしょうしんしゅつ》だったけどね」

「ひぃひぃ言《い》いながら決勝戦《けっしょうせん》……って。さらっと言《い》うけど、成人部門《せいじんぶもん》はプロの剣士《けんし》も参加《さんか》する大会《たいかい》でしょ？　ってことはつまり、ポップは帝国《ていこく》で二番目《ばんめ》に強《つよ》い剣士《けんし》ってわけ？」

「さぁ、それはどうかな」

ぼくは軽《かる》く首《くび》を振《ふ》った。「過去《かこ》に優勝《ゆうしょう》した剣士《けんし》は参加《さんか》していなかったし、宇宙船護衛《うちゅうせんごえい》に就《つ》いていて、大会《たいかい》に出《で》ていない凄腕《すごうで》の現役剣士《げんえきけんし》も、いっぱいいるからね」

「そ、それにしたって……」ポカンと口《くち》を開《あ》けたままのファミ。

「それに、ぼくの剣《けん》の腕前《うでまえ》なんて、まだまだだよ。もっともっと……」

そう、もっともっとだ……。

ぼくは、もっともっと強《つよ》くなる。強《つよ》くなりたいんだ。

護《まも》りたいから。

強《つよ》くなって、大切《たいせつ》な人《ひと》を護《まも》る。その想《おも》いのままに、この数年間《すうねんかん》、必死《ひっし》に修業《しゅぎょう》に励《はげ》んできたんだから。ただ、それだけのために……ね。

そして、今《いま》のぼくにできることは、ただそれだけしかないんだから……。

「……で、ファミ。これからどうするの？　ハナギャタさんがずーっと万歳《ばんざい》しっぱなしで、そろそろかわいそうなんだけど」

「あ、あぁ、そうね」

ほうけていたファミが、ハッとわれにかえる。「もうすぐ夜《よる》も明《あ》けるから、いっしょに街《まち》まで行《い》ってもらいましょ。みんなの前《まえ》で、真実《しんじつ》を洗《あら》いざらいしゃべってもらって、その後《あと》は……」

ファミはそう言《い》って、ニコリと笑《わら》った。「この惑星《わくせい》の法《ほう》に従《したが》って、裁《さば》きを受《う》けてもらえばいいんじゃないかしら。そこんとこは、ベオカ星《せい》の人間《にんげん》であるわたしたちが、口出《くちだ》しすべきことじゃないでしょうから」

「そうだね、賛成《さんせい》」

ぼくはファミの笑顔《えがお》に、おおきくうなずき返《かえ》した。「でもね、ファミ」

「なぁに？」

「これからは、あんまり無鉄砲《むてっぽう》に、トラブルに飛《と》びこんでいかないように頼《たの》むよ。今回《こんかい》の相手《あいて》は、たまたま格闘技経験《かくとうぎけいけん》のない大人《おとな》、しかもお酒《さけ》で酔《よ》っぱらっていたから、ぼくの腕《うで》でなんとかなっただけなんだからね。いつもいつも、こううまくはいかないよ」

ちょっと強《つよ》めに言《い》うと、

「……はぁい」

ファミはちいさく首《くび》をすくめて、めずらしく神妙《しんみょう》な顔《かお》で、うなずいたのだった。

8 新《あたら》しい朝《あさ》の始《はじ》まり

朝日《あさひ》の光《ひかり》が、クレーターの中《なか》を照《て》らし始《はじ》めた。
小鳥《ことり》のさえずりが、遠《とお》くに聞《き》こえ始《はじ》める。長《なが》い夜《よる》は終《お》わり、新《あたら》しい一日《いちにち》が始《はじ》まる。

ぼくたちはハナギャタとその一味《いちみ》をヒモでグルグルにしばりあげると、ハナギャタだけを連《つ》れて、街《まち》へとむかった。

街《まち》の広場《ひろば》では、朝市《あさいち》の準備《じゅんび》で多《おお》くの人《ひと》が、かいがいしく動《うご》きまわっている。

ファミは街《まち》の有力者《ゆうりょくしゃ》のもとを訪《おとず》れると、すっかり観念《かんねん》した様子《ようす》のハナギャタを引《ひ》きわたし、ことのおおまかなてんまつを説明《せつめい》して、くわしくはハナギャタ自身《じしん》、あるいはその手下《てした》たちから聞《き》きだすように言《い》い置《お》いた。

あわせて、隕石落下地点《いんせきらっかちてん》のクレーターの底《そこ》にある教団《きょうだん》のアジトの下《した》を調《しら》べ、二日後《ふつかご》の夜《よる》までに、巨大時計《きょだいどけい》の時報《じほう》のスイッチをオフにするようにとも、助言《じょげん》しておいた。

今回《こんかい》の騒動《そうどう》の後始末《あとしまつ》で、ファミがやったことは、ただそれだけ。

その後《あと》に、ハナギャタたち詐欺教団《さぎきょうだん》の一味《いちみ》がどのような罰《ばつ》を受《う》けることになったのか、それはぼくらが関《かか》わることではないし、知《し》る必要《ひつよう》もない。


万事《ばんじ》なすべきをなし終《お》えて、ベンリー二十四世号《せいごう》へともどる。

「おかえりなさぁい」ナナさんが、いつもの笑顔《えがお》でお出迎《でむか》えしてくれる。

「ただいま。あーぁ、つかれちゃった。徹夜《てつや》するのなんてひさしぶりだものねぇ。もう若《わか》いころのようにはいかないわぁ」

おばあちゃんのようなぼやきを口《くち》にしながら、ファミは船長席《せんちょうせき》に勢《いきお》いよく腰《こし》を下《お》ろした。

「ナナ、お茶《ちゃ》をいれてくれる？　濃《こ》いめでお願《ねが》いね」と、自分《じぶん》の肩《かた》をこぶしでトントンとたたく。

「はぁい、少々《しょうしょう》お待《ま》ちくださいませぇ」

明《あか》るい声《こえ》で応《おう》じたナナさんが、軽《かろ》やかな足《あし》どりでキッチンルームへと姿《すがた》を消《け》す。

ぼくは副操縦席《ふくそうじゅうせき》にもどって、ゆっくりと腰《こし》を下《お》ろした。ひさしぶりに激《はげ》しい運動《うんどう》（？）をしたから、ちょっと疲《つか》れた。すこし身体《からだ》がなまっているようだ。

「ただいま、Q子《こ》」と、主操縦席《メインそうじゅうせき》のパイロットに声《こえ》をかける。

「二人《ふたり》で朝帰《あさがえ》り、ごくろーさまでス」

また、おまえはそーゆー人聞《ひとぎ》きの悪《わる》いことを……。

誤解《ごかい》を招《まね》くような言《い》い方《かた》は、やめろってば。

「さて、Q子《こ》、ムシィモエネルギーを補給《ほきゅう》しに出発《しゅっぱつ》しようよ。ここから北北東数百《ほくほくとうすうひゃっ》キロあたりの地点《ちてん》だったよね？」

「あ、それはもう、船長《せんちょう》とポップさんが帰《かえ》ってくるまでに、朝一《あさいち》で終《お》わらせておきましタ。ムシイモが埋《う》まっている土地《とち》の所有者《しょゆうしゃ》が、えらく人《ひと》の良《よ》い方《かた》で、スムーズに作業《さぎょう》が進《すす》みましたのデ」

あ、そ、そう。仕事《しごと》が早《はや》いね。さすがだ。「お金《かね》はいくら、はらったんだい？」

ムシィモエネルギーのありかがわかったとしても、だれにことわることもなく採取《さいしゅ》しちゃうなんてことは、もちろん御法度《ごはっと》だ。勝手《かって》に他人《たにん》の惑星《わくせい》にやって来《き》て、黙《だま》ってその星《ほし》の資源《しげん》を取《と》っていくなんて、それじゃあ、ただのコソ泥《どろ》だもの。

当然《とうぜん》のことながら、ムシィモエネルギーを所有《しょゆう》する者《もの》、あるいはその土地《とち》の所有者《しょゆうしゃ》に了解《りょうかい》を取《と》ったうえで……ってのが最低限《さいていげん》のルールであり、もしも「対価《たいか》が必要《ひつよう》である」のならば、支払《しはら》うのもあたりまえ。

「いエ。その人《ひと》が『タダでいい』って言《い》うもんで、ありがたくわけてもらいましタ。でも、それじゃちょっと悪《わる》いかなと思《おも》ったので、お礼《れい》にナナさんのイチゴロールケーキをさしあげましたら、とっても喜《よろこ》ばれましたヨ」

そりゃ、ナナさんの作《つく》ったスイーツなら、絶対喜《ぜったいよろこ》ばれるよな。

けど、ロールケーキ一個《こ》で取《と》り引《ひ》きに応《おう》じてくれるなんて、気前《きまえ》のいい人《ひと》もいるもんだね。

「この星《ほし》では、ムシィモをエネルギーに転用《てんよう》する技術《ぎじゅつ》がないのでス。だから、ここの人間《にんげん》にとっては無価値《むかち》なものなんですヨ」

ああ、なるほどね。そういうことか。

たしかにベオカ星《せい》でも、空間《くうかん》シャクトリームC《シー》航法《こうほう》が運用《うんよう》されて、初《はじ》めて脚光《きゃっこう》を浴《あ》びた新《しん》エネルギーだものね。利用価値《りようかち》がなければ、そのあたりに転《ころ》がっている石《いし》ころや、水《みず》たまりの水程度《みずていど》のモノってわけだ。

「エネルギータンクは満《まん》タンですので、すぐにでもシャクト航法《こうほう》に入《はい》れますヨ」

やっぱりこいつは、なかなか頼《たよ》りになる。

副操縦席《ふくそうじゅうせき》の背《せ》もたれに深《ふか》く身体《からだ》を預《あず》けると、背中《せなか》の剣《けん》がカチャと音《おと》を立《た》てた。

「あ、そうそう。Q子《こ》が『無用《むよう》の長物《ちょうぶつ》』って言《い》ってた太陽《たいよう》の剣《けん》、やっと出番《でばん》が回《まわ》ってきたよ」

「へぇ、それはそれは、よかったですネ。さびついて鞘《さや》からなかなか抜《ぬ》けなくて、まごまごしちやったりはしなかったですカ」

やかまし。そんなかっこ悪《わる》いこと、しないよっ！　大事《だいじ》な大事《だいじ》な剣《けん》だもの、毎日寝《まいにちね》る前《まえ》に、ちゃんとお手入《てい》れしてるんだから！

「――お待《ま》たせしましたぁ、あったかい緑茶《りょくちゃ》、はいりましたよぉ」

ナナさんがお盆《ぼん》を抱《かか》えて、メインフロアに姿《すがた》を現《あらわ》す。「軽食《けいしょく》に、おにぎりも作《つく》りましたので、召《め》し上《あ》がってくださぁい」

うーむ、こっちもこっちで、かなり仕事《しごと》の手際《てぎわ》が良《よ》い。

「Q子《こ》さん、オリーブオイルもありますよぉ」

「わーイ。朝一《あさいち》のオイルはまた、格別《かくべつ》なのよネー」

Q子《こ》がピョコンと操縦席《そうじゅうせき》から飛《と》びおり、両手《りょうて》をあげてテケテケテッテと、一目散《いちもくさん》にこたつへと駆《か》けていく。

後《あと》に続《つづ》いてこたつにむかうと、ファミも船長席《せんちょうせき》から降《お》りてきた。

「――ファミ、この星《ほし》はどうするんだい？」

ぼくはお湯《ゆ》のみに口《くち》を寄《よ》せ、エメラルドグリーン色《いろ》の表面《ひょうめん》から、ふぁ……とあがる白《しろ》い湯気《ゆげ》をフーフーと吹《ふ》き飛《と》ばしながらたずねた。

「どうするって？」お茶《ちゃ》をひとすすりして、ファミが聞《き》き返《かえ》す。

「このジャイアント星《せい》の情報《じょうほう》を、ベオカ星《せい》へ報告《ほうこく》するかどうかだよ」

「ああ、そうね。旅《たび》の途中途中《とちゅうとちゅう》の星《ほし》についても、見《み》こみのありそうな惑星《わくせい》のデータは送《おく》っておくべきよね。ムシィモエネルギーも、タダ同然《どうぜん》で採取《さいしゅ》できるわけだし。それに……」

ファミはそう言《い》うと、うっとりとした笑《え》みを浮《う》かべた。「この惑星《わくせい》の、あのフルーツジュースは抜群《ばつぐん》だったし、ジャイアントまんじゅうもなかなかだったわよねぇ。あれは、わが帝国《ていこく》が取《と》りあつかうにふさわしい商品《しょうひん》だわ」

うん。激《はげ》しく同意《どうい》します。

「それに……」

それに？

「『巨人族《きょじんぞく》の掛《か》け時計《どけい》を核《かく》とする惑星《わくせい》』という、ものすごく魅力的《みりょくてき》なアピールポイントがあるんだもの。いずれ、観光目的《かんこうもくてき》で異星《いせい》の宇宙人《うちゅうじん》がドッと押《お》しよせる可能性《かのうせい》もあるわよね」

そうだね。

時報《じほう》の地震《じしん》だって、ハナギャタたちは『○○歩目《ほめ》の刻《とき》』なんて言《い》って、人々《ひとびと》の恐怖心《きょうふしん》をあおることに使《つか》っていたけれど、正体《しょうたい》さえわかってしまえば別《べつ》に怖《こわ》いものでもなんでもないし、逆《ぎゃく》に楽《たの》しいイベントに活用《かつよう》すれば、この星《ほし》を訪《おとず》れる異《い》星人《せいじん》のお客《きゃく》さんもきっと喜《よろこ》ぶに違《ちが》いない。

「うん、よし」

ファミが手《て》をパンと打《う》つ。「Q子《こ》。出発前《しゅっぱつまえ》に、この星《ほし》のデータを帝国《ていこく》の宇宙科学省《うちゅうかがくしょう》に送信《そうしん》しておいてちょうだい。近《ちか》い将来《しょうらい》、わが帝国《ていこく》が進出《しんしゅつ》するに値《あたい》する可能性《かのうせい》のある惑星《わくせい》だってひと言《こと》、つけくわえてね」

「りょーかいしましタ」

オリーブオイルがなみなみと入《はい》ったカップを片手《かたて》に、Q子《こ》がちょこんと敬礼《けいれい》を返《かえ》す。

「さ、みんな。一息《ひといき》ついたら、すぐに出発《しゅっぱつ》よ」

とても楽《たの》しそうな表情《ひょうじょう》で、威勢良《いせいよ》くこぶしを振《ふ》りあげるファミ船長《せんちょう》。

「はーイ」「はぁい」

元気《げんき》に応《おう》じるQ子《こ》とナナさんの二人《ふたり》をよそに、ぼくは両手《りょうて》にお湯《ゆ》のみの温《ぬく》もりを感《かん》じつつ、あくびをかみころしていた。

やれやれ……。

オモチャロボットとメイドロイドールが元気《げんき》なのは当然《とうぜん》として、ファミはホント、タフだね。

悪《わる》いけど、ぼくはお茶《ちゃ》を飲《の》んだら一眠《ひとねむ》りさせてもらうよ。

あくびで涙《なみだ》のにじんだ目《め》を軽《かる》くシパシパさせながら、ぼくはそっと振《ふ》りかえって、コックピットガラスの向《む》こうに見《み》える空《そら》に目《め》をやった。

徹夜明《てつやあ》けの目《め》にキラキラとまぶしすぎる太陽《たいよう》は、もう地平線《ちへいせん》からすっぽり上《あ》がりきっている。

雲《くも》一つない澄《す》んだ青空《あおぞら》。今日《きょう》もジャイアント星《せい》は、良《い》い天気《てんき》に恵《めぐ》まれそうだ。

ドーモンおじさんのジュースも、よく売《う》れることだろうね。

——目的地《もくてきち》『ミルキーウェイ銀河《ぎんが》GX《ジーエックス》エリア』到達《とうたつ》まで

残《のこ》りおよそ六万四千三百光年《びゃくこうねん》

あとがき

ごぶさたしています。たった今《いま》、宇宙旅行《うちゅうりょこう》（『五年霊組《ごねんれいくみ》こわいもの係《がかり》』⑬巻《かん》あとがき参照《さんしょう》）から帰《かえ》ってまいりました、床丸迷人《とこまるまよと》です！

え？「宇宙《うちゅう》なんか行《い》ってないだろ」って？ い、行《い》きましたよ、本当《ほんとう》に。え？「八月《がつ》の終《お》わりごろ、兵庫県神戸市《ひょうごけんこうべし》で見《み》かけたぞ」って？ そ、それはきっと、あの恐《おそ》ろしいドッペルゲンガーに違《ちが》いない。いやー、地球《ちきゅう》にいなくて良《よ》かったなぁ……あはは。

ま、それはさておき、とにかく宇宙《うちゅう》は楽《たの》しかったです。壮大《そうだい》で、神秘的《しんぴてき》で、摩訶不思議《まかふしぎ》なものに満《み》ちあふれていて（旅《たび》の途中《とちゅう》で、霊的《れいてき》エネルギーを帯《お》びたダークマターが迫《せま》ってきて、命《いのち》からがら逃《に》げまくったのも、今《いま》では良《い》い思《おも》い出《で》です）。

そして、多《おお》くの宇宙人《うちゅうじん》との出会《であ》いもありました。とくに強《つよ》く印象《いんしょう》に残《のこ》っているのは、『お姫様《ひめさま》のようなドレスを着《き》た女《おんな》の子《こ》と、おおきな剣《けん》を背中《せなか》にかついだ男《おとこ》の子《こ》』の宇宙人《うちゅうじん》です。

彼女《かのじょ》たちは、『地球《ちきゅう》から数万光年離《すうまんこうねんはな》れた場所《ばしょ》にあるベオカ星《せい》』の住人《じゅうにん》で、『宇宙船《うちゅうせん》に乗《の》って、銀《ぎん》河系《がけい》の果《は》てを目指《めざ》している』って言《い》ってました。

……ん？　コレ、どこかで聞《き》いたことがあるような気《き》がしますね。ちょっと調《しら》べてみよう……。

えーっと……、……お、お、あ、あった、ありました！

『五年霊組《ごねんれいくみ》こわいもの係《がかり》』⑬巻《かん》の百五十一ページ、第《だい》十七代《だい》こわいもの係《がかり》のアビゲイル・ワシントン（あびぃ）が、似《に》たようなこと言《い》ってます。うわぁ、すっごい偶然《ぐうぜん》だなぁ。

ぼくが出会《であ》った宇宙人《うちゅうじん》と、あびぃが会《あ》った宇宙人《うちゅうじん》が同一人物《どういつじんぶつ》であるかどうかは、現時点《げんじてん》で確認《かくにん》できていません（あびぃはアメリカ在住《ざいじゅう》だし、なによりお仕事《しごと》が忙《いそが》しいようで、なかなか連絡《れんらく》が取《と》れないんです）が、その宇宙人《うちゅうじん》から聞《き》いた冒険《ぼうけん》の旅《たび》のエピソードがとてもおもしろかったので、みなさんにお伝《つた》えしたく、今回《こんかい》こうして本《ほん》にしてもらいました。

ファミとポップ、そして、ベンリー二十四世号《せいごう》のクルーたちの物語《ものがたり》。七万光年《まんこうねん》の旅《たび》の果《は》てに、どんな星《ほし》にたどりつき、そこでいったいなにを見《み》るのか。

そんじょそこらにはない、スケールのでっかいストーリー（↑だれも言《い》ってくれないので、自分《じぶん》で言《い》う）、始《はじ》まります。

床丸《とこまる》　迷人《まよと》

角川つばさ文庫

床丸迷人／作

宮崎県在住。さそり座Ａ型。「四年霊組こわいもの係」で第１回角川つばさ文庫小説賞一般部門大賞を受賞してデビュー。霊感はゼロ。高校時代に、見える人から「背後に２匹、カメの霊がついている」と言われ、かなりビビる。原稿を書くのがおそいのは、そのカメの「のろい」のせいだと思っている。著作に「こわいもの係」シリーズ（角川つばさ文庫）。

へちま／絵

宮城県出身。アニメーター、イラストレーター、漫画家。コミックスでは『ぱぺっとコール！』（芳文社）。アニメの仕事でも活躍中！

角川《かどかわ》つばさ文庫《ぶんこ》　Aと2-21

キミト宙《そら》へ①

食《く》いしんぼ王女《おうじょ》のボディガード

作《さく》　床丸迷人《とこまるまよと》

絵《え》　へちま

2018年12月15日　初版発行
2019年２月25日　再版発行

発行者　郡司 聡
発　行　株式会社KADOKAWA
〒102-8177　東京都千代田区富士見 2-13-3
電話　0570-002-301（ナビダイヤル）
印　刷　暁印刷
製　本　BBC
装　丁　ムシカゴグラフィクス

ISBN978-4-04-631810-7　C8293　　N.D.C.913　254p　18cm

読者のみなさまからのお便りをお待ちしています。下のあて先まで送ってね。
いただいたお便りは、編集部から著者へおわたしいたします。

〒102-8078　東京都千代田区富士見 1-8-19　角川つばさ文庫編集部

本、だいすき!
つぎはなにを読もうかな?

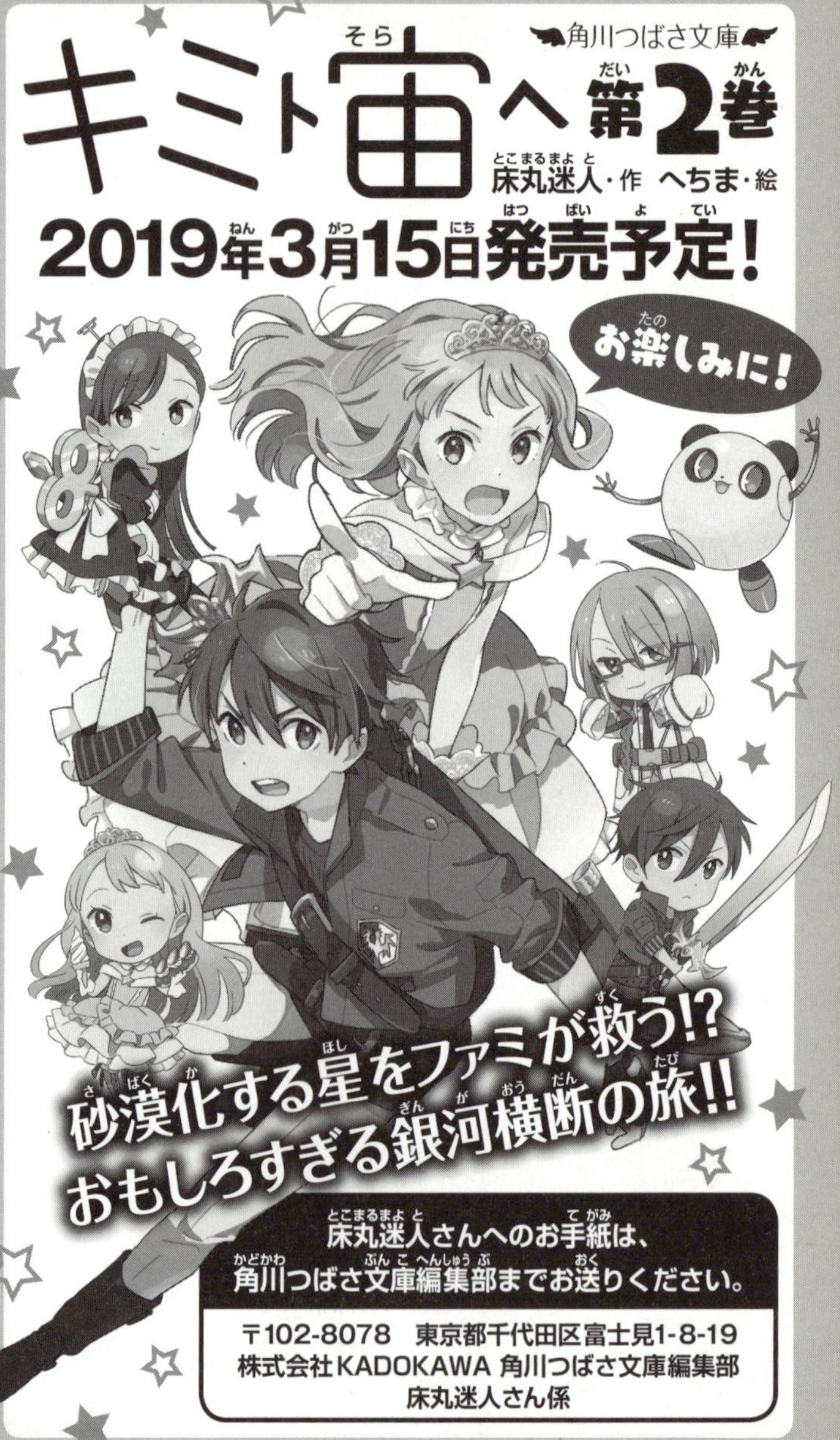
角川つばさ文庫
キミト宙《そら》へ 第《だい》2巻《かん》
床丸迷人《とこまるまよと》・作 へちま・絵
2019年《ねん》3月《がつ》15日《にち》発売予定《はつばいよてい》!
お楽《たの》しみに!
砂漠化《さばくか》する星《ほし》をファミが救《すく》う!?
おもしろすぎる銀河横断《ぎんがおうだん》の旅《たび》!!
床丸迷人《とこまるまよと》さんへのお手紙《てがみ》は、
角川《かどかわ》つばさ文庫編集部《ぶんこへんしゅうぶ》までお送《おく》りください。
〒102-8078 東京都千代田区富士見1-8-19
株式会社KADOKAWA 角川つばさ文庫編集部
床丸迷人さん係